Editora **Charme**

QUANDO AGOSTO TERMINAR

PENELOPE WARD

CB006512

1ª Impressão 2022

Capa - Penelope Ward
Adaptação da capa e Produção Gráfica - Verônica Goes
Modelo da capa - Joseph Cannata
Fotógrafo - Adam Zivo
Imagens do miolo - Adobe Stock
Tradução - Laís Medeiros
Preparação e Revisão - Equipe Charme

Esta obra foi negociada por Brower Literary & Management, Inc.

FICHA CATALOGRÁFICA ELABORADA POR
Bibliotecária: Priscila Gomes Cruz CRB-8/8207

W256q	Ward, Penelope
	Quando agosto terminar/ Penelope Ward; Tradução: Laís Medeiros; Preparação e revisão: Equipe Charme; Produção gráfica: Verônica Góes. – Campinas, SP: Editora Charme, 2022. 296 p. il.
	Título original: When August Ends. ISBN: 978-65-5933-083-6
	1. Ficção norte-americana	2. Romance Estrangeiro - I. Ward, Penelope. II. Medeiros, Laís. III. Equipe Charme. IV. Góes, Verônica. V. Título.
	CDD - 813

UM ROMANCE
**DE AMOR
DE VERÃO**

QUANDO
AGOSTO
TERMINAR

Tradução - Laís Medeiros

AUTORA BESTSELLER DO NEW YORK TIMES
PENELOPE WARD

PARA KANDACE MILOSTAN.

Obrigada por mostrar a sua luz no mundo dos livros e por nos ensinar o que realmente importa.

CAPÍTULO UM
Heather

— Você já conheceu o cara que se mudou para a casa de barcos?

Eu tinha acabado de chegar à casa do lago depois de acompanhar minha mãe a uma consulta médica pela manhã. Minha amiga Chrissy me fizera o favor de receber o novo inquilino para lhe entregar as chaves enquanto eu estava fora.

Sacudi a cabeça.

— Não.

Chrissy estava sorrindo de orelha a orelha.

— Que cara é essa? — perguntei.

— Ele é... interessante.

Ergui uma sobrancelha.

— De que maneira?

Ela deu uma risadinha.

— Acho que é melhor você descobrir sozinha.

Aquilo só podia significar um coisa, entre duas opções: ou ele era extremamente bonito, ou talvez tivéssemos um psicopata morando perto de nós.

No decorrer dos últimos anos, minha família alugava a casa de barcos adaptada no Lago Winnipesaukee — o maior corpo d'água do estado de Nova Hampshire. Localizado no sopé das Montanhas Brancas, é um destino popular para turistas que buscam escapar da cidade. Como as pessoas daqui costumam dizer, "quando você está aqui, o momento é de relaxar".

Morávamos somente minha mãe e eu, e como ela não trabalhava, precisávamos da renda do aluguel da casa de barcos para conseguirmos pagar as contas. Mesmo que, às vezes, ela ficasse vazia durante o inverno, era constantemente reservada nos meses mais quentes e até mesmo no começo do outono. Às vezes, as pessoas a alugavam por um semana, e em outras vezes, por mais tempo. Não era muito grande, então costumava receber mais pessoas solteiras do que famílias. O inquilino da vez havia reservado por quase três meses, até o final de agosto — o verão inteiro. Isso nunca tinha acontecido antes.

— Então, está tudo certo com ele lá? — perguntei.

— Sim. Parece ser um cara decente. Não falou muita coisa, mas foi educado. Ele estava usando óculos escuros, então não pude ver seus olhos. Eles geralmente dizem muito sobre uma pessoa, sabe?

Eu sabia que o nome dele era Noah, já que havia aproveitado as informações de seu cartão de crédito e feito uma rápida pesquisa de antecedentes. Mas, fora isso, eu não sabia muito sobre ele — Noah Cavallari, da Pensilvânia, com um cartão Visa e sem antecedentes criminais.

Eu nunca me misturava com nossos hóspedes. Quando eu era mais nova, mamãe me proibiu estritamente de interagir com qualquer um que se hospedasse na casa de barcos — só para o caso de não serem boas pessoas. Então, mesmo depois de adulta, eu tendia a manter distância, por hábito.

Como parte do acordo do aluguel, os inquilinos recebiam serviços de limpeza — cortesia minha. Eu ia até lá, geralmente na parte da tarde, arrumava a cama e deixava toalhas limpas, como era feito em hotéis. Os hóspedes também recebiam acesso à máquina de lavar e secar roupas que ficava no porão da casa principal, com uma chave que abria a porta externa da lavanderia. Assim, nunca precisavam entrar, de fato, na nossa casa.

O interior da casa de barcos continha uma pequena cozinha, que permitia que os inquilinos cozinhassem suas próprias refeições. O resto do espaço era apenas um quarto e um banheiro. No entanto, havia várias janelas por todos os lados, que deixavam o interior muito iluminado e davam vista para o lago.

— Como Alice está hoje? — Chrissy indagou.

— O médico vai ajustar os remédios dela de novo. No geral, ela não está em seu melhor dia, mas também não é o pior.

Isso era o melhor que podia se esperar quando se tratava da minha mãe, que já entrou e saiu de hospitais várias vezes no decorrer dos anos, dependendo da severidade de suas crises.

Mamãe tinha depressão clínica. Ela sofreu com isso durante quase toda a vida, mas piorou depois da morte da minha irmã mais velha, há cinco anos. Opal tinha dez anos a mais que eu. Ela era mentalmente instável e fugiu de casa. Durante os anos em que perdemos contato, ela ficou ainda mais presa dentro de sua própria mente e acabou se suicidando.

Perder a minha irmã foi a coisa mais difícil pela qual já passei. Mamãe nunca mais foi a mesma depois disso. Até a morte de Opal, minha mãe conseguia manter a depressão sob controle o suficiente para ser funcional. Agora, não mais.

Chrissy foi para seu turno de enfermeira, deixando-me sozinha em meu quarto. Olhei pela janela para a casa de barcos. A estrutura ficava na nossa propriedade, mas era bem afastada da casa principal, mais próxima do lago. Era preciso ir andando por um caminho de cascalhos para chegar lá.

Tirando sua caminhonete preta e brilhante do lado de fora, ao longe, não vi evidência alguma da presença do nosso novo hóspede. E tudo bem por mim. Eu ia esperar até a tarde do dia seguinte para ir lá e fazer o serviço de limpeza. Geralmente, os inquilinos saíam à tarde.

Durante o dia, eu cuidava de tudo relacionado à propriedade. Depois, cinco noites por semana, trabalhava como garçonete em um pub local chamado Jack Foley's. Isso era basicamente a minha vida bem comum desde que a depressão da minha mãe piorou. Alguém tinha que administrar as coisas, e eu ganhara essa responsabilidade por falta de opções.

A casa do lago — nossa residência principal — e a pequena casa de barcos estavam na família da minha mãe há anos. Após sua morte, meu avô deixou tudo para mamãe, sua única filha. Como estava tudo pago, não havia hipoteca. Isso era uma coisa boa, já que eu era a única que tinha emprego. Do jeito que as coisas estavam, eu conseguia apenas manter a casa funcionando, mas havia muitas coisas na fila para serem consertadas.

Eu não gostava de reclamar quando se tratava da minha vida. Tinha muitas coisas pelas quais ser grata. Morar no lago era uma delas. Embora em alguns dias eu me sentisse como a Cinderela, sem as meias-irmãs malvadas, a beleza serena desse lugar quase sempre compensava isso.

No dia seguinte, parecia que a barra estava limpa. A caminhonete do inquilino não estava ali, então era o momento perfeito para pegar algumas toalhas limpas e fazer uma visita à casa de barcos para limpar.

Meu cachorro São Bernardo, Teddy, pensou que eu ia levá-lo para passear, então me seguiu quando saí pela porta. Decidi deixá-lo ir comigo.

O ar da tarde estava denso. A luz do sol em meio ao céu nebuloso cegou-me parcialmente conforme segui meu caminho, com três toalhas de tamanhos variados enfiadas debaixo do braço e um balde com produtos de limpeza pendurado no pulso.

Assim que entrei na casa, imediatamente senti o cheiro de sua colônia. Masculinidade exalava no ar. Uma jaqueta preta estava perdurada no encosto da cadeira, e uma mala grande e cheia de roupas estava aberta no chão. Um relógio que parecia ser caro estava em cima de um laptop.

A cama já estava arrumada. Talvez ele não tivesse visto a parte no e-mail de confirmação que explicava sobre o nosso serviço de limpeza de cortesia, ou talvez simplesmente fosse uma pessoa que gostava de deixar tudo arrumado e não pôde esperar.

Meu cachorro subiu na cama.

— Desça, Teddy!

Quando dei por mim, a porta do banheiro se abriu bruscamente. Tudo aconteceu tão rápido em seguida. O balde escorregou para o chão enquanto eu assimilava o homem hercúleo ali de pé, usando nada além de uma pequena toalha branca. Meu queixo caiu.

Teddy começou a latir.

A voz profunda de Noah me perfurou.

— O que diabos está acontecendo aqui?

Os cabelos dele estavam molhados. Engoli em seco conforme meus olhos desceram por seu corpo e voltaram a subir em seguida. Não sei bem por que perdi a capacidade de pensar. Eu estava completamente chocada em vê-lo, ainda mais assim: praticamente pelado, com água escorrendo por seu torso esculpido.

Ele não deveria estar em casa.

Ele me arrancou do transe.

— Existe uma razão para você estar me encarando ao invés de ir embora?

Hã... porque você é gostoso pra caralho?

Virei abruptamente e fiquei de costas para ele.

— Eu vim para limpar. Me desculpe. Posso voltar depois.

Cambaleando, saí correndo tão rápido que deixei para trás os produtos de limpeza que derrubei no chão. Pensei que tivesse deixado Teddy para trás também, mas, felizmente, ele me seguiu quando saí pela porta.

Eu tinha visto o homem por uma questão de segundos, mas agora sabia por que Chrissy estava dando risadinhas no dia anterior. Ele era lindo de morrer, com traços clássicos e esculpidos e pelos faciais perfeitos. Também era bem alto, e provavelmente o homem mais *viril* que já havia cruzado o meu caminho.

Ele também é grosseiro. Isso ficou bem claro. *Mas sexy.* Cabelos escuros, corpo sarado... parecia ter trinta e poucos anos.

Minha mãe estava na cozinha fazendo um sanduíche quando voltei para casa.

— O que houve? — ela perguntou. — Você parece agitada.

Eu estava ofegando um pouco.

— Acabei de fazer papel de idiota na frente do novo inquilino. A caminhonete dele não estava lá, então pensei que podia ir limpar. — Fechando os olhos, respirei fundo para me acalmar. — Ele saiu do banheiro seminu. Dei um susto do caramba nele. E, ao invés de sair, congelei e fiquei lá, encarando. Ele não ficou muito feliz com isso.

Teddy estava com a língua pendurada para fora, como se tivesse vivido a mesma experiência que eu.

Minha mãe parou de passar manteiga no pão e começou a rir — era a primeira vez que eu ouvia sua risada em muito tempo. Mesmo que tivesse sido às minhas custas, sorri. Quase fez com que o que aconteceu tivesse valido a pena. *Quase.*

Mais tarde, naquela noite, abri a porta da frente para dar uma volta com Teddy e encontrei nos degraus da varanda o balde que eu havia deixado para trás na casa de barcos. Todos os produtos de limpeza estavam dentro dele. Noah era um pouco babaca — mas, aparentemente, um babaca educado.

Alguns dias se passaram, e não encontrei Noah durante esse tempo. Eu batia bem alto à sua porta durante as tardes para confirmar que ele não estava em casa antes de entrar para limpar.

Nas noites em que eu tinha folga do trabalho, uma das coisas que mais gostava de fazer era dar um mergulho no lago ao pôr do sol. Era provavelmente o que eu mais amava em ter uma propriedade perto da água. Não tinha lugar melhor para clarear a mente do que o lago.

Também era onde eu me exercitava. Não gostava de fazer coisas como corridas ou aulas de ginástica. Mas, na água, me sentia leve, como se pudesse fazer qualquer coisa. Então, desenvolvi meu próprio método de aeróbica aquática. Os exercícios incluíam coisas como dar pulos e fazer agachamentos sob a água, ou dançar feito uma louca sacudindo os braços. Não havia ritmo ou sentido. Eu só fazia o que queria. Qualquer coisa para ativar minhas endorfinas.

Eu estava de folga naquela noite, então fui para o lago. Estava com fones de ouvido, curtindo um bom e velho hip-hop enquanto pulava e me sacudia, quando percebi algo vindo em minha direção. Quando dei por mim, suas mãos estavam em meus ombros.

Meu coração acelerou.

Levei alguns segundos para perceber que era Noah.

CAPÍTULO DOIS
Heather

— O que você está fazendo? — gritei, meu coração quase saltando do peito.

Ele me soltou abruptamente. Sua respiração estava pesada ao dizer:

— Você não está se afogando...

Retirei meus fones de ouvido.

— Não! Por que acharia isso?

— Você estava agitando os braços feito uma lunática. Da porcaria da minha varanda, parecia que você precisava de ajuda.

Meu pulso estava acelerado.

— Eu não estava me afogando. Estava *dançando*.

Ele cerrou os dentes.

— Dançando...

— Sim.

— Puta que pariu... — ele murmurou.

Então, ele virou e saiu andando com dificuldade pela água, em direção à margem.

Fiquei ali em choque, fitando seu corpo grande conforme ele se afastava. Eu tinha encontrado esse cara duas vezes e consegui irritá-lo em segundos em todas elas.

E então, me dei conta: ele pensou que eu estava me afogando e veio correndo *me salvar*. Ele tinha pulado na água vestido. *Ai, meu Deus.* Eu não estava em perigo, mas ainda precisava agradecê-lo.

— Espere! — gritei.

Noah não parou, continuando a ir em direção à casa de barcos.

Ele está muito bravo.

As coisas já estavam ruins entre nós *antes* disso. *Acho que agora foi a gota d'água.* Como eu ia saber que isso ia acontecer? Eu fazia aeróbica aquática há meses, e ninguém nunca pensou que eu precisava de ajuda. Na verdade, ninguém nunca apareceu ali.

Quando finalmente o alcancei, ele estava sentado na varanda de madeira da casa de barcos. Parei diante dos degraus.

Quieto e irritado, ele estava recostado contra a casa. Seus ombros largos subiam e desciam. Sua camiseta preta estava grudada no peito. Sua calça jeans também estava molhada, e seus pés estavam descalços. Ele era dolorosamente lindo — mais que qualquer cara que já andou por essas bandas em muito tempo. Provavelmente nunca vi alguém assim. Ele podia ser um pouco velho para mim, mas isso não impediu que meu corpo vibrasse conforme eu absorvia sua imagem. Sua idade — sua maturidade — era muito excitante. Minha reação a esse homem era empolgante e apavorante ao mesmo tempo.

Ele agiu como se eu não estivesse ali. Fiquei olhando quando ele virou e esticou-se pela janela aberta para pegar algo dentro da casa — um charuto. Ele o segurou entre os dedos antes de acendê-lo. Eu nunca gostei de fumaça de charuto, mas tinha algo tão sexy no jeito que ele o segurava. Por falar em suas mãos, elas eram grandes e cheias de veias, poderosas — mãos que poderiam machucar com a mesma facilidade que poderiam proteger.

Ele colocou o charuto nos lábios, e a ponta brilhou conforme ele tragou.

Continuei encarando suas mãos. Calejadas e ásperas, elas pareciam ter trabalhado bastante na vida. Suspirei. Noah Cavallari era um *homem* em todos os sentidos.

Ele continuou a me ignorar, e por alguma razão, aquilo me deixou ainda mais determinada a falar com ele — provavelmente o oposto do efeito que ele pretendia ter causado.

Boa tentativa, mas nem chegou perto, Noah.

Limpei a garganta.

— Sinto muito pelo mal-entendido.

Ele deu uma longa tragada no charuto e soprou a fumaça. Depois, virou a cabeça tão rápido na minha direção que me sobressaltei.

— Quem dança sozinha em um lago?

— Era aeróbica aquática — eu disse.

Ele fechou os olhos e, então, me surpreendeu com uma gargalhada calorosa; o som fez meu corpo vibrar.

Bem, pelo menos ele tem senso de humor em algum lugar dentro de si.

— O que você estava ouvindo quando interrompi a sua coreografia?

— Não sei — menti.

— Acho que sabe, sim.

— Tudo bem, eu sei. Mas não quero te dizer.

— Por que não? Estou curioso para saber que tipo de música faz alguém sacudir os braços para todo lado daquele jeito. Posso ouvir?

Esse dia provavelmente não poderia ficar pior. Deduzindo que devia isso a ele, entreguei-lhe os fones de ouvido, preparando-me para sua reação.

Ele jogou a cabeça para trás e começou a rir ainda mais que antes.

Eu estava ouvindo *Jump*, da dupla Kris Kross.

Arranquei os fones dos ouvidos dele.

— Está feliz agora?

— Eu precisava disso. Obrigado. Não ouço essa música desde que eu tinha, tipo... sete anos. Antes do seu tempo, com certeza. — Ele riu.

— É, bom, é uma música boa. Me faz querer...

— Pular? — ele brincou.

Mordi o lábio, mas não pude evitar e comecei a rir com ele.

Ele ergueu as mãos e abriu um sorriso sarcástico.

— Não estou julgando. Juro.

— Fico feliz por ter adicionado um pouco de humor à sua vida — eu disse. — Claramente, baseado na sua reação irracional à minha presença no seu quarto naquele dia, você estava precisando muito.

Sua expressão leve sumiu, e ele passou a me fitar com adagas nos olhos.

— Eu saí do banheiro seminu e me deparei com uma adolescente ali de pé no meio da casa. Que outra reação teria sido apropriada?

Adolescente?

Ah, isso não.

— Eu não sou adolescente, então já começou errado. E a resposta é: qualquer reação além da que você me deu. Foi um mal-entendido, e o jeito como falou comigo foi injustificável. — Ainda irritada, soltei uma respiração, olhando para o lago e depois de volta para ele. — A propósito, eu sou a Heather. Não nos conhecíamos formalmente ainda.

Após uma pausa, ele falou:

— Noah.

Até mesmo a forma como seu nome saiu de sua boca foi sexy.

— Eu sei qual é o seu nome... pela sua reserva. Na verdade, fiz uma pesquisa de antecedentes, mas isso não cobria problemas de personalidade, infelizmente. Prazer em conhecê-lo.

— Certo. Não sou um assassino, só um imbecil que reage exageradamente, ao que parece. Não tem filtros para isso.

Avancei alguns passos.

— Sinto muito mesmo pelo que aconteceu agora. Obrigada por ter ido me salvar. Se eu estivesse mesmo me afogando, isso teria sido heroico.

— Que escolha eu tinha? De onde eu estava, você parecia estar balançando os braços pedindo socorro. Eu teria que ser um completo escroto para não fazer nada. — Ele desviou o olhar de mim.

— Por falar em ser um escroto...

Isso me fez ter sua atenção de volta.

— Pensei que você não estivesse em casa, naquele dia. Foi só por isso que entrei para limpar. A sua caminhonete não estava aqui.

Noah soprou um pouco de fumaça.

— Minha caminhonete precisava de um pneu novo. Não estava a fim de esperar uma hora na oficina, então caminhei por pouco mais de um quilômetro até aqui e decidi tomar um banho relaxante. Já sabemos no que isso deu.

Nossos olhares se prenderam por um momento antes de sua boca se curvar em um pequeno sorriso. Soltei um suspiro de alívio.

— Me desculpe por ter sido rude com você — ele finalmente disse. — Eu me arrependi depois. Só fui pego de surpresa.

— Tudo bem. — Eu me remexi, sem saber o que fazer com meu corpo. Estar perto dele me deixava muito inquieta. — A propósito, tenho vinte anos. Então, mais uma vez, *não* sou uma adolescente. Quantos anos você tem?

— O suficiente para ser muito velho para andar com uma garota de vinte anos que está quase com os peitos de fora.

Olhei para baixo. *Merda*. Ele tinha razão. Meus peitos *estavam* praticamente saindo do biquíni. Estava tão envolvida nele que nem tinha notado. Cobri meus seios com os braços. Não era algo que eu tinha planejado, mas, mesmo assim, era indecente. Contudo, ao invés de me sentir tímida, o fato de que ele tinha apontado aquilo me encheu de calor. Em algum nível, ele estava me notando de uma maneira sexual. E eu gostei — talvez até demais. Senti uma empolgação que não sentia há muito tempo me percorrer.

— Por que você faz todo o trabalho por aqui? Parece que é a única cuidando de tudo. Por quê?

Ninguém nunca me perguntou isso antes.

— É minha responsabilidade. Por que é tão estranho?

— Na sua idade, você não deveria estar na faculdade ou algo assim? Por que está aqui limpando e fazendo essas coisas?

Sua pergunta me ofendeu um pouco, mas fiquei feliz por ver que alguém tinha percebido aquilo.

— Não é exatamente por preferência minha. Minha mãe não está bem... mentalmente. Então, assumi a maioria das obrigações em relação à casa principal e o aluguel da casa de barcos. Trabalho no Jack Foley's Pub quando não estou cuidando das coisas por aqui.

— Você não precisa mais limpar o meu quarto.

— Mas eu tenho que fazer isso. Faz parte do...

— Você não vai mais limpar a casa de barcos enquanto eu estiver aqui — ele vociferou. — Não gosto de pessoas invadindo o meu espaço, de qualquer jeito. E tenho certeza de que você tem coisas melhores para fazer do que limpar a bagunça de um homem adulto.

— Bom, se não quiser que eu limpe, então não vou.

— Não quero.

Deus, ele é tão rabugento.

E sexy.

— Ok. — Estremeci.

Estava ficando frio, mas eu não estava pronta para sair dali. Essa varanda era provavelmente o último lugar onde eu me encaixava, mas era onde queria estar. Fazia muito tempo que não me sentia revigorada assim.

Meus dentes bateram.

— O que o trouxe ao Lago Winnipesaukee esse verão?

Em vez de me responder, Noah se levantou e entrou na casa. A porta fechou atrás dele.

Ele não fez isso.

Ele acabou mesmo de fazer isso?

Acho que não posso fazer perguntas pessoais.

Assim que eu estava prestes a dar meia-volta e ir para casa, o rangido da porta me assustou. Ele voltou para a varanda segurando uma camisa quadriculada de flanela.

Ele a jogou para mim, sem muita delicadeza.

— Vista isso. Cubra-se.

— Valeu.

Deslizei os braços pelas mangas da camisa para vesti-la e a abotoei. Tinha o cheiro dele, másculo e amadeirado — como se alguém tivesse engarrafado o cheiro de testosterona e colocado à venda. Eu já estava planejando dormir usando essa camisa.

Para minha surpresa, ele retornou para minha pergunta.

— Eu precisava me afastar por um tempo. Escolhi esse lugar aleatoriamente. Mas não fiz uma pesquisa de antecedentes para me certificar de que não vinha com uma proprietária curiosa que faz papel de *Fly Girl*. — Ele piscou.

— O que é uma *Fly Girl*?

— Merda. — Ele suspirou e baixou o olhar para seus pés. — Isso foi antes de você nascer.

— Bom, o que é uma *Fly Girl*? Algum tipo de super-heroína de tirinhas?

Ele deu novamente a risada calorosa que me fazia sentir coisas entre as pernas.

— Tinha uma série de comédia nos anos noventa que se chamava *In Living Color.* Jamie Foxx e Jim Carrey estavam no elenco. Dançarinas chamadas *Fly Girls* faziam apresentações entre os esquetes de comédia antes dos comerciais. Enfim, eu só estava zombando da sua coreografia de hip-hop.

— Vou ter que pesquisar sobre isso na internet. Estou meio decepcionada comigo mesma por não conhecer. Normalmente, estou bem por dentro da cultura pop dos anos noventa.

Pude sentir que estava ruborizando, e nem sabia por quê.

Limpando a garganta, perguntei:

— Você trabalha?

Ele tragou e a fumaça flutuou de sua boca quando ele disse:

— Estou dando um tempo, no momento.

— O que você faz?

Ele não respondeu de imediato. Foi como se não tivesse certeza se queria responder minhas perguntas.

— Sou fotógrafo.

— Sério? Isso é tão legal. Eu sempre quis aprender fotografia. Que tipo de fotos você tira?

— De todos os tipos, desde natureza a retratos. Provavelmente já fotografei de tudo. Já trabalhei de maneira freelancer para jornais, há alguns anos. Uma vasta variedade.

— Então, agora você trabalha por conta própria? É por isso que tem a liberdade de dar um tempo?

— Sim.

Continuei insistindo.

— Você poderia tirar muitas fotos bonitas no lago, particularmente ao pôr do sol. É por isso que escolheu vir para cá? Para buscar inspirações fotográficas?

— Não. Não estou aqui para tirar fotos de nada. Estou dando um tempo nisso. Como eu disse, escolhi esse lugar aleatoriamente. Era longe o suficiente, mas não tão longe assim de casa. O requisito principal era que fosse quieto e pacífico, um lugar onde eu pudesse pensar.

— Acho que estou interrompendo a sua paz, então.

— Que nada... resgates aquáticos fracassados são extremamente relaxantes.

Ele sorriu, e eu retribuí.

Deus. Notei seus cílios. Parecia até injusto um homem ter cílios longos daquele jeito.

Houve um momento de silêncio antes que eu o quebrasse.

— Você acha que sou uma pateta, não é?

— Sim.

Dei risada da rapidez com que ele respondeu. Ele nem ao menos teve que pensar.

Ele entreabriu outro sorriso. Toda vez que ele sorria para mim, eu ficava toda mexida por dentro. Na verdade, me sentia muito idiota. Eu precisava me dar um tapa na cara para me livrar dessa sensação agitada.

Encarei o horizonte para tentar clarear a mente.

— Nunca tinha visto o lago à noite por esse ângulo.

— Por que não? Você mora aqui, não é?

— Eu não passo muito tempo na casa de barcos. Desde a infância, fui instruída a evitar as pessoas que a alugavam. Minha mãe sempre me mandou manter distância. As coisas são diferentes agora, é claro, já que a responsabilidade sobre esse lugar mudou de mãos, mas só venho aqui para cumprir obrigações. Não passo um tempo desse lado da propriedade.

— Isso é uma coisa boa — ele disse.

— Porque não vou ficar por aqui te incomodando?

— É, por isso também. Mas eu estava me referindo ao fato de que a sua mãe te instruiu a manter distância dos hóspedes enquanto você crescia. Há muitas pessoas ruins nesse mundo. Ter um negócio no qual as pessoas vêm e vão não deve ser fácil quando se tem filhos.

Isso me lembrou de um tempo em que eu *não* era a única filha. Sempre que alguma coisa me fazia pensar em Opal, eu me sentia incrivelmente triste. É claro que eu não ia sujeitá-lo a essa história agora, então mantive os pensamentos para mim mesma.

Ele interrompeu meus pensamentos.

— Vai escurecer logo. É melhor você voltar para casa, para a sua mãe não pensar que aconteceu alguma coisa.

— Ela nem me viu sair, provavelmente nem se deu conta de que não estou lá. Minha mãe fica no quarto dela a maior parte do tempo... porque ela tem depressão.

Ele pareceu processar o que eu tinha acabado de revelar.

— Sinto muito por isso.

— Tudo bem.

Ficamos em silêncio por um tempo.

Ele olhou em volta.

— Você acha que vai ficar com esse lugar para sempre? Deve ser caro para manter. Isso sem considerar todo o trabalho que você tem que dar conta.

— É muito trabalho mesmo. E quero muito vender a propriedade inteira.

— Por que não vende?

— Para começar, fico triste em pensar nisso. A casa do lago e a casa de barcos estão na minha família há anos, e eu amo morar aqui. Mas acho que vender é inevitável. A casa principal é grande demais só para mim e minha mãe, e é muito terreno para manter. Ela está disposta a vender. Mas tem muitas coisas que precisam ser melhoradas antes de colocá-la no mercado. Essa é a parte que mais impede esse plano no momento.

Ele segurou o charuto entre os dentes e olhou para mim antes de tragar.

— Você tem muitas coisas nas costas. Não me espanta ficar dançando feito uma doida na água. Fazemos o que é preciso para extravasar, não é?

— Isso mesmo. Dançar alivia o estresse.

Noah se levantou e desceu da varanda para apagar o charuto no chão de cimento. Quando retornou, continuou de pé, de frente para mim. Isso me lembrou do quanto ele era alto comparado a mim. Uma brisa soprou seu cheiro — uma mistura de charuto e colônia — na minha direção. Aquele mesmo cheiro saturava a camisa que eu estava usando. Eu poderia passar a noite inteira inspirando aquele aroma. Sua proximidade estava causando efeitos em meu corpo que eu nunca sentira antes.

Noah olhou em volta.

— Você disse que tem coisas por aqui que precisam de reparos. O quê, especificamente?

Soltei uma lufada de ar pela boca. Até mesmo pensar nisso era exaustivo.

— Tanta coisa. Eu teria que fazer uma lista.

— Por que não faz isso? Faça uma lista. Sou muito bom com as mãos. Posso ver se tem algo com que eu possa ajudar, enquanto estiver aqui.

Parei de prestar atenção no segundo em que ele disse *sou muito bom com as mãos*. Minha imaginação estava correndo solta. *Merda*. Imaginei aquelas mãos fazendo muitas coisas — principalmente comigo.

— Não posso deixá-lo fazer isso.

— Seria idiota da sua parte não aproveitar. Eu vim buscando uma mudança de ritmo, mas a verdade é que quietude demais não é bom. Gosto de me manter ocupado.

Mordendo meu lábio inferior, sacudi a cabeça.

— Não sei...

— Faça a lista — ele insistiu.

Noah tinha razão. Seria idiota da minha parte não aceitar sua oferta. Até parece que tinha alguma outra pessoa batendo à nossa porta para oferecer ajuda.

Inclinei a cabeça para o lado.

— O que você ganharia com isso?

Sua expressão ficou sombria.

— As pessoas nem sempre têm segundas intenções.

Sentindo-me ousada de repente, eu disse:

— Pensei que talvez você fosse me chamar para sair, em troca.

Ouviu isso? Foi um grito interno.

Admito, aquilo foi bem descarado, mas estar perto dele trazia o meu lado paquerador à tona. Talvez o cheiro de seu charuto e sua colônia estivessem inebriando minha mente.

— Você está brincando, não é?

Ok. Eu não deveria ter dito aquilo.

— Na verdade, eu...

— Eu sou quase velho o suficiente para ser seu pai.

Sério? Era assim que ele me via? Eu sabia que ele era mais velho que eu... mas não parecia ser *tão* velho assim. Nem um pouco. Deduzi que ele tinha trinta e poucos anos, mas não fazia mesmo ideia de qual era sua idade de verdade.

Sacudi a cabeça.

— Não é, não. Isso é mentira. Um irmão mais velho, talvez. Quantos anos você tem?

Ao invés de me responder, ele deu dois passos à frente.

— Deixe-me esclarecer uma coisa.

— Ok...

— Eu não estava insinuando nada ao oferecer ajuda. E não vou te chamar para sair, fazer uma proposta indecente, ou nem ao menos chegar perto de você, aliás. Ficou claro?

Tudo bem, então.

Engoli em seco. Senti uma onda de decepção ao limpar a garganta.

— Sim.

— Ótimo. — Ele seguiu em direção à porta, virando-se uma última vez. — É melhor você ir. Foi bom conversar com você. Me dê a lista amanhã.

Ele desapareceu para dentro da casa, deixando-me na varanda para chafurdar em seu cheiro flutuando no ar e me sentindo uma completa idiota.

De volta ao meu quarto, naquela noite, repassei suas palavras em minha mente.

Não vou te chamar para sair, fazer uma proposta indecente, ou nem ao menos chegar perto de você, aliás. Ficou claro?

Deus.

Sua postura firme só me fez ficar ainda mais atraída por ele. É engraçado como isso acontece.

Ele me tratou como se eu tivesse doze anos. Com vinte, já tenho idade suficiente para sair com quem quiser. Não me importo se o cara tiver quarenta ou oitenta. Cem anos atrás, a expectativa de vida de uma mulher era tipo cinquenta anos. Eu já tenho quase metade disso. Depois que você completa dezoito anos, idade é só um número.

Mas, aparentemente, Noah não se sentia assim. Ou talvez ele só estivesse usando a idade como uma desculpa. Mas o verdadeiro problema era: eu estava brincando! (Mais ou menos.) E ele teve que transformar em algo sério e deixar claro que nada aconteceria entre nós, de jeito nenhum. Por que essa rejeição me fazia querê-lo ainda mais?

Minha necessidade de saber mais sobre ele estava muito intensa. Abri meu laptop e digitei no Google: *Noah Cavallari fotógrafo Pensilvânia.*

Seu site apareceu na hora. Era o primeiro resultado da pesquisa.

Noah Cavallari Fotografia. Aham. Era ele mesmo.

Cliquei no link. Com um fundo preto brilhante, a página principal do site exibia slides com imagens de tirar o fôlego. Com fotos que iam desde safáris africanos a uma inauguração presidencial, a gama da carreira de Noah era vasta. De acordo com sua biografia, ele nasceu na Filadélfia e começou a tirar fotos muito jovem. Depois de se formar em fotojornalismo na faculdade, ele passara a maior parte da vida adulta trabalhando com construção em um negócio de seu pai enquanto, simultaneamente, tirava fotos. Eventualmente, conseguiu transformar a fotografia em um negócio próspero em tempo integral.

Sua carreira lhe proporcionou viajar pelo mundo, mas, nos últimos anos, ele abrira um estúdio focado em fotografar eventos privados e tirar fotos de rosto. Não havia fotos dele no site além da imagem que acompanhava a biografia, onde seu rosto estava coberto por uma lente de câmera gigantesca. No entanto, mostrava o suficiente para confirmar que esse era o Noah Cavallari que estava hospedado na casa de barcos.

Bem, fiquei intrigada. Ele parecia ter uma carreira fabulosa — parecia ter tudo.

Então, o questionamento era: por que ele está aqui?

Comecei a formular teorias.

Ai, meu Deus. Ele está morrendo?

Não. Ele parecia muito saudável, muito viril.

Fugindo da polícia?

Não. Fiz a pesquisa de antecedentes. Sua ficha estava limpa.

Por que ele iria querer vir para cá por três meses? Eu não entendia.

Uma semana ou duas, tudo bem. Mas por que tanto tempo?

Do que você está fugindo, Noah Cavallari?

Eu estava determinada a descobrir.

CAPÍTULO TRÊS
Heather

Dois dias depois, recebi uma mensagem de um número desconhecido.

> **Estou na Home Depot. Qual cor de tinta pego para o exterior da casa de barcos?**

Diante da pergunta, eu soube exatamente quem era. Tinha esquecido que Noah tinha meu número. Mas eu dava meu número para todos os inquilinos no meu e-mail de boas-vindas, para o caso de precisarem de alguma coisa.

No dia após nossa conversa no lago, ele me lembrou de fazer a lista e priorizar o que precisava ser feito. Como o exterior da casa de barcos estava com a pintura descascando, listei essa tarefa como prioridade número um. Ainda não conseguia acreditar que ele queria ajudar. E com certeza não estava perdendo tempo para começar.

> **Que tal cinza?**
> Heather

Os pontinhos saltaram conforme ele digitou.

> **Tem vários tons de cinza.**
> Noah

Decidi brincar um pouco.

> **Cinquenta?** 😉
> Heather
>
> **Muito engraçada.**
> Noah
>
> **Obrigada.**
> Heather

Noah, então, me enviou uma foto de um cartão de tintas com cinco opções de cinza.

> **Gosta de algum desses?**
> Noah
>
> **Então, você conhece esse livro?**
> Heather
>
> **Pare de bobagem, Heather.**
> Noah
>
> **Hahaha O segundo tom de cinza é perfeito.**
> Heather

Não recebi mais mensagens depois disso.

Uma hora depois, avistei Noah do lado de fora da casa de barcos, com a mão na massa. Estreitei os olhos para seu físico sem camisa conforme ele passava primer de tinta na superfície de madeira. Ele estava longe demais para o meu gosto. Se ia trabalhar ao ar livre assim durante todo o verão, eu teria que investir em um binóculo.

Minha mãe se aproximou de mansinho por trás de mim.

— O que você está olhando?

— Hã? — Pulei, fechando a cortina. — Nada.

— Você estava se esforçando para ver alguma coisa. O que tem aí de tão interessante?

Suspirei.

— Eu estava vendo Noah pintando a casa de barcos.

Contei para minha mãe sobre a oferta dele de ajudar. Ela ficou extremamente desconfiada, para dizer o mínimo.

— Não entendo por que ele está fazendo isso. O que ele ganha nessa história?

— Parece que só quer ajudar. Disse que gosta de ficar ocupado.

Minha mãe estreitou os olhos.

— É melhor você ter cuidado. Ele pode querer algo em troca.

Dei risada.

— Acredite em mim, eu *queria* que ele quisesse. Mas ele deixou bem claro que não quer. Infelizmente, eu acredito nele.

Ela pareceu preocupada. Era muito estranho conseguir fazê-la expressar qualquer emoção real ultimamente. Mas a ideia de algo acontecer entre o novo inquilino e mim apertou todos os botões certos.

— Você diz isso como se tivesse *oferecido* algo a ele.

— Eu brinquei sobre ele ter segundas intenções por oferecer ajuda, e ele não gostou muito. Surtou comigo. Ele não sabe brincar. É todo sério. Acha que sou chave de cadeia e não quer nada comigo. Ele pensou que eu fosse uma adolescente quando nos conhecemos. E também me trata como uma.

— Você parece desapontada.

Rindo baixinho, eu disse:

— Meio que estou.

— Isso é loucura, Heather. A última pessoa com quem deveria se envolver é alguém que só está de passagem. Você não sabe nada sobre esse cara. Além disso, ele é muito velho para você.

— Disso, eu não sei. Ele não quer me dizer quantos anos tem. — Dei risada.

— Bom, não me importa o que ele diga, nenhum homem faz o que ele está fazendo agora sem segundas intenções. Você não pode querer que eu acredite que a minha filha linda e loira não tem nada a ver com isso.

Ela estava me dando nos nervos agora. Eu entendia por que ela pensava isso. Mas ela não sabia sobre a experiência que tive com Noah. Eu realmente acreditava que ele não queria nada comigo, e que suas intenções não eram nada além de boas.

— Eu sei que você está condicionada a achar que todos os homens são ruins. Baseando-me na sua experiência com o papai nos abandonando, nem ao menos posso culpá-la. Mas esse não é sempre o caso.

Sua expressão ficou mais sombria.

— Eu já perdi uma filha. Não vou aguentar perder outra.

Ela não podia estar falando sério.

— Como o fato de Noah estar pintando a casa de barcos vai colocar a minha vida em risco? Pense direito no que está falando.

— Eu não quis dizer que ele pode te machucar fisicamente. Mas não posso permitir que você vá embora com um homem qualquer.

— Não seja ridícula. Você está levando isso longe demais. Ele veio para cá para se afastar do trabalho duro diário por um tempo. Ele gosta de se manter ocupado e sabe que precisamos de ajuda. Não tem nada de mais.

Ela não queria encerrar o assunto.

— Mas eu acho que tem, sim. Posso não pensar claramente metade do tempo, mas não sou cega. Você é minha filha. Eu te conheço. Posso ver sua expressão. Você está encantadinha. Mulheres fazem loucuras por homens pelos quais se encantam. E os homens? Eles podem te dizer uma coisa, mas são fracos. Se você continuar se jogando nele, ele *vai* acabar cedendo.

Dei de ombros.

— Só me resta ter esperança.

Ela revirou os olhos, achando pouca graça do meu humor.

— Apenas tenha cuidado.

Naquela noite, eu estava quase pronta para ir para meu turno no pub quando notei alguém na casa de barcos conversando com Noah enquanto ele trabalhava.

Meu coração parou.

Era Kira Shaw, nossa vizinha mais próxima. Kira tinha pouco mais de trinta anos e era divorciada. Com longos cabelos ruivos e curvas de matar, ela era muito atraente. Ela também parecia estar sempre saindo com um cara diferente. Na verdade, eu costumava ser babá de seus filhos enquanto ela dava suas escapadas. Ela estava sempre no modo caça e não tinha problema algum em levar homens para seu quarto enquanto os filhos estavam em casa.

Eu soube imediatamente que ela estava flertando com Noah. E não gostei nem um pouco disso.

Meu pulso acelerou. É claro que esses ciúmes não tinham fundamento. Eu não tinha o direito de me envolver, mas não podia evitar. Não sabia muitas coisas sobre Noah, mas sabia que ele era inteligente, respeitoso e parecia ser um homem decente. Isso era o suficiente para que eu soubesse que ele merecia mais do que aquela vagabunda de short ridiculamente curto. Ela sabia jogar charme e poderia enganá-lo facilmente. Ele não saberia que deveria ficar longe dela a menos que eu o alertasse. Como minha mãe disse, homens são fracos. Eu sabia que Kira agiria rápido, então precisava fazer o mesmo.

Com o pretexto de levar uma bebida gelada para ele — algo que eu provavelmente deveria ter feito há horas —, enchi um copo com água e gelo e marchei em direção à casa de barcos.

Transpirando, eu os interrompi.

— Achei que podia estar com sede.

Noah olhou para mim de cima da escada e limpou um pouco de suor da testa antes de descer. Ele recebeu o copo.

— Bem, eu sou perfeitamente capaz de entrar em casa para beber alguma coisa, então você não precisava fazer isso, mas obrigado.

Dei de ombros.

— Por nada. É o mínimo que posso fazer.

Virei-me para encarar Kira, tentando sinalizar que sua presença não era bem-vinda.

Ela não deu a mínima para mim. Seus olhos estavam fixos na bunda de Noah, conforme ele voltava a subir a escada.

— Você teve muita sorte no quesito inquilino com o Noah, Heather.

Joguei adagas com o olhar para ela.

— É, eu sei.

— Você está indo para o trabalho? — ela perguntou.

— Sim, mas não estou com pressa. Só preciso estar lá daqui a uma hora. — Cruzei os braços.

Eu estava bem *atrasada* para o trabalho, mas nem a pau ia sair até aquela vadia ir embora. Ela pareceu sacar qual era a minha.

Ela virou-se para Noah.

— Bom, pense sobre o jantar, Noah. Eu adoraria recebê-lo, e sei que os garotos também adorariam conhecê-lo. Qualquer noite que for melhor para você fica bom para mim. Você sabe onde me encontrar para uma refeição quente e uma cerveja gelada.

Claro. Isso é tudo que ela está oferecendo.

Noah mal olhou para ela ao continuar a pintar.

— Obrigado.

Fiquei feliz por ver que ele pareceu evasivo e desinteressado. Mas o verão seria longo, e como a minha mãe disse... se uma mulher ficar se jogando em um homem, ele vai acabar cedendo. Não tínhamos muitas opções por aqui.

Só de pensar neles dois juntos já fiquei enjoada.

Ela assentiu uma vez.

— Bom te ver, Heather.

— Igualmente.

Quando ela estava longe o suficiente para não ouvir mais nada, eu disse:

— Ela está tentando se jogar em cima de você com esse convite para jantar.

Noah continuou pintando e não olhou para mim.

— Não me diga...

— Ela é uma enrascada. Você não vai querer se envolver com ela.

— Como isso pode ser da sua conta?

— Não é. Mas considere como um alerta amigável. Eu a conheço. Ela está com um homem diferente a cada semana. Ela só está querendo uma coisa.

Ele parou por um momento, olhou para mim e abriu um sorriso irônico.

— Perfeito, então.

Uma onda de adrenalina correu por minhas veias.

— Você não está falando sério.

Gesticulando com o rolo de pintura para mim, ele perguntou:

— Foi por isso que você veio até aqui fazendo de conta que se importava com a minha sede? Por que a viu falando comigo?

— Não — menti.

— Dá um tempo, Heather. Passei o dia inteiro aqui. Se você estivesse preocupada com a minha hidratação, teria vindo muito antes. Você veio aqui para meter o nariz onde não foi chamada.

— Só estou tentando te proteger.

— Por quê? Você nem ao menos me conhece.

Tentei responder:

— Porque...

Eu não tinha um bom motivo para dar. De jeito nenhum poderia admitir a verdade — que estava com ciúmes da possibilidade de ela ter uma chance com ele porque era mais velha e exigia menos emoções do que eu.

— É melhor eu ir. Eu... eu estou atrasada para o trabalho.

Comecei a sair dali e, então, ele me chamou.

— Pensei que tivesse dito que só precisaria estar no trabalho daqui a uma hora.

Virei e lancei um olhar irritado para ele.

Ele sacudiu a cabeça, rindo.

Ele está rindo de mim.

De novo.

Ótimo. Parecia que Noah sempre estava me repreendendo ou rindo de mim. Não tinha meio-termo.

O único jeito de lidar com isso e manter meu orgulho intacto era continuar a andar e ir embora dali, e foi exatamente o que fiz.

O Jack Foley's Pub era conhecido por seus hambúrgueres, seleção de cervejas locais e mesas de sinuca. Mesmo que não fosse um lugar dos mais chiques, era um ponto popular na região do lago. Especialmente no verão, Jack Foley's era um lugar badalado todas as noites da semana.

Apesar do ritmo frenético, meu turno naquela noite estava bem rotineiro, até cerca de nove da noite, quando olhei para um dos cantos do ambiente e o avistei.

O que Noah está fazendo aqui?

Com uma postura soturna e brava, ele olhava diretamente para mim. Ainda irritada por ele ter chamado a minha atenção mais cedo, recusei-me a reconhecer sua presença.

Não vou atendê-lo. De jeito nenhum.

— Você pode cuidar da mesa nove, ali no canto? — pedi para minha amiga e colega de trabalho, Marlene.

— Por quê?

— Aquele cara é meu inquilino, e eu não quero falar com ele agora.

Ela virou para olhá-lo.

— Nossa.

— Eu sei.

— Por que raios você o está evitando?

— Eu fiz papel de idiota mais cedo. É uma longa história.

— Ele é gato pra caramba, Heather. — Ela mordeu o lábio. — Eu ficaria feliz em *dar* atenção a ele.

— Perguntei se você poderia *atendê-lo*, não transar com ele.

Fiquei observando Marlene ir até Noah e dizer algumas palavras, para retornar um minuto depois.

— Ele perguntou se você pode atendê-lo.

Merda.

Quando olhei rapidamente para ele, estava olhando direto para mim.

Com um suspiro, fui até lá e me certifiquei de imitar sua postura fria.

— O que vai querer?

— Você não deveria ser um pouco mais cordial com os seus clientes?

— Não quando sei que o cliente está aqui para me repreender.

Sua expressão suavizou.

— Não estou aqui para te repreender.

— Não? Então por que, de todos os lugares, você veio justo para *cá*? Você sabe que trabalho aqui.

— Eu vim para cá intencionalmente, sim... mas não para te incomodar. Vim pedir desculpas.

Inspirei com força e me acalmei um pouco.

— É mesmo?

— Sim. Fui rude com você hoje mais cedo. Você estava querendo me proteger e fui grosseiro sem um motivo plausível. Me desculpe. Posso ser um babaca insensível, às vezes. É o meu jeito. Não sei esconder isso muito bem.

— Bom, fico feliz que reconheça. Não o fato de ser um babaca, que você realmente *é* às vezes, mas que eu só estava tentando te proteger.

Nos encaramos em silêncio antes de ele falar.

— Olha, não que eu te deva uma explicação, mas não vim para o Lago Winnipesaukee para foder mulheres por aí ou complicar a minha vida. Vim para me afastar de coisas desse tipo. Então, não precisa se preocupar comigo e aquela fulana. Eu nem me lembro de qual era o nome dela, sendo sincero. Tudo o que quero é ficar em paz. Essa é a verdade.

— Acho seriamente que você pensa que sou uma abelhuda maluca.

— Uma o quê?

— Abelhuda. Você nunca ouviu esse termo?

— Não. É coisa de Nova Hampshire?

— Não. — Eu ri. — É uma pessoa que se intromete na vida dos outros.

— Ah. Bom, então, você definitivamente é isso.

Ele sorriu. Senti arrepios por todo o meu corpo. Esse cara causava um efeito muito estranho em mim. Em um minuto, eu estava com medo de falar com ele, e no seguinte, tudo o que eu queria era me perder em seus grandes olhos castanhos.

Limpei a garganta e peguei o bloquinho de papel do bolso do meu avental.

— O que você vai querer?

— O que você recomendar. Eu nem olhei o cardápio. Só vim para me desculpar, na verdade. Mas já que estou aqui, vou aproveitar para comer.

— Vou arranjar alguma coisa para você.

Ele arqueou uma sobrancelha.

— Devo me preocupar?

— Não. Não vou batizar a sua comida, nem nada disso, embora talvez eu devesse fazer isso depois da maneira como você falou comigo hoje. — Pisquei para que ele não pensasse que eu ainda não tinha superado aquilo.

Acabei pedindo ao chef que fizesse um de seus hambúrgueres especiais com cogumelos, queijo suíço e cebola frita.

Servi o prato para Noah com uma porção generosa de batatas fritas com parmesão e alho e fiquei olhando-o devorar a refeição. Senti um prazer estranho ao alimentá-lo, algo que eu não podia dizer que já sentira antes. *Olhe só o jeito como ele está engolindo a comida.* O coitado devia estar faminto depois de passar o dia trabalhando à beça.

Imaginei que outras coisas ele devia fazer com o mesmo vigor. Sacudi a cabeça e forcei-me a voltar ao trabalho.

Mais tarde, quando ele tentou me dar seu cartão de crédito, ergui a mão.

— É por minha conta.

— Não posso te deixar fazer isso.

— É sério... fica por conta da casa. Contei ao chef que você era um amigo. Ele insiste.

Paguei por seu jantar com o meu próprio dinheiro. Era o mínimo que eu poderia fazer depois de todo o trabalho que ele estava fazendo pela propriedade.

— Bem, obrigado. Estava muito bom. — Ele guardou o cartão de volta na carteira antes de colocar uma nota de vinte dólares sobre a mesa, o que anulava meu propósito de fazer algo por ele.

— Tudo certo para você voltar para casa mais tarde? — ele perguntou.

— Sim. Estou com meu carro.

— Aquela velharia que vi estacionada em frente à sua casa?

— Ele funciona bem, pelo menos para me transportar até aqui e de volta para casa.

— Bom, tenha cuidado ao dirigir. — Ele se levantou. — A gente se vê.

Ele nem tinha ido embora ainda, e meu cérebro imediatamente começou a planejar minha próxima oportunidade de vê-lo. Sem saber exatamente o que ia dizer, eu o chamei.

— Noah...

Ele virou.

— Sim?

E agora?

Eu não tinha nada para dizer. Só não queria que ele fosse embora.

Após uma pausa, inventei uma história.

— Minha mãe quer te conhecer... para agradecer por sua ajuda na pintura da casa. Ela me pediu para te convidar para o jantar essa semana. Na quinta-feira, que é a minha noite de folga. Eu vou cozinhar, é claro, porque ela não consegue fazer mais que um sanduíche, ultimamente. Eu disse a ela que você provavelmente não aceitaria, mas prometi que o convidaria mesmo assim.

Noah mordeu o lábio inferior e pareceu hesitante. Por fim, ele deu de ombros.

— Ok.

— Sério? Você vai?

— É só um jantar, não é? Por que não? Obrigado pelo convite.

Abri um sorriso largo.

— Ótimo. Pode ser às sete?

— Sim. Tudo bem. — Ele assentiu. — Boa noite.

— Boa noite. — Fiquei olhando-o se afastar e desaparecer após sair pela porta.

Eu ainda estava flutuando quando Marlene surgiu por trás de mim.

— Desembucha. Você está transando com aquele cara ou algo assim?

Sacudi a cabeça, com os olhos ainda na porta.

— Então por que está sorrindo feito uma pateta agora?

— Estou?

— Sim. Então, por que *não está* transando com ele?

— Porque ele nem ao menos quer chegar perto de mim, para começar. Ele me trata como criança. — Suspirei. — Deus, ele é... não sei... diferente. Não consigo desvendá-lo... bem, exceto pelo fato de que ele não parece estar interessado. Essa parte está bem clara para mim.

— Você deveria descobrir como mudar isso. Ele é um gato!

— Eu sei. Ele é incrivelmente lindo, não é? Mas sabe, Marlene, não é só isso. Ele é um fotógrafo talentoso, tipo, *muito* criativo. E também habilidoso pra caramba. Ele está pintando a casa de barcos para nos ajudar. Ninguém pediu que fizesse isso. Ele está fazendo porque sabe que precisamos da ajuda. Sem contar que também tentou salvar a minha vida.

— *Tentou* salvar a sua vida?

— Longa história. Mas as coisas têm sido definitivamente mais empolgantes desde que ele veio para cá. Porém, a admiração não é recíproca.

— Bem, pelo menos é alguma coisa para animar a sua vida. Acho que você precisa de uma mudança com todas as merdas que tem que passar, com a sua mãe e tal. Você merece um pouco de emoção.

Se eu ao menos pudesse conter essa agitação... Eu tinha a sensação de que seria um verão bem longo, nesse aspecto. Eu já me sentia perdendo o controle.

CAPÍTULO QUATRO
Noah

Não sei por que aceitei o convite para jantar na casa de Heather. Algo me dizia que eu ia me arrepender.

Acho que eu estava curioso para saber qual era a da mãe dela. Não vi a mulher desde que cheguei. Ela nunca saía de casa. Era bizarro.

Sim. Foi por isso mesmo que você aceitou o convite.

Evidentemente, eu era muito bom em me enganar se acreditava que conhecer a mãe de Heather era o motivo pelo qual eu dissera sim.

Heather tinha piscado sedutoramente para mim no restaurante, e esqueci da minha idade por um minuto quando tomei a decisão burra de concordar. Era difícil não me sentir como um maldito universitário cheio de tesão quando ela estava por perto. E isso era perigoso. *Ela* era perigosa — particularmente porque não escondia sua atração por mim.

Desde o momento em que a vi em meu quarto, percebi o jeito como ela me encarou embasbacada. Ela não tinha o direito de me olhar daquele jeito, e não gostei nem um pouco disso.

Ou talvez eu *não tivesse gostado* de *ter gostado* disso.

Ao andar pelo mercado, parei de repente e olhei para o que estava segurando.

Seu idiota.

Eu tinha escolhido uma garrafa de vinho tinto para levar para o jantar, esquecendo completamente que minha graciosa anfitriã não tinha idade para beber.

Voltei até a prateleira e devolvi a garrafa.

O que mais eu poderia levar?

O cheiro de pão fresco me atraiu até a padaria. Com pouco tempo restando, peguei um pão de alho recém-assado antes de ir para o caixa.

Isso teria que servir. Só me restava torcer que ela não fosse do tipo que não come glúten ou alguma merda assim.

Caminhei sem pressa até a casa principal. Ainda sem ter certeza se havia tomado a decisão certa ao aceitar o convite para o jantar, disse a mim mesmo que podia mudar de ideia e cancelar. Ainda assim, apesar de ter a liberdade de fazer isso, vi-me diante da porta dela, batendo enquanto segurava o pão gigantesco na outra mão.

Uma pessoa que eu não estava esperando abriu a porta. Não era Heather ou sua mãe, mas sim um cara que parecia ter mais ou menos a mesma idade de Heather.

— Quem é você? — perguntei, olhando-o de cima a baixo.

— Eric. Quem é *você*?

Antes que eu tivesse a chance de responder, o cachorro de Heather veio correndo em minha direção e começou a esfregar a cabeça enorme em minhas pernas. Eu nunca tinha visto um cachorro com a cabeça tão imensa.

O cara repetiu sua pergunta:

— Então, *quem* é você?

Eu finalmente cedi e cocei a cabeça do cachorro.

— Sou o hóspede da casa de barcos. Onde está Heather?

— O que você quer com a Heather? — ele indagou, parecendo estar na defensiva.

Quem diabos é esse cara?

Ignorei sua pergunta.

— Onde ela está?

— A mãe dela não está se sentindo bem. Está no quarto com ela.

Talvez seja melhor eu apenas dar o fora da daqui.

— Diga a ela que passei aqui e...

— Espere! — Heather apareceu de repente. — Noah, não vá.

O cachorro respondeu, como um reforço ao pedido dela.

— O que está acontecendo? — perguntei.

Heather parecia agitada.

— Minha mãe não quer sair do quarto. Isso é típico dela. — Ela olhou para o cara. — Vejo que você conheceu o Eric. Ele já estava de saída.

Ele a encarou por alguns segundos.

— Pense sobre o que eu disse, ok?

— Sim, claro — ela respondeu, com desdém, sem nem olhar para ele.

— Estou falando sério, Heather — ele insistiu.

— Tchau, Eric.

Depois que ele fechou a porta, um silêncio desconfortável recaiu sobre nós. O cachorro saiu andando até um canto e deitou-se no chão, agora que o drama tinha acabado.

Olhei para baixo, encarando meus sapatos, e notei que eles estavam bem sujos. Tinha chovido mais cedo, e acabei pisando em um pouco de lama. Eu não podia andar pela casa dela assim.

— Você se importa se eu tirar os sapatos? — questionei. — Estão sujos de lama. Não quero sujar o seu piso.

— Não, pode tirar. — Heather disse. Ela me observou retirar os sapatos. — Os seus pés são enormes.

— Obrigado pelo aviso.

— Caso você não soubesse. — Ela riu.

Mudei de assunto.

— Então, quem era aquele cara? — perguntei, dando alguns passos para entrar na sala de estar, ainda hiperconsciente dos meus pés descalços.

— É uma longa história.

— Bem, nós não temos mais nada para falar no momento.

Ela respirou fundo.

— Ele é meu ex. Eu não esperava que ele fosse aparecer aqui hoje. Nem sabia que ele estava na cidade para passar o verão.

— Ele não mora aqui?

— Não. Ele se mudou para Boston. Nós terminamos pouco tempo depois que ele foi embora para estudar na Universidade de Boston, há alguns anos. O plano era irmos para essa faculdade juntos, na verdade. Mas então, as coisas pioraram muito com a minha mãe, e acabei não indo. Ele foi sem mim. Achamos que poderíamos manter um relacionamento à distância, mas ele decidiu que não queria ficar preso.

Merda.

— Você ia para a faculdade?

— Sim. Eu tinha me matriculado no curso de enfermagem.

Balancei a cabeça. Essa garota havia desistido da coisa mais importante de sua vida para ser cuidadora em tempo integral aos vinte anos. Pensei em como eu estava quando tinha a idade dela: longe de casa na faculdade, com toda a liberdade do mundo. Naquele tempo, não reconheci o valor que isso realmente tinha.

— Sinto muito por você não ter ido.

— Tudo bem. Já me acostumei. De qualquer forma, eu não estava preparada para ele aparecer aqui hoje.

— Olha, sei que você é educada demais para sugerir, mas podemos fazer isso outro dia, se a sua mãe não está se sentindo bem. Eu posso...

— Não. Eu te convidei para o jantar. Essa é a minha noite de folga. Não quero desperdiçá-la. Além disso... — Ela olhou para minhas mãos. — Você trouxe... pão.

Eu quase me esqueci.

— É. Hã... eu não tive muito tempo para decidir o que trazer. Pensei em uma garrafa de vinho, mas aí lembrei que você não pode beber.

— Bom, legalmente não posso, mas eu posso beber se...

— Não, você não pode. Não quando sou eu te dando álcool.

Ela ergueu o olhar para o teto.

— Tudo bem, então. — Gesticulando com a mão, ela disse: — Por favor, venha para a cozinha, rabugento. — Ela pegou o pão. — Posso pegar algo para você beber?

Prendi os polegares nos passadores da minha calça jeans, sentindo-me inquieto com esse jantar para dois.

— Claro. Pode ser qualquer coisa.

— Água com gás?

— Sim. Obrigado.

Ela abriu uma lata de água com gás saborizada de cranberry e limão que pegou da geladeira e me entregou.

Então ficou de frente para mim, do outro lado da bancada, e me observou tomar o primeiro gole.

— Obrigada pelo pão. — Seu rosto pareceu corar. — Deus, você me deixa nervosa, Noah — ela acrescentou. — E o fato de que essa noite já virou uma grande bagunça não está ajudando. Para completar, você nem ao menos quer me deixar beber para me acalmar.

Ninguém podia acusar essa garota de não dizer o que se passava em sua cabeça. Ela era extremamente honesta.

— Eu não disse que você não podia beber. Eu disse que não seria a pessoa que te daria bebida.

— Ok. — Ela sorriu. — Eu meio que estava brincando, de qualquer forma. Mas uma bebida nesse momento realmente me ajudaria *muito*.

Era irônico ela afirmar que eu a deixava nervosa, porque ela me deixava completamente desconfortável. Ela estava de frente para mim usando uma blusa preta justa que deixava seus peitos apertados um contra o outro. Seus cabelos loiros compridos, que ela geralmente usava em um rabo de cavalo, estavam soltos e caindo em cascatas por suas costas, e suas pernas estavam totalmente à mostra em uma saia jeans minúscula. Eu definitivamente não deveria estar notando essas coisas — portanto, o desconforto.

— Por que eu te deixo nervosa? — perguntei. — Você não deveria deixar que ninguém tenha esse poder sobre você. Não existe razão para eu estar te deixando nervosa. Só estou aqui parado.

— Não é o que você está fazendo. É quem você *é*. Desde o momento em que nos conhecemos, você me deixou intimidada. Esse jantar seria uma tentativa de superar isso, mas até agora não tive sorte.

Eu não sabia o que dizer. Não gostei de saber que a deixava nervosa, mas talvez fosse melhor assim. A alternativa — ser excessivamente legal com ela e iludi-la — também não seria algo bom.

— Sabe... — eu falei. — Você não deveria deixar as pessoas te verem nervosa assim. Não importa o que eu pense sobre você. Minha opinião não significa nada na sua vida.

— Ah, eu sei disso. Mas quero te conhecer melhor, e seria legal fazer isso sem ficar constantemente ferrando com tudo. — Ela olhou em direção ao quarto. — Eu vou perguntar mais uma vez à minha mãe se ela quer vir, ok?

— Você não precisa fazer isso. Deixe-a em paz.

Ela não quis me dar ouvidos.

— Espere um pouco. Volto já.

Depois que Heather subiu as escadas, perambulei pela sala de estar, esperando encontrar algumas fotos que pudesse olhar. Não havia nenhuma, absolutamente nada. Cabeção — foi o nome que inventei para o cachorro — ficou me encarando.

Havia uma grande coleção de estatuetas em uma prateleira, em sua maioria crianças.

A voz dela me assustou.

— Vejo que você encontrou as minhas *Hummels*.

— É assim que se chamam?

— Sim. Eu as coleciono.

— Eu estava errado sobre você — provoquei. — Você não é uma adolescente. Você tem oitenta anos.

Ela riu.

— Não zombe das minhas *Hummels*.

— Estou brincando.

Ela se aproximou de mim.

— Tem uma história bem legal por trás delas.

— É?

— Tinha uma freira... Irmã Maria Innocentia Hummel. É daí que vem o nome delas. Ela estudou arte antes de abrir mão de sua vida para entrar no convento. Mas, mesmo em meio àquele sacrifício, ela nunca perdeu sua identidade. Ela continuou a fazer sua arte, e desenhava essas crianças. Alguém a descobriu e fez um acordo com ela para transformá-las em estatuetas. Depois da Segunda Guerra Mundial, soldados americanos designados à Alemanha mandaram isso para suas famílias. Eu adorei essa história. Para mim, elas representam nostalgia e inocência... esperança. Elas me deixam feliz. Ou, pelo menos, me deixavam, em certa época.

Interessante. Mas não deixam mais?

— Há quanto tempo você as coleciona?

— Desde que eu tinha oito anos. Eu pedia de aniversário e tal. Mas parei de colecioná-las há um tempo.

— Por quê?

— É uma longa história. — Ela não estendeu a explicação. — Enfim... eu sinto muito, mas a minha mãe não quer se juntar a nós. Ela está tendo um dia ruim. Isso é muito constrangedor.

— Você não tem que se sentir constrangida por coisas que não são culpa sua. — Percebi, então, que esse convite tinha sido a maior balela. — Ela não queria mesmo me conhecer, não era? Você disse que foi por isso que me convidou para o jantar.

Mais uma vez, ela contou a verdade sem que eu precisasse me esforçar.

— Não — ela admitiu. — Eu só queria jantar com você.

Suspirei. Não dava para ficar bravo com ela.

— Então, vamos jantar.

Uma expressão de pânico tomou conta de seu rosto.

— Jantar... merda!

Ela saiu correndo para a cozinha e abriu o forno para retirar de lá uma lasanha queimada.

— Eu ia tirar isso do forno antes de Eric aparecer. Ele me atrapalhou toda, e até você dizer a palavra *jantar*, eu nem me lembrava de que estava fazendo lasanha. — Ela soltou a luva de cozinha, frustrada. — Não cozinho com muita frequência, mas normalmente sei fazer lasanha. Merda — ela murmurou.

— Tudo bem. É só lasanha.

— Não. Era para ser um jantar agradável. E estraguei tudo. A presença de Eric mexeu muito comigo.

Ela parecia prestes a chorar. De repente, tudo que importava para mim era fazê-la se sentir melhor.

— Ei... foda-se a lasanha, ok? A noite está linda. E nós temos pão. Podemos comer lá fora.

Ela conseguiu abrir um sorriso.

— E salada. Pelo menos, não dava para queimar a salada.

Partindo para a ação, dirigi-me até seus armários.

Heather me seguiu.

— O que você está fazendo?

— Estou vendo o que mais você tem para fazermos algo rápido. — Virei-me para ela. — Você tem tomates enlatados e macarrão?

— Hum... sim... na despensa.

— Perfeito. Vou fazer um macarrão e molho rapidinho para acompanhar o pão.

— Não precisa fazer isso.

— Tudo bem. Eu gosto de cozinhar, na verdade. É terapêutico, depois de um longo dia.

— Você deveria fazer isso com mais frequência, então, porque passa metade do tempo tenso.

Por mais que ela tenha dito que eu a deixava nervosa, isso não a impediu de pegar no meu pé.

— Bem, foi por isso que vim para o lago, não foi? Para relaxar? Não é culpa minha se certa pessoa fica interrompendo isso.

Ela pegou uma lata grande de tomates.

— Acha mesmo que sou um pé no saco?

Olhei para ela por um instante enquanto enchia uma panela com água.

— Quer saber a verdade?

Ela assentiu.

— Sim.

Desliguei a torneira e coloquei a panela sobre o fogão. Ela recostou-se contra a parede, sorrindo e esperando minha resposta.

— Eu sou durão com você, mas não acho que seja um pé no saco. Na verdade, eu te admiro.

Ela arregalou os olhos.

— É sério?

— Você fez sacrifícios bem grandes pela sua mãe. E não é só isso. Eu vejo o quanto se esforça, e também vi você levando compras do mercado para a senhora que mora descendo a rua. Você é uma pessoa boa, e encontra tempo para se dedicar aos outros mesmo que tenha muitas coisas para dar conta.

— Você está me perseguindo? — ela provocou.

— Não. Eu estava passando de carro quando você estava pegando as coisas do seu porta-malas e ajudando a Sra. Benson a levá-las para dentro de casa. Você não me notou.

— Ainda acho que você estava me perseguindo. — Ela piscou e abriu uma lata de água com gás saborizada para si. — Ei, como sabe o nome dela? Você conheceu a Sra. Benson?

— Ah, eu *conheci* a Sra. Benson, sim.

— Ai, ai. O que ela fez?

— Eu estava passando de carro em frente à casa dela e notei que o vento tinha derrubado sua caixa de correio. Bati à porta dela para entregar as correspondências que haviam caído e avisá-la de que eu tinha consertado.

— E?

— Antes que eu tivesse a chance de dizer por que estava ali, ela me informou que eu era muito mais bonito do que os caras que mandavam para ela normalmente.

Heather riu e acabou cuspindo um pouco de sua água com gás.

— Ai, não.

— Acho que você sabe no que isso vai dar.

— Sim. Descobri um dia por acidente, quando fui lá ver como ela estava. Com certeza nunca vou esquecer como é saber, em primeira mão, que a Sra. B gasta seus cheques de aposentadoria com acompanhantes masculinos.

— Quantos anos ela tem? — perguntei.

— Noventa.

— Caramba. Bem, ela sabe o que quer, né?

— Ela deve ter ficado muito brava quando descobriu que você não fazia parte do cardápio.

Enquanto eu mexia o macarrão na panela, mudei de assunto.

— Então, o que o Eric queria? Ele te pediu para pensar sobre o que ele disse...

Heather cruzou os braços e soltou o ar com força pela boca.

— Ele quer que eu aceite sair com ele alguma noite, enquanto está aqui. Disse que quer falar sobre o que aconteceu entre nós. Não sei se é uma boa ideia. Me magoe uma vez, azar o seu. Me magoe duas vezes... sabe como é.

— Ele te magoou muito, hein?

— Bom, nós ficamos muito tempo juntos, durante todo o ensino médio. Eu sempre soube que existia o risco de ele ir embora para a faculdade sem mim. Só não achava que ele ia me ligar bêbado e em lágrimas, confessando que pisou na bola e dormiu com uma garota qualquer em uma festa do campus.

— Merda. Eu sinto muito.

Ela sacudiu a cabeça, sem fazer muito caso da minha empatia.

— Mas quer saber? Ele me fez um favor. Pelo menos não perdi mais tempo com ele.

— Você nunca deveria se conformar com um cara assim. Não importa o que ele diga para tentar te convencer do contrário.

Ela continuou a me observar cozinhando, até que servi dois pratos de macarrão cabelo de anjo com molho vermelho por cima.

— Tudo bem comermos lá fora? — perguntei.

— Sim, a noite está agradável.

Levamos a comida para o pátio externo dos fundos. O sol estava se pondo.

Acomodando-se em sua cadeira, ela disse:

— Isso é muita gentileza sua. Eu deveria estar envergonhada pelo que acabou acontecendo com o jantar, mas tenho que dizer que até que é legal ser servida por você. Talvez tenha até valido a pena queimar a lasanha.

Ela abriu um sorriso enorme, e precisei de todas as minhas forças para não retribuir.

Apontei para seu prato.

— Pare de sorrir e coma.

Heather enrolou macarrão em seu garfo.

— Não consigo parar de sorrir, mas tudo bem.

Eu precisava de uma tranca para a minha mandíbula, porque agora eu também estava sorrindo. Era contagioso.

Comemos em silêncio por um tempo.

Limpando a boca com um guardanapo, falei:

— O que você gostaria de estar fazendo, se essa situação não estivesse te impedindo?

Heather pousou seu garfo e ponderou sobre minha pergunta.

— Bem, eu estaria na faculdade, provavelmente na metade do curso. Acho que, depois, iria querer fazer um mestrado para me tornar enfermeira psiquiátrica. Mas também gostaria de encontrar algumas outras coisas pelas quais me apaixonasse, como você e a fotografia. As suas fotos são incríveis, Noah. De verdade. Eu estava querendo te dizer isso.

Nunca mostrei meu trabalho para ela.

— Então você me pesquisou no Google.

— Sim. Espero que não se importe. As suas fotos de Havana eram de tirar o fôlego. Eu visitei aquela página no seu site várias vezes. Como você acabou tirando aquelas fotos? O que te fez escolher Cuba?

Fiquei impressionado com o fato de que, de tudo que tinha no site, logo aquela sessão de fotos havia chamado a atenção dela. Não eram imagens fáceis de se olhar, mas eram reais e com uma mensagem poderosa. Essas capturas, em particular, eram todas em preto e branco.

— Foi um trabalho que fiz para um jornal, há cinco anos. Na verdade, foi ele que me escolheu. Eu estava fazendo trabalhos freelancer na época e viajei para lá com um repórter para uma matéria sobre o estado atual de Cuba e sua população. Foi uma das vezes em que mais passei tempo longe de casa. No meu site, só tem as fotos, sem a história.

— Bom, essa é a beleza delas. As fotos contam a história mesmo sem a explicação completa, o que prova o seu talento. Não estou dizendo da boca para fora. Acredite em mim, sou uma péssima mentirosa. O seu trabalho é realmente incrível.

Nunca fui bom em aceitar elogios, especialmente sobre o meu trabalho. Mas tentei.

— Obrigado.

— Você pode me contar mais sobre isso?

— Sobre a viagem para Cuba?

Ela inclinou-se para frente, com os olhos cheios de admiração.

— Sim.

Por alguma razão, senti vontade de atender seu pedido.

— Não sei se você notou as imagens dos adolescentes com tatuagens. Há uma subcultura punk entre alguns jovens por lá. Muitos deles estavam chapados de anfetamina quando tirei as fotos.

— Já ouviu falar em *Los Frikis*? — ela perguntou.

Assenti, surpreso.

— Sim. Na verdade, aprendi o que era quando estava lá.

— Aqueles adolescentes pareciam ser uma versão moderna disso. Espero que as coisas sejam melhores para as pessoas que você fotografou do que foram para os antecessores. Me lembro de ler sobre *Los Frikis* e ficar completamente abismada por saber que alguns deles injetavam o vírus HIV neles mesmos intencionalmente para escapar do governo. Imagine ser forçado a fazer trabalho manual ou virar um prisioneiro só por ter uma aparência diferente? E então, ficar doente de propósito para escapar do perigo ao ser colocado em isolamento em um sanatório? Isso demonstra como as coisas deviam ser ruins. Me parte o coração.

Eu sabia que meus olhos estavam arregalados.

— Onde você aprendeu isso?

— Li um artigo sobre isso, há um tempo. Algumas coisas a gente simplesmente nunca esquece.

— Você tem razão.

— E as fotos das criancinhas?

— Era um orfanato.

— Isso é tão triste.

Fiquei encarando meu prato, lembrando-me de uma criança em particular que ainda estava no meu coração.

— Tinha um garotinho que se chamava Daniel, de apenas cinco anos, e que tinha doença mitocondrial.

— Já ouvi falar sobre isso. O que é, exatamente?

— É uma condição hereditária que afeta várias partes do corpo, como as células do cérebro, nervos, músculos, rins, coração. Ele tinha a fala prejudicada e estava preso a uma cadeira de rodas. Por algum motivo, chamei muito a atenção dele, e ele ficava estendendo as mãos para mim durante a semana que passamos lá. Quando o conheci pela primeira vez, eu estava comendo uma tangerina. Ele a pegou da minha mão e começou a comê-la. A mulher no orfanato disse que ele nunca tinha feito algo assim, nunca interagiu tão facilmente com alguém. Minha conexão com ele era estranha, mas profunda. Acabei levando tangerinas para ele todos os dias. Eu realmente queria poder ter feito mais.

— Como levá-lo para casa?

— Isso me passou pela cabeça, acredite ou não. Nunca parei de pensar nele, a ponto de contatar o orfanato um ano depois.

— O que aconteceu?

Era difícil falar sobre aquilo.

— Tinha fechado. Não faço ideia de onde aquelas crianças estão agora. Isso me assombra até hoje.

— Oh, não. O que você pretendia fazer... quando ligou para lá?

— Não sei. Sinceramente, não sei te dizer. Só queria me certificar de que ele estava bem, talvez descobrir como poderia ajudá-lo financeiramente. Fiz algumas ligações, mas ninguém soube me dizer o que aconteceu com as crianças que viviam lá.

— Isso é assustador, mas, sabe, o fato de que você ainda estava pensando nele depois de ir embora e a sua disposição em ajudar diz muito sobre o seu caráter.

Fazia muito tempo desde que alguém me olhara com admiração. Se eu ao menos merecesse...

Durante a meia hora seguinte, Heather ficou me ouvindo contar mais histórias sobre as minhas viagens. Ela tinha mais interesse nas pessoas que conheci pelo caminho do que pelos lugares que visitei, e isso me disse muito sobre o tipo de pessoa que ela era.

Uma brisa fresca de verão do lago soprou e, então, a mãe de Heather apareceu, abrindo as portas deslizantes.

Heather percebeu e disse:

— Mãe, venha sentar conosco.

— Não. Eu só vim tomar o meu remédio. Vou voltar para o meu quarto.

— É um prazer conhecê-la, Sra. Chadwick — falei.

— Me chame de Alice.

Levantei e estendi a mão.

— Noah Cavallari.

Ela aceitou meu cumprimento.

— Acho que essa é a oportunidade de agradecer por sua ajuda.

Tornando a sentar, respondi:

— Não precisa me agradecer. Como disse à Heather, eu gosto de fazer trabalho manual.

— Minha filha insiste que você não tem segundas intenções, mas não sei bem se acredito nisso.

Ótimo. Merda.

— Posso assegurá-la de que não tenho.

— Quantos anos você tem?

Porra.

Eu não queria revelar a minha idade, principalmente porque sabia que Heather estava muito curiosa para saber. Mas não podia mentir.

— Trinta e quatro.

Heather olhou para mim, e eu soube exatamente o que ela estava pensando: que trinta e quatro não era *tão* velho assim. Eu dissera a ela que era velho o suficiente para ser seu pai porque parte de mim queria que ela acreditasse que eu era mais velho do que realmente sou para que não tivesse nenhuma ideia inapropriada.

— Bom, você é muito velho para Heather, mas ela parece estar bem encantada por você.

Heather ficou mortificada.

— Mãe, por favor.

Mas Alice continuou:

— A última coisa que ela precisa é ser iludida e usada por um homem que só está de passagem pela cidade. Ela é vulnerável e muito honesta e transparente. A menos que você esteja pretendendo ficar aqui em Lago Winnipesaukee, o que eu duvido muito, sugiro que aja com cautela.

Heather cerrou os dentes.

— Pare.

Eu precisava cortar esse mal pela raiz.

— Não sei de quantas·formas posso dizer isso, Alice, mas não tenho nenhuma intenção romântica em relação à sua filha. Ela é muito jovem para mim. Não vim aqui para complicar ainda mais a minha vida, pelo contrário. Então, está se preocupando à toa.

Ela me lançou um olhar cético por alguns segundos.

— Bem, que bom, então.

Eu precisava ir embora urgentemente. Além dessa mulher estar me deixando completamente desconfortável, Heather parecia prestes a chorar ou explodir. Quando mais eu ficasse ali, pior a situação seria.

— Em todo caso, quero te agradecer, Heather, por um jantar muito agradável. Vou levar meu prato para a cozinha e voltar para a casa de barcos.

Estranhamente, Heather não protestou. Na verdade, ela não disse uma palavra. Isso demonstrou o quanto estava chateada.

Ao sair da cozinha e seguir para a porta da frente para calçar meus sapatos, notei que estava faltando um.

Mas que diabos?

Pelo canto do olho, senti Cabeção me encarando. Não somente isso; meu sapato estava na boca dele.

— Eu preciso disso, amigão.

Ele rosnou conforme me aproximei. Quando estendi a mão para tentar pegá-lo, o cachorro subiu as escadas correndo.

Está brincando?

Eu não ia atrás dele, então decidi ir embora só com a porra de um sapato.

Conforme me afastei da casa principal, uma sensação estranha me seguiu até a casa de barcos. E não era o meu pé em uma meia molhada e cheia de lama.

Era raiva.

Eu estava com raiva por Heather viver praticamente como uma prisioneira das necessidades de sua mãe. Ela merecia viver sua vida, ir para a faculdade, viajar e fazer o que lhe desse na telha. Isso já acontecia há um tempo — desde que ela era adolescente. Mas, mais que isso, eu estava com raiva de mim mesmo. Por mais que não quisesse admitir, fazia muito, *muito* tempo que eu não gostava de algo tanto quanto gostei de sentar e conversar com ela.

E isso não fazia parte do plano.

CAPÍTULO CINCO
Heather

— Como você pôde fazer isso comigo? — ralhei.

— Estou apenas tentando te proteger — minha mãe disse.

— E você faz isso me constrangendo desse jeito? Aquele homem não tem sido nada além de respeitoso. Primeiro, você não aparece para o jantar. Depois, o coloca para correr falando um monte de bobagens.

— Cada palavra que saiu da minha boca é verdade. O que ele pode querer com você, se vai embora no fim do verão?

Agora, eu estava gritando.

— Ele não quer nada! Eu já te disse que ele não está interessado em mim dessa forma. Por que não consegue entender isso? Ele não tentou absolutamente nada, e você acabou de *nos* fazer de bobas na frente dele. Você está agindo como se eu fosse criança. Tenho quase vinte e um anos. Sou adulta. Não sei qual parte disso você não entende. — Peguei meu prato. — Não dá mais. Preciso ir para o meu quarto.

— Heather... eu sinto muito. Eu só estava...

— Não dá! — gritei ao sair dali.

Minha mãe era muito difícil, mas eu a amava e sabia que tinha boas intenções. Ela realmente acreditava que estava, de algum jeito, me protegendo. Mas, ainda assim, eu não podia olhar para ela pelo resto da noite.

Depois de tomar um banho para me acalmar, mandei uma mensagem para Noah.

> **Me desculpe. Estou totalmente mortificada.**
> **Heather**

Alguns segundos depois, ele respondeu.

> **Não fique.**
> Noah
>
> **Estou com vergonha do jeito que ela te tratou.**
> Heather
>
> **Não tem nada do que se envergonhar. Você não fez nada.**
> Noah

Tinha algo que eu queria muito colocar para fora.

> **Você não precisa sentir pena de mim... da minha situação. Dá para ver que você sente. Eu tenho escolha, sabe? Poderia ter ido embora. Eu escolhi ficar.**
> Heather

Pude ver que ele estava digitando uma resposta.

> **Eu sei disso.**
> Noah
>
> **Então... 34, hein?**
> Heather
>
> **Sim.**
> Noah
>
> **Não é tão velho assim.**
> Heather
>
> **Ainda sou velho o suficiente para ser seu pai.**
> Noah
>
> **É, se você tivesse 14 anos quando me teve!**
> Heather
>
> **É tecnicamente possível.**
> Noah
>
> **Você me fez pensar que tinha uns quarenta anos, mesmo que não pareça. Isso faz mais sentido.**
> Heather
>
> **Existe uma diferença enorme entre 34 e 20.**
> Noah

A única diferença entre trinta e quatro e vinte, naquele momento, era a caminhada curta até a casa de barcos. Eu não conseguia conter o que estava sentindo. Nós estávamos nos conectando durante o jantar. Pude sentir. Eu queria vê-lo novamente.

> **Posso ir até aí?**
> Heather

Após um minuto, ele finalmente respondeu.

> **Não acho que seja uma boa ideia.**
> Noah

Estava me preparando para aquela resposta, mas, ainda assim, foi decepcionante.

> **Ok.**
> Heather

Me senti tão derrotada. Mesmo que ele não estivesse interessado em mim romanticamente, eu não estava pronta para dizer boa noite a ele. Tá bom... talvez uma parte minha ainda tivesse esperança de que ele mudasse de ideia em relação a mim.

Vários minutos depois, a última coisa que eu esperava era que meu celular apitasse novamente.

> **A menos que...**
> Noah

Meu coração falhou uma batida.

> **A menos que o quê?**
> Heather
>
> **A menos que tenha sobrado pão.**
> **Nós nem encostamos nele, na verdade. Você o jogou fora? Eu estava querendo muito comê-lo.**
> Noah
>
> **Não! Eu tinha me esquecido do pão.**
> **Ainda está na bancada da cozinha.**
> Heather
>
> **Bom, seria uma pena deixá-lo estragar.**
> **Você deveria trazê-lo, e eu posso colocar na torradeira.**
> Noah

Pão — e você de acompanhamento — seria ótimo.

Eu não conseguia parar de sorrir ao responder.

> **Estarei aí em cinco minutos.**
> Heather

Eu deveria saber que ele não pretendia me convidar para entrar.

Noah estava fumando um charuto na varanda quando cheguei. Acho que eu não podia culpá-lo. Tirando uma pequena mesa, a casa de barcos inteira era basicamente apenas um quarto. Não tinha nem mesmo um sofá, só a cama e uma cozinha pequena. Teríamos que sentar na cama, e eu sabia que ele não ia querer fazer isso.

— Então... — eu disse. — Teddy me trouxe isso quando eu estava saindo. — O sapato enorme de Noah pousou no chão com um baque surdo.

— Esse é o nome dele? Eu o chamo de *Cabeção*. — Ele riu.

— Ele tem mesmo a cabeça bem grande.

— A maior cabeça que já vi em um cachorro.

— Tenho que concordar com isso.

— É, ele estava com o meu sapato na boca quando eu estava indo embora e depois saiu correndo com ele. Eu não queria subir as escadas atrás dele, então deixei pra lá.

— Acho que ele ter pegado o seu sapato foi um modo de tentar fazer você ficar. Por que não foi me chamar em vez de ir andando para casa com apenas um sapato?

— Às vezes, você tem que saber a hora de ir embora, mesmo que seja sem sapato. Sabe o que quero dizer?

— Sim. Infelizmente, nesse caso, eu sei. Não te culpo por dar o fora de lá tão rápido. — Suspirei.

— A sua mãe só está tentando te proteger. Eu também não confiaria em mim.

Por que eu confiava em Noah tão implicitamente? Era uma intuição, eu acho.

— Vou colocar o pão lá dentro — eu disse, passando por ele e entrando na casa. Depois de colocar o pão perto da torradeira, voltei para a varanda.

Sentei-me ao lado dele, e ele automaticamente se afastou alguns centímetros. Ele parecia muito ciente da minha proximidade, e dava para ver que isso o deixava desconfortável. Eu só não sabia qual era a razão — se era porque ele não gostava, ou porque gostava, mas achava que *não deveria* gostar.

Noah soprou alguns anéis de fumaça. Seus cabelos estavam úmidos do chuveiro. Pensar nele tomando banho fez meus mamilos endurecerem, imaginando a água descendo por suas costas esculpidas até sua bunda musculosa.

Ele tinha trocado de roupa, usando agora uma camiseta branca justa que abraçava seu peito. Desci o olhar para seus antebraços e o imaginei usando-os para me erguer. Eu adorava as veias protuberantes ali.

Como eu também tinha tomado um banho, escolhi minhas palavras com muito cuidado para sondar sua reação.

— Parece que nós dois tivemos a mesma ideia. Tomamos banho juntos.

Seu pomo de adão se moveu conforme ele engoliu em seco. Será que meu comentário havia criado uma imagem mental?

Está definitivamente rolando alguma coisa.

Ele permaneceu quieto, então eu disse:

— Eu não sei por que, mas tenho a sensação de que existe mais coisas por trás do que te motivou a vir para cá, que existe um motivo para você ter fugido da sua vida. Não é da minha conta, e não importa. Só estou feliz por você estar aqui.

— Você está certa sobre isso.

— Que você está escondendo alguma coisa?

— Que não é da sua conta. — Ele soprou um pouco de fumaça e ignorou minha busca por mais informações. — Presumo que não contou à sua mãe que viria para cá.

— Não, mas não importa. Eu sou adulta. Ela pode deixar clara sua opinião, mas não pode me dizer como viver a minha vida. Eu já abri mão de coisas suficientes ficando em casa com ela e administrando as coisas por aqui. Não vou deixá-la me dizer com quem devo ou não passar meu tempo, além de tudo. — Gesticulei para seu charuto. — Posso experimentar?

— Não.

— Qual é? Você não me compra vinho. O mínimo que poderia fazer era me deixar experimentar. Nunca fumei um charuto antes.

Ele sacudiu um pouco das cinzas e soltou uma respiração frustrada antes de entregá-lo para mim.

Coloquei-o entre os lábios, notando a umidade da boca de Noah ali. Aquilo me fez desejar sentir sua boca na minha. Seus olhos ficaram grudados aos meus lábios conforme traguei e tossi.

Devolvendo o charuto para ele, tossi novamente.

— Obrigada.

Noah estava se divertindo.

— O que achou?

— Não é para mim.

Ele deu uma risada.

Ficamos em silêncio por um tempinho e, então, ele perguntou:

— Por que está me olhando assim?

Eu não tinha percebido que estava olhando para ele com uma expressão estranha. Mas eu sabia a resposta.

— Porque tem tantas coisas que eu quero saber, mas tenho medo de você me dar um esporro se eu começar a te interrogar.

— Você deve ter razão. — Ele ficou encarando o charuto em sua mão antes de virar-se para mim. — O que quer saber, abelhuda?

— Tudo. Quero muito saber tudo. — Suspirei. — Mas, para começar, por que um partidão como você não está casado aos trinta e quatro anos?

— Você está deduzindo que nunca fiz isso.

Meu coração quase parou.

— Você já foi casado?

Ele baixou o olhar para o charuto e, depois, olhou para mim.

— Sim, já fui.

Uau.

— O que aconteceu?

Ele soprou fumaça ao organizar os pensamentos.

— Bem, eu poderia mentir e te dizer que nos afastamos com o tempo porque nos casamos muito jovens ou alguma merda dessa, mas esse não seria o único motivo. A verdade é que... eu fui um cretino egoísta que me colocava em primeiro lugar. Escolhi viajar durante metade do tempo ao invés de ficar em casa, e não dava a atenção que ela merecia. Ela encontrou o que precisava em outra pessoa. Então, se essa é a sua definição de *partidão*, talvez você devesse reconsiderar.

Puta merda. Noah já fora casado. Eu ainda estava tentando compreender esse fato.

— Você é divorciado oficialmente?

— Sim, há três anos.

— Você se arrepende da maneira que terminou?

— Eu me arrependo de como agi, de ter sido um marido de merda, mas acho que não me arrependo de ter terminado. A experiência me fez perceber que não sirvo para casamento, e ela encontrou uma pessoa que serve. Então, deu tudo certo, no fim das contas.

— Ainda fala com ela?

— Você, em algum momento, para de fazer perguntas?

— Não. — Sorri, acanhada.

Ele suspirou.

— Sim. Aliás, falei com ela hoje.

— Sério?

— Nós somos amigos. Ela está casada com outro cara agora. Mas ainda me liga para saber como estou, de tempos em tempos.

— Que legal que vivem em bons termos.

— Nós nos conhecemos há muito tempo, desde que éramos crianças. Começamos sendo amigos. Então, terminamos sendo amigos também.

— Nossa — eu disse, assimilando tudo que ele me contou.

Ficamos em silêncio por um tempo, e então, me dei conta de uma coisa.

— Nós estamos na mesma situação agora.

Ele ergueu as sobrancelhas.

— Você também é divorciada?

— Não. O que eu quero dizer é que... você gosta de apontar que ainda não vivi, que você foi para a faculdade, viajou pelo mundo e, pelo que acabei de descobrir, foi casado. As nossas vidas foram completamente diferentes, até agora. Ainda assim, aqui estamos no mesmo lugar, olhando para a mesma lua à beira do lago, os dois solteiros e incertos em relação ao futuro. Não me pergunte como sei que você está em algum tipo de limbo... eu simplesmente sei. Nós dois estamos no mesmo ponto da vida, apesar das nossas experiências passadas e dos anos de diferença entre nós. Não é? Não somos tão diferentes assim, Noah. Não somos. Talvez você estivesse destinado a me conhecer.

Ele ficou apenas olhando para mim.

— Você é tão profunda — ele zombou.

Dei risada.

— Idiota.

— Parece que não te deixo mais nervosa.

— É, não me sinto mais nervosa agora.

— Que bom.

Noah olhou em meus olhos. Talvez ele tivesse se identificado com o que eu tinha acabado de dizer sobre nossos caminhos terem se cruzado. Ele parecia estar ponderando sobre alguma coisa.

— O que aconteceu com a sua mãe? — ele finalmente perguntou. — Não que depressão precise de um motivo, mas há quanto tempo ela é assim?

Será que conto a ele?

— A minha irmã se suicidou.

Foi estranho proferir aquelas palavras em voz alta. Era a primeira vez que eu falava sobre isso com alguém além da minha terapeuta.

O rosto de Noah ficou sombrio.

— Eu sinto muito, Heather.

— Ela só tinha vinte e cinco anos. O nome dela era Opal. Ela tinha alguns problemas de saúde mental e se rebelava quando não tomava os remédios. Às vezes, estava bem, e outras vezes não. Ela fugiu de casa quando tinha a minha idade.

Ergui o olhar para o céu noturno.

— Minha irmã era linda, então era assustador pensar que ela estava pelo mundo, por conta própria. Não conseguimos impedi-la de ir embora. Nós tentamos. Mas ela era adulta. A princípio, foi embora com um namorado, mas eles terminaram. E então, ela ficou perambulando de cidade em cidade, arrumando empregos aleatórios quando estava tomando remédios e conseguia manter um. Nós implorávamos que nos dissesse onde estava, mas tudo que ela fazia era ligar de tempos em tempos para que soubéssemos que ela estava bem. Não tínhamos noção do quão ruim as coisas tinham ficado até recebermos uma ligação avisando que ela teve uma overdose de remédios em um hotel de beira de estrada em Connecticut. Foi a pior noite da minha vida. E a minha mãe se culpa desde então por não ter se esforçado mais para conseguir convencer Opal a voltar para casa. É por isso que ela tem tanto medo de me perder. Essa situação é uma droga.

Noah fechou os olhos momentaneamente. Ele pareceu ficar muito afetado pela minha história. Isso me fez imaginar se ele também já havia vivenciado uma perda.

— Sinto muito — ele repetiu. — Isso deve ter sido muito difícil.

Sentindo-me emotiva, o que eu mais queria era me distrair dos pensamentos tristes. Ao mesmo tempo, pensar na minha irmã me lembrou de como a vida é curta.

Sim.

A vida é curta.

Não temos garantia do amanhã.

Tudo o que temos é o hoje.

Se você tem algo a dizer, diga.

— Estou muito atraída por você — falei de uma vez.

As palavras escaparam da minha boca antes que eu pudesse pensar no que dizê-las poderia significar.

Noah pareceu não saber bem como responder, mas tentou me fazer parar.

— Heather, não...

Apesar de seu alerta, continuei a falar como um trem descarrilhado.

— Sei que acha que sou muito nova para você. Mas vou ser honesta. Não tenho uma vida muito empolgante. Faço o que tenho que fazer e, depois, acordo para mais um nascer do sol no lago. Vou para o trabalho e cuido das minhas responsabilidades. Mas, por alguma razão inexplicável, desde que você veio para cá, algo despertou dentro de mim. Eu acordo animada. Me sinto muito atraída por você... sinto um magnetismo que me puxa até você. Não sei se sente o mesmo, ou se talvez esteja tentando não sentir porque acha que a minha idade automaticamente faz de mim uma pessoa imatura. Posso te assegurar de que não sou. Nunca na minha vida admiti minha atração por alguém como estou fazendo agora. Nunca fiz algo assim. Eu...

— Não posso, Heather. — Ele baixou o tom de voz e repetiu. — Não posso.

Um vento noturno forte soprou tudo ao redor, de repente. Era como se a mãe natureza estivesse tentando me ajudar a me distrair do meu constrangimento.

Caímos em um silêncio constrangedor por um tempo, até que ele o quebrou.

— Fico lisonjeado por você se sentir assim por mim. De verdade. E eu te acho linda... por dentro e por fora. Mas nada pode acontecer entre nós.

Senti náuseas.

Ai, meu Deus.

Por que fiz isso?

Eu sabia por quê. Eu o queria tanto que estava disposta a fazer papel de idiota pela chance de saber como era estar com ele. E o tiro saiu pela culatra.

Mas quer saber outro fato sobre mim? Ninguém precisava me dizer a mesma coisa duas vezes.

Ok, talvez aquela *fosse* a segunda vez que ele deixava sua falta de interesse em mim muito clara. Mas eu não precisava ouvir aquilo pela *terceira* vez, e jurei que nunca mais faria papel de trouxa na frente de Noah Cavallari.

— Bem... acho que vou aproveitar essa experiência para aprender a dizer o que sinto e aceitar rejeição. — Levantei. — Hoje não foi meu dia. Acho que é melhor eu ir dormir.

— Você não tem que ir. — Noah também levantou. — Fique.

— Eu realmente preciso encerrar a noite.

Ele não protestou.

— Tudo bem...

Decepcionada com meu comportamento impulsivo, fiquei me xingando baixinho durante todo o caminho para casa.

E ainda estava me sentindo autodestrutiva quando cheguei lá, porque, quando voltei para o meu quarto, fiz a única coisa da qual sabia que me arrependeria.

Pegando meu celular, rolei até o nome de Eric na lista de contatos.

> ***Posso te encontrar amanhã à noite.***
> **Heather**

CAPÍTULO SEIS
Noah

Com passadas furiosas, descontei minha frustração na pintura da casa na manhã seguinte.

As palavras de Heather na noite anterior ficavam repassando em minha mente enquanto eu passava a tinta sobre a madeira da casa de barcos.

Me sinto muito atraída por você... sinto um magnetismo que me puxa até você.

Fiquei me sentindo um merda depois que ela foi embora. Ela tinha levado a minha rejeição para o lado pessoal, quando essa era a última coisa que eu queria.

Ainda não fazia ideia se ia contar a ela por que saí da Pensilvânia para passar um tempo aqui. Mas sabia que precisava de tempo sem complicações. E meus sentimentos distorcidos por Heather estavam começando a se tornar uma complicação.

Merda, não existe nada mais sexy do que uma mulher que não tem medo de pedir o que quer. Mas Heather não era exatamente uma *mulher*. Ela ainda precisava crescer muito. Enquanto ela já tinha idade suficiente para saber o que queria *sexualmente*, não tinha idade suficiente para saber o que era bom para si. Isso só aconteceria com o tempo e anos de experiência. Eu não seria a pessoa a ensiná-la sobre o tipo de cara com o qual ela *não* deveria se envolver. Ela precisava de alguém mais estabelecido, que seria um bom marido para ela algum dia, não alguém ferrado da cabeça que já tinha provado ser incapaz de manter um casamento.

Além de tudo, ela não sabia a verdade. Eu nunca poderia me aproveitar de suas investidas — não importava o quão difícil fosse de resistir. Não importava que ela fosse linda de morrer, que eu estivesse com tesão pra caralho, ou que ela fosse a única pessoa capaz de me fazer sorrir.

Continuei a me remoer enquanto pintava, mas, em determinado momento, ouvi o som de música tocando. Desci da escada e caminhei um pouco para procurar de onde vinha.

MMMBop, da banda Hanson.

Como imaginei, vinha do quarto de Heather. Era como se os anos noventa tivessem vomitado ali. Fiquei tentado a gritar para sua janela e provocá-la, mas, depois da noite passada, não achei que ela gostaria disso.

Então, mordi a língua, sacudi a cabeça e caminhei de volta para a casa de barcos.

Naquela tarde, eu estava de volta à escada quando meu coração quase desceu para o estômago. Ergui o olhar e avistei uma pessoa no telhado da casa principal. A estrutura tinha a altura de três andares, então qualquer um que caísse dali poderia se machucar seriamente.

Não demorei muito até perceber que era Heather.

O que diabos ela está fazendo no telhado?

Ela estava olhando para baixo como se estivesse... pensando em pular? Mas era difícil acreditar que ela faria isso. Então, por quê? Senti a adrenalina pulsar em mim ao descer da escada e correr em direção à casa.

Com o coração martelando, chamei por ela:

— Heather! O que você está fazendo?

Ela colocou uma mão sobre o peito.

— Ai, meu Deus! Você me deu um susto do caramba.

Ergui a mão acima da testa para bloquear a luz do sol.

— Eu *te* assustei? Desça daí! Você está louca?

— Por quê?

— Porque você pode cair. Por que está aí em cima? — Engoli em seco, morrendo de medo de sua resposta.

— É um exercício de exposição — ela disse.

— O quê? De que raios você está falando?

— Eu tenho muito medo de altura. Estava ouvindo um podcast sobre enfrentar seus medos, e o médico disse que para superar qualquer medo, você tem que se desafiar, se expor a ele. Decidi subir aqui e sentir o medo por um tempo, para me habituar a ele.

Fiquei boquiaberto.

— É a coisa mais louca que eu já ouvi, especialmente quando você pode cair e quebrar o pescoço no processo.

Ela cruzou os braços e olhou para mim.

— O que você *achou* que eu estivesse fazendo aqui? — Após um momento, sua expressão mudou. — Meu Deus, Noah. Você não pensou que eu ia pular, pensou?

Soltei uma longa lufada de ar conforme meus batimentos cardíacos voltavam ao normal.

— Não sei o que pensei. Mas o que mais alguém estaria fazendo no telhado olhando para o chão?

— Não acredito que você pensou que eu ia me matar. O quê, achou que a sua rejeição ontem à noite me fez ter vontade de fazer isso? — Ela começou a rir.

Por mais doentio que isso fosse, dadas as circunstâncias, fiquei feliz por ouvi-la brincando sobre a noite anterior. Estava com medo de tê-la magoado.

— Você percebeu que essa é sua segunda tentativa fracassada de salvar a minha vida desde que chegou aqui, não é? — ela gritou.

Balancei a cabeça e não pude evitar minha risada.

Ela desceu pela escada com cuidado e veio caminhando até ficar de frente para mim.

— Você é maluca, sabia? — eu disse. — Você me assustou, não vou mentir. Mas agora estou vendo como isso foi ridículo.

Sua expressão ficou séria.

— Achou mesmo que eu seria capaz de fazer isso com a minha mãe depois do que aconteceu com a minha irmã?

Aquela pergunta fez meu peito doer.

— Eu não estava pensando. Vi você lá em cima e surtei por um segundo. Eu não fazia ideia do que você estava fazendo.

Ela estendeu a mão para beliscar minha bochecha, deixando sua mão em meu rosto por um momento.

— Achei fofo você ter se importado.

Meu corpo enrijeceu com seu toque. Eu estava ciente demais do fato de que era a primeira vez que eu sentia suas mãos em mim.

— Você vai para o trabalho? — perguntei, tentando me livrar das sensações dessa experiência estranha.

— Não... na verdade, eu tirei a noite de folga.

— Que bom. Você merece um descanso. Vai a algum lugar?

Ela baixou o olhar para os pés por um momento.

— O Eric vai vir me buscar.

Meu estômago gelou. *Aquele babaca vai levá-la para sair?*

— Ah.

— É, eu decidi ir jantar com ele, pelo menos ouvir o que ele tem a dizer.

Eu sabia que deveria ficar fora disso, mas...

— Acha mesmo que ele merece isso?

Ela deu de ombros.

— Não sei. Você que deveria ser a pessoa madura aqui. Me diga você. As pessoas não merecem uma segunda chance?

— Um homem que trai sua mulher não merece porra nenhuma. Ele é um covarde.

— Você traiu a sua esposa?

Essa garota mandava tudo na lata.

— Não, não fisicamente. Mas existem outras maneiras de magoar alguém.

— Tipo como? Me dê um exemplo.

— Bem, você pode *querer* outra coisa. Isso não é exatamente o mesmo que trair, mas, de certo modo, é uma forma de traição.

— Então, você traiu a sua esposa emocionalmente?

— Eu não disse isso. Mas o mero desejo por algo fora do casamento, seja outra pessoa ou uma vida completamente diferente, pode ser um tipo de traição. Você precisa saber se afastar quando chega a esse ponto, *antes* que magoe a outra pessoa.

— E isso foi o que você fez.

Hesitei.

— Sim. Basicamente.

— Você estava há poucos minutos tentando me salvar de pular do telhado e, agora, estamos falando sobre a sua vida pessoal. Como isso aconteceu?

— Parece que é sempre assim com você. Em um segundo, me envolvo nas suas merdas sem noção, e no seguinte, você está enfiando o nariz onde não foi chamada. Num ciclo sem fim.

Ela riu.

— E aí termina comigo correndo para casa com o rabo entre as pernas.

Aquilo me fez rir.

— Bem assim mesmo.

— Vou considerar o seu conselho sobre o Eric — ela disse ao virar-se de repente e voltar para a casa.

Forcei meu olhar a descer para o chão quando me dei conta de que ele estava se demorando na bunda dela conforme se afastava.

— Se cuide — gritei.

Passava da meia-noite, e ela ainda não tinha voltado para casa. Eu sabia que deveria ir para a cama e cuidar da minha vida, mas minha bunda parecia estar colada à varanda. Eu disse a mim mesmo que só precisava me certificar de que ela estava bem e, então, encerraria a noite.

Mas a cada minuto que passava, eu ficava mais convencido de que ela tinha decidido passar a noite com ele. Será que eu podia mesmo culpá-la? Não era como se eu estivesse aplacando seu tesão lhe dando o que ela me pediu. Isso significava que ela ia conseguir isso em outro lugar, eu gostasse ou não. Eu só queria que não fosse com um babaca indigno de seu tempo que já a magoara antes.

Um flash de luz surgiu pela estrada de cascalho que levava à casa de Heather. Levantei-me para dar uma olhada e percebi que era o mesmo Civic vermelho que a buscara mais cedo.

Fiquei olhando enquanto ele a esperava sair do carro.

Quando ele foi embora, ela não subiu os degraus da varanda. Estava difícil enxergar no escuro, mas, graças a uma lâmpada ali na varanda, pude compreender que seus ombros estavam subindo e descendo. Seu rosto estava escondido nas mãos e ela abaixou-se, sentando no degrau.

Ela estava chorando.

Porra.

O que ele fez com ela?

Meu sangue estava pulsando.

Agindo contra meu bom senso, senti meus pés se moverem, um depois do outro, como se fossem até a casa principal com ou sem a minha aprovação.

— Ei — chamei. — Você está bem?

Ela se sobressaltou.

— Você me assustou.

— É a segunda vez que faço isso hoje.

Ela enxugou os olhos.

— Eu sei.

— Eu estava na minha varanda fumando um charuto e te vi aqui com a cabeça baixa.

— Estou bem.

— Você não parece bem.

— Não é o que você pensa.

— O que aconteceu?

Ela balançou a cabeça.

— Não estou chorando porque ele me magoou. Estou chorando porque consegui ter forças para rejeitá-lo quando estava me sentindo fraca. Em meio à minha vulnerabilidade, eu encontrei o meu valor. E é uma sensação muito boa. Não são lágrimas de tristeza. — Ela fungou. — Você tinha razão. Uma vez traidor, sempre traidor. Mesmo que ele nunca mais me traísse, eu não seria capaz de olhá-lo nos olhos e confiar completamente nele. Nunca. Eu mereço mais que isso.

Caramba.

Boa garota.

— Estou orgulhoso de você.

Sentei-me ao lado dela nos degraus da varanda.

Ela virou-se para olhar para mim.

— Sinto muito por te deixar desconfortável ontem à noite. Não sei o que deu em mim.

Eu não estava esperando que ela tocasse nesse assunto.

— Nem ao menos pense em se desculpar. Não há por que pedir desculpas. Você estava sendo franca, e admiro a sua honestidade. É por isso que te devo o mesmo.

Essa era minha oportunidade de me explicar, então respirei fundo.

— Preciso que saiba que eu ter te rejeitado não tem nada a ver com você. Eu sou errado para você de tantas maneiras, e sabendo disso, não posso me aproveitar da situação, não importa o quanto seja tentador.

— Rejeição dói — ela disse. — Mas não me arrependo de ter dito aquelas coisas, porque eu nunca saberia como você se sente. Agora, eu sei. Você não precisa se preocupar que eu vá fazer algo assim novamente. Só preciso que me diga uma vez... ou duas. O ponto é que entendi com clareza. Não vou mais dar em cima de você.

— Não sei... tem certeza de que consegue resistir? — Pisquei para ela.

— Posso me virar. — Ela riu e limpou os resquícios de lágrimas. — Podemos ser amigos?

Sorri.

— Sim.

A tensão no ar estava densa, mas pelo menos ela não parecia brava.

Ela ergueu o olhar para o céu e bocejou.

— Estou cansada, mas completamente ligada ao mesmo tempo. Não vou conseguir dormir. Você pode ficar acordado comigo por um tempinho?

Considerando tudo que ela tinha acabado de me dizer, aquilo parecia ser inocente.

— Claro.

Eu gostava de passar um tempo com Heather.

— Você chegou a comer o pão? — ela perguntou.

Dei risada.

— Não... mas tenho quase certeza de que já deve estar ruim.

— Não se você tostá-lo. Quer tentar?

Levantei.

— Claro. Vamos.

Nossos sapatos faziam barulho contra o cascalho conforme caminhávamos juntos até a casa de barcos. Grilos cantavam à nossa volta. Era mais uma linda noite no lago, com a lua conferindo um brilho à propriedade.

Heather esperou na varanda enquanto entrei na casa para tostar o pão de alho. Ela parecia saber como funcionava; eu nunca a convidei para entrar, então ela não se deu ao trabalho de tentar me seguir.

Depois que voltei para fora com o pão, cortei um pedaço e entreguei a ela.

Heather gemeu ao colocá-lo na boca. Meu pau traidor se retorceu diante do som, e fiz o melhor que pude para ignorar isso.

Ela falou com a boca cheia:

— Quem diria que pão dormido podia ser tão bom?

— Está muito bom mesmo — concordei, dando uma mordida. — Está... *hummm*... bop. *MMMBop.*

Caí na risada.

Heather parou de mastigar.

— Essa música estava... hã... é a que estava tocando no...

— No seu iPhone. Estava tocando no seu celular porque você a colocou na sua playlist porque gosta de músicas bregas dos anos noventa. Não há nada do que se envergonhar.

— Ei, foi a década em que eu nasci. Tenho um apreço especial por ela. Perdi um monte de coisas legais quando era nova demais para me lembrar, aparentemente. Então, talvez eu curta mesmo músicas *desse* tipo, de vez em quando.

— Acho que é bem mais do que de vez em quando. Na verdade, eu adoraria ver o que mais tem no seu celular.

Ela deu mais uma mordida no pão.

— Você nunca irá descobrir.

Eu esperava que ela soubesse que eu estava brincando. Quer dizer, seu gosto musical era... *diferente*. Mas ela também era — de um jeito bom.

Ela apoiou a cabeça na lateral da casa e fechou os olhos, quase como se estivesse prestes a adormecer, mas logo os abriu e ficou encarando o lago.

Percebi, naquele momento, o quão confortável ela me fazia sentir. (Bom, ela me deixava confortável, e isso me deixava *desconfortável*.) Heather era o tipo de pessoa com quem você podia apenas sentar junto e ficar em silêncio. Ela dava a impressão de que você poderia lhe dizer qualquer coisa e ela não te julgaria. Ao mesmo tempo, tudo bem não dizer absolutamente nada e só ficar na quietude.

Antes de vir para o lago, eu não sabia o que esperar desse lugar. E com certeza não estava planejando me sentir tão em paz aqui. Pensei brevemente que poderia viver essa vida simples para sempre. Isso não era uma opção, mas era um pensamento agradável.

Como se pudesse ler a minha mente, Heather perguntou:

— Então, qual é o seu próximo passo?

— Próximo passo?

— O que você vai fazer quando agosto terminar? Voltar para a Pensilvânia, voltar ao trabalho?

— Sim. Não posso abandonar o meu negócio por muito tempo. Ou o meu pai.

— O seu pai está doente?

— Não, mas ele é a única família que tenho por lá. Minha mãe e meu irmão, que é casado e tem três filhos, moram em Minnesota.

Ela sorriu.

— Tio Noah.

— É. — Sorri, pensando nos meus dois sobrinhos e minha sobrinha. — Minha mãe se mudou para lá para ficar mais perto do meu irmão e dos netos.

— Então, os seus pais são separados.

— Sim. Desde que eu tinha mais ou menos a sua idade.

— Bom, eu diria que sinto muito, mas às vezes o divórcio pode ser algo bom quando a situação precedente é insuportável.

— Isso é verdade. Mas, no caso dos meus pais, foi amigável. — Pausei por um momento. — E os seus pais? Você nunca mencionou o seu pai.

— O meu pai se casou novamente quando minha irmã e eu éramos mais novas. Ele tem duas filhas com a nova esposa, e eu mal o vejo. Eles moram em Western Massachusetts. Ele visita o lago uma vez por ano, fica em um hotel e vem à nossa casa para jantar. Passa a maior parte do tempo criticando a minha mãe e eu e, depois, vai embora. Sempre fico apreensiva com essa visita, porque minha mãe fica arrasada durante toda a semana anterior, no dia do jantar e depois. Bom, na verdade, mais arrasada do que ela já é.

Merda. Isso não devia ser fácil para ela — seu pai ter outras duas filhas com quem passava todo o seu tempo. De modo geral, ele me parecia um idiota.

— Deve ser difícil para você...

— Sim, mas não posso mudar isso, então tento apenas aceitar. Além da visita anual que ele faz, eu visito a família dele algumas vezes por ano. Sempre aceitei a situação melhor que Opal, mas ela tinha outros problemas que afetavam sua reação às coisas. Ela via o fato do meu pai ter ido embora como puro abandono. Tentei ver de um modo diferente, que às vezes as pessoas não acertam de primeira na vida. Ele parece estar feliz agora. Sei que ele se arrepende de ter nos deixado como deixou. Ele me disse isso. Mesmo que saber disso não facilite muito as coisas, eu o perdoo.

— Admiro muito como você lidou com tudo isso — eu disse.

— Faço o melhor que posso. Tento não ficar remoendo as coisas tristes, e procuro encontrar um pouco de felicidade a cada dia, mesmo que seja só uma coisinha.

— Qual foi a sua felicidade de hoje?

Ela olhou diretamente em meus olhos.

— Isso aqui... passar um tempo com você.

Cortei mais um pedaço de pão para ela para desviar da sensação que aquilo me causou, me deixando todo ferrado por dentro. Se ela *me* fizesse a mesma pergunta, minha resposta seria a mesma.

Fiquei olhando-a mastigar o pão. Era estranhamente sensual lhe dar comida pedaço por pedaço e observá-la comendo. Ou talvez isso fosse a minha mente depravada desejando que eu pudesse dar outra coisa a ela. Talvez em uma época diferente, um mundo diferente, isso fosse possível. Mas, nesta realidade, Heather era boa demais para mim, inocente e pura demais.

Embora eu tivesse tentado me convencer de que não deveria enxergá-la de maneira sexual, meu corpo não concordava com isso. Ele achava Heather fantasticamente linda. Com seus cabelos loiros compridos e sedosos e jeito descontraído, ela era como uma prima pé no chão da Barbie. Ela tinha uma beleza discreta e uma personalidade que combinava perfeitamente, com um ótimo senso de humor. Seu corpo era atlético, mas tinha curvas sutis em todos os lugares certos. Quando ela esticou as longas pernas na varanda, tive uma vontade enorme de passar a mão pelos pelinhos loiros em suas coxas. Ela retirou os sapatos, exibindo seus pés delicados.

Minha atração por ela teria que continuar sendo meu segredinho sujo, porque eu não encostaria um dedo nela.

Ela lambeu os lábios.

— Então... Eric acha que tem algo rolando entre a gente.

— Ah, é?

— E eu meio que... deixei que ele acreditasse.

— Ótimo. Bem feito para ele.

— Eu estava torcendo que isso não fosse um problema para você.

— Porra, de jeito nenhum. Se eu soubesse o que ele fez com você quando o conheci naquela noite na sua casa, teria feito uma ceninha e agido como tal, para fazê-lo se sentir o merda que ele é.

— Fico muito grata por saber que você faria isso por mim.

Meus sentimentos por Heather eram complicados, mas mais que qualquer coisa, eu me sentia protetor em relação a ela. Eu faria qualquer coisa para deixar o idiota que a traiu com ciúmes.

Ficamos na varanda conversando por mais algumas horas.

Depois que ela foi embora, deitei na cama, fitando a lua pela janela enquanto meus pensamentos corriam soltos.

Senti como se tivesse uma missão e meu tempo estivesse acabando. Precisava ajudá-la a sair desse lugar. Não havia muita coisa que eu pudesse fazer enquanto estivesse em Nova Hampshire, mas precisava de um plano. Eu consertaria o máximo de coisas possíveis por aqui para que ela pudesse colocar a propriedade à venda. Talvez ela fosse capaz de instalar sua mãe em algum tipo de casa de repouso onde tivessem pessoas que poderiam cuidar dela. Colocar Alice em uma situação diferente ia ser a parte mais difícil. Mas se isso acontecesse de alguma forma, Heather poderia ir para a faculdade e seguir seus sonhos.

CAPÍTULO SETE
Heather

Há cerca de um ano, decidi que precisava muito conversar com um profissional. Terapia à distância pareceu uma boa opção, já que não havia muitos terapeutas qualificados perto de mim que atendiam pelo meu plano de saúde. Encontrei uma mulher em Nova York que atendia.

No começo, nós falávamos muito sobre como o suicídio de Opal e a depressão da minha mãe me impactaram, mas, ultimamente, focávamos mais no meu bem-estar de um modo geral.

A dra. Vaughan apareceu na tela.

— Oi, Heather. Consegue me ver e ouvir bem?

— Sim. Muito bem.

— Ótimo. Como você está?

— Muito bem, na verdade.

— Ok. Que bom. — Ela olhou para suas anotações. — Vejamos... na última vez que nos falamos, você me contou sobre um homem que se mudou para a sua propriedade. Foi bom vê-la tão animada com alguma coisa. Como vai essa situação?

Quando nos falamos há um mês, Noah tinha acabado de chegar. Eu havia descrito minha atração por ele e admiti que estava criando esperanças de que algo pudesse acontecer entre nós no decorrer do verão. As coisas tinham mudado.

— Bom, infelizmente, a minha empolgação foi um pouco prematura. Noah acabou se tornando um ótimo amigo e está ajudando bastante aqui na propriedade, mas deixou claro que não está interessado em mim, romântica ou sexualmente.

Ela fez algumas anotações e, então, perguntou:

— Como ele explicou isso para você, exatamente?

— Eu... meio que me arrisquei e tomei a iniciativa, contei que me sentia atraída por ele.

— Isso foi muito corajoso.

— É, bem, ele foi rápido ao explicar que não ia rolar nada entre nós. Ele acha, entre outras coisas, que é muito velho para mim, mesmo que eu não ache que trinta e quatro seja velho demais.

— Como você se sente em relação à rejeição dele?

— Aprendi a aceitar. Como eu disse, nós nos tornamos amigos. Ainda me sinto atraída por ele e queria que as coisas fossem diferentes, mas é o que é. Não posso forçá-lo a me querer dessa maneira.

— Você parece estar aceitando tão bem quanto se poderia esperar.

— Não tenho escolha. Ainda gosto bastante de estar perto dele. Ele já me ouviu desabafar sobre muitas coisas e sempre me encoraja. Quer que eu encontre uma forma de ir para a faculdade, e está consertando algumas coisas na propriedade para nos ajudar a chegar a uma condição em que possamos colocá-la à venda.

— O que a sua mãe pensa sobre isso? Sobre a possibilidade de se mudar?

— Ela não quer vender, mas concorda que provavelmente tenhamos que fazer isso. Como a casa está quitada, poderíamos comprar um imóvel menor e usar o restante do dinheiro para o futuro. O fato de que a propriedade inclui a casa de barcos para uma renda de aluguel é um ponto positivo enorme para a venda. Espero que possamos conseguir um bom valor por conta disso.

— Como a sua mãe se sente em relação à ajuda de Noah?

— Bom, no começo, ela achou a intenção dele bem suspeita, mas já está mais calma, especialmente depois de ver a casa de barcos com a pintura renovada. — Dei risada. — Ele começou a consertar algumas coisas na casa principal: instalou um novo aquecedor de água, substituiu janelas, coisas assim. Ele é realmente pau para toda obra, costumava trabalhar com construção. Mamãe ainda fica no quarto durante a maior parte do dia, mas saiu uma vez ou duas para cumprimentá-lo e até mesmo se desculpou por ter sido grossa com ele antes.

— Parece que a presença do Noah acabou sendo uma coisa muito boa.

— Sim. Quase como se ele tivesse sido enviado pelos céus.

Meus sentimentos por Noah só cresceram no decorrer das últimas semanas. Eu me sentia tão segura com ele por perto. Nós passávamos muito tempos juntos, conversávamos bastante. A varanda frontal da casa de barcos tinha se tornado o nosso lugar. Eu ficava olhando-o fumar seu charuto — apenas um, nunca dois — e nos sentávamos e conversávamos sobre assuntos variados, às vezes até as primeiras horas da manhã. As coisas continuavam platônicas, e eu estava mais convencida do que nunca de que isso nunca mudaria. Mas ainda doía um pouco. A cada dia que passava, eu o queria mais, e não conseguia imaginar como me sentiria depois que ele fosse embora. Tinha certeza de que ele era uma pessoa da qual nunca me esqueceria.

Após terminar a ligação com a dra. Vaughan, abri meu diário, como sempre fazia depois de clarear a mente na terapia. Normalmente, eu escrevia meus pensamentos e sentimentos, mas, hoje, minha cabeça estava em um modo completamente diferente. Talvez tivesse sido toda aquela conversa sobre Noah não me querer, mas tudo que eu conseguia focar era no quanto eu o *queria* e na minha necessidade de me livrar dessa frustração acumulada. Já que não podia tê-lo, iria descarregar tudo nas páginas do diário. Sem restrições, escrevi a minha melhor fantasia sexual, incluindo todas as coisas que queria que ele fizesse comigo.

São dez da noite. Você sabe onde o seu cachorro está?
Noah

Que pergunta estranha.

Lá no andar de baixo. Eu acho...
Heather

Tenho certeza de que esse não é o caso, considerando que não consigo tirá-lo da minha cama nesse exato momento.
Noah

Ai, meu Deus. Como assim?

> **Sério? Que medo! Como ele saiu de casa?**
> Heather
>
> **Bom, eu perguntaria a ele, mas...**
> Noah
>
> **Há quanto tempo ele está aí?**
> Heather
>
> **Ele apareceu na minha porta há quinze minutos.**
> Noah
>
> **Estou indo.**
> Heather

Por mais assustador que fosse Teddy ter escapado, dado onde ele foi parar, não pude evitar a risada enquanto corria até a casa de barcos.

Noah abriu a porta antes que eu tivesse a chance de bater. Assim como ele tinha dito, Teddy tinha tomado conta da cama completamente. Ele parecia estar tão confortável.

— Desculpe por isso.

Noah deu de ombros.

— Não ligo.

— Ele deve ter se lembrado da primeira vez em que eu o trouxe aqui, quando você tinha acabado de chegar. E sabia exatamente onde te encontrar.

— Ele estava sentado na varanda quando saí para fumar um charuto, como se estivesse esperando por mim.

— Isso é tão fofo. Ainda bem que ele teve o bom senso de vir para cá e não fugir. — Dei tapinhas nas coxas. — Venha, Teddy. Vamos embora.

— Ele pode ficar. — Noah tomou um gole de vinho. Havia uma garrafa aberta na bancada. Eu queria poder me juntar a ele, mas sabia como ele se sentia em relação a me dar álcool.

— Pensei que você queria que eu viesse buscá-lo.

Ele fez um gesto vago com a mão.

— Que nada. Tudo bem.

— Bom, ele não parece exatamente pronto para ir embora mesmo.

Olhei em volta e, então, retirei os sapatos. Era estranho estar *dentro* da casa de barcos com Noah. Eu podia agradecer ao Teddy por essa oportunidade.

Sentei-me na cama e afaguei meu cachorro, enquanto Noah sentou-se de frente para nós e apoiou as pernas na beira da cama. Com seus pés grandes diante de mim, fiquei tentada a pressionar as solas dos meus contra as dele.

Mas me reprimi, é claro.

Teddy era a desculpa perfeita para estar ali na cama não ser desconfortável. O cheiro de Noah emanando de seus lençóis me envolveu. Teddy com certeza teve uma ótima ideia.

Noah estava particularmente gostoso esta noite. Estava usando uma calça de moletom cinza que delineava sua virilha de um jeito que deixava pouca coisa para a imaginação. Era difícil não ficar babando em seu corpo incrível.

Não olhe para baixo. Ele vai perceber.

Se eu não era... qual era o tipo de Noah? De vez em quando, eu me perguntava sobre a mulher com a qual ele fora casado.

— Você tem alguma foto da sua ex-mulher?

Ele estreitou os olhos.

— Que aleatório. Por que está perguntando isso?

— Você espera menos que isso de mim? — Dei risada. — Isso só me veio à cabeça. Sempre tive curiosidade para saber como ela é.

— Tá. Espere aí.

Noah pegou seu celular e começou a rolar pela galeria de fotos. Meu coração acelerou em expectativa. Ele me entregou o aparelho.

Sua ex tinha cabelos e olhos escuros. Ela parecia ter ascendência grega ou italiana. Não foi choque algum ver que ela era absolutamente linda. Seus traços mediterrâneos eram o total oposto da minha aparência escandinava.

— Uau. Acho que você nunca me disse o nome dela.

— Olivia.

Olivia.

Embora eles não estivessem mais juntos, senti inveja dela. Ela pôde fazer amor com ele e experimentar tudo, mesmo que não tenha sido para sempre.

— Ela é muito bonita, mas não esperava menos. — Devolvi-lhe o celular.

— Ela também é uma boa pessoa.

Ele baixou um pouco o olhar.

— Você sente que falhou com ela? — perguntei.

— Por um tempo, senti que meu casamento foi o meu maior fracasso. Mas ela está feliz agora, então isso é tudo que importa. A ideia de fracasso é subjetiva. O nosso casamento fracassou, mas ela acabou encontrando algo melhor, no fim das contas. Então, não foi um fracasso para ela.

Fiquei triste por ele se sentir assim.

— Por que você se deprecia tanto?

— Já te disse antes... eu não fui um bom marido.

— Sim, mas você aprendeu com os seus erros. Talvez ela esteja perdendo a pessoa que você é agora, que pode até ser melhor do que o outro cara com quem ela está. Você está mais velho e mais sábio.

— Mais velho, com certeza. Mais sábio... já não sei. — Ele riu. Após um pouco de silêncio, ele indagou: — Então, e você? O que considera o seu maior fracasso?

— Acho que ainda está por vir, mas aposto que vai ser algo bem doido.

— Mal posso esperar para descobrir o que vai ser, como você vai superar. Espero que se lembre de me ligar quando acontecer.

Pensar em ligar para ele em algum momento no futuro meio que me deixou triste, sabendo que ele estaria longe. Me perguntei se ao menos manteríamos contato.

— Posso fazer isso, com certeza. Mas até lá, você vai estar tipo "Espere... quem é Heather mesmo?".

Ele fez de conta que estava segurando um telefone contra a orelha e falando comigo no futuro.

— Oh... aquela garota loira maluca de Nova Hampshire? Ah, sim, sim. Eu me lembro de você. Como vai?

Imitei seu gesto com a mão na orelha.

— Aham, sou eu! A doidinha que dançava no lago e fingia estar prestes a pular do telhado enquanto ouvia músicas do Hanson. Essa mesma.

— É. A garota que me fazia sorrir. — Ele olhou para mim. — Essa mesma.

Mais ou menos uma hora depois, Teddy finalmente estava pronto para ir embora. Fui até o porão para colocar algumas roupas para lavar quando cheguei em casa e notei que ainda havia roupas de Noah na secadora. Ele devia tê-las colocado ali à tarde e esquecido de vir buscá-las.

Não era sempre que eu tinha a oportunidade de fazer algo por ele, então fiquei feliz por poder dobrar suas roupas limpas. Afofei a pilha por alguns minutos antes de tirá-las de lá.

Cheirando cada peça quentinha, eu as examinei com atenção, uma por uma. Suas camisas eram do tamanho grande. Suas cuecas boxer eram uma mistura de Calvin Klein e Armani Exchange. Sempre achei relaxante dobrar roupas, mas dobrar as roupas do homem pelo qual eu estava obcecada foi particularmente agradável.

Eu estava com tanto tesão. Meu corpo estava em um constante estado de alerta sempre que eu estava perto de Noah, e geralmente, essa sensação durava muito tempo depois que eu voltava para casa. Estar mexendo em suas roupas assim só piorou meu estado.

Depois que tudo estava perfeitamente organizado na cesta, comecei a sair da área das máquinas de lavar. Mas então, parei e me virei.

Sentindo-me impulsiva, ergui a saia e tirei minha calcinha preta de renda. Segurando a peça, hesitei, me perguntando se era uma boa ideia. A quem eu estava querendo enganar? Sabia que era uma péssima ideia. Afinal, eu tinha jurado não dar mais em cima dele. Isso seria ultrapassar um limite.

Mas eu queria mexer com ele, queria forçar os limites e me divertir um pouco de novo. Vinha me comportando muito bem. Tecnicamente, isso não seria uma proposta indecente. Eu poderia fazer de conta que estava dobrando as minhas roupas limpas e misturei as pilhas acidentalmente — isso se ele tocasse no assunto.

Dobrei a calcinha e a enfiei no meio de suas roupas, correndo dali antes que pudesse mudar de ideia.

CAPÍTULO OITO
Noah

Comecei a fazer jardinagem pela propriedade, e de vez em quando Heather juntava-se a mim durante o dia para ajudar a arrancar ervas daninhas ou colocar adubo. Nós brincávamos e pegávamos no pé um do outro enquanto trabalhávamos juntos. Esses eram os meus dias favoritos.

Em uma tarde como aquela, Heather estava particularmente tagarela enquanto trabalhávamos.

— Eu já te contei a história de como recebi esse nome? — ela perguntou.

— Não, acho que não.

— Era o nome de uma atriz.

— Heather Locklear?

— Não. Sabe o filme de terror *Poltergeist, O Fenômeno*?

— Sim.

— O nome real da garotinha que fez o papel de Carol Ann era Heather O'Rourke. Ela morreu aos doze anos. Enfim, a minha mãe adorava esse filme, então me colocou esse nome.

— Uau. Isso é muito maneiro e assustador ao mesmo tempo.

— É, principalmente porque eu parecia muito com ela quando era pequena, com cabelos loiros bem claros e franja. Quando eu era mais nova, era completamente obcecada por aquele filme. Gostava de fazer de conta que era ela. Eu ligava a televisão em um canal com estática, colocava as palmas na tela e brincava de *Poltergeist*. Até hoje, adoro filmes de terror. É uma coisa que puxei à minha mãe.

— Bom, se eu já não achava que você era estranha, isso com certeza me tirou todas as dúvidas — provoquei.

— Você tem algum hábito estranho, Noah?

— Nada que me venha à mente.

— Quer saber outra coisa estranha que eu faço?

— Acho que você vai me contar de qualquer jeito.

— Eu falo durante o sono.

— Tá de sacanagem? Como você sabe disso, se está dormindo?

— Muitas pessoas já me disseram. Minha mãe... Eric... minha irmã.

Sua expressão murchou ao mencionar sua irmã. Tentei distraí-la.

— Então, que tipo de coisas você fala? Coisas engraçadas?

— Coisas estranhas que não fazem sentido, às vezes. Em outras, verdades embaraçosas. Só sei o que me disseram que eu falo. Não me lembro de nada.

Recordei-me de que precisava pegar algo na caminhonete.

Ela ergueu o olhar de onde estava plantando flores quando percebeu que eu estava caminhando para longe dali.

— Aonde você vai?

— Tenho que pegar uma coisa na caminhonete. Volto já.

Quando retornei com o que tinha comprado, ela deu uma olhada no que eu estava segurando e disse:

— Ai, meu Deus. O que você fez?

— Xiiii... — brinquei.

Enterrei o bastão no chão. Presa no topo, estava uma coruja falsa que parecia bem real.

Heather me contara uma história certa noite, sobre seu pai ter plantado uma cerejeira pouco tempo antes de ir embora. Todo ano, os pássaros pegavam as cerejas antes que qualquer pessoa pudesse colhê-las. Heather sempre relacionou aquilo, de alguma forma, ao fato de seu pai não ter deixado nada para elas. Isso me deu raiva, então eu quis fazer alguma coisa. Comprei a coruja na esperança de salvar algumas cerejas. Talvez Heather pudesse finalmente comer algumas no que poderia ser seu último verão na casa do lago.

— Supostamente, essa mocinha aqui espanta os pássaros. Não custa nada experimentar. Talvez possamos salvar um pouco das cerejas. Você disse que elas estão quase prontas para a colheita.

— Não acredito que você pensou em fazer isso. — Ela abriu um sorriso lindo. — Obrigada.

Ela ficou fitando a coruja, parecendo profundamente emocionada com o meu gesto. Não era preciso muito para deixá-la feliz. Era uma das coisas que eu amava nela.

Opa.

Calma aí, porra.

— Vamos fazer assim — ela disse. — Se isso funcionar, eu vou fazer para você a maior e melhor torta de cereja para comemorar. Não faço ideia de como fazer isso, Noah, mas vou aprender. Vou sim.

Comecei a cantar *Cherry Pie,* da banda Warrant.

— Que música é essa? — ela perguntou.

— Você nunca a ouviu? Pensei que conhecesse todas as músicas dos anos noventa!

— Não. Devo estar vacilando.

Me dei conta de que eu estava no ensino fundamental quando essa música foi lançada, o que significava que Heather nem tinha nascido ainda. Caramba, aquilo me fez sentir velho. Procurei a música no celular e aumentei o volume até o máximo.

Heather começou a balançar a bunda em seu shortinho, e fingi não estar adorando cada segundo.

A música terminou, e voltamos ao trabalho de jardinagem e paisagismo.

Após um bom tempo, ela jogou uma bomba em mim.

— Tenho que te contar uma coisa. É importante. Bem, duas coisas. Acho melhor você parar de trabalhar um pouquinho.

Seu tom me deixou apreensivo.

— Claro... me deixe soltar essa danada primeiro — falei, referindo-me à enxada.

— Não fale assim com ela — Heather brincou.

— Muito engraçada — eu disse, enfiando a enxada no chão para deixá-la em pé. — O que foi?

Heather lambeu os lábios.

— Eu vou falar com uma corretora amanhã, para dar início ao processo, descobrir o que preciso fazer para colocar esse lugar à venda.

Meu coração acelerou. Não soube bem por quê. Era eu que a estava encorajando a vender esse lugar, mas, por alguma razão, fiquei tenso diante da perspectiva de ela realmente fazer isso. Eu sabia que ela sentiria saudades daqui e provavelmente nunca estaria pronta para deixar esse lugar para trás. Até eu sentiria falta desse lugar, e nem tinha crescido aqui.

— Acho que é uma boa ideia — respondi, ignorando todos os meus pensamentos conflituosos.

— A outra coisa é... eu tenho pensado bastante sobre algumas coisas que costumamos conversar, sobre o quanto essa época da vida é preciosa. Tem uma coisa que não mencionei, mas não achei que poderia realmente acontecer, até recentemente...

— Ok...

— Eu me inscrevi na Universidade de Vermont. Fui aprovada no curso de enfermagem de lá, mas só vai começar no semestre da primavera. Me inscrevi sabendo que talvez não fosse conseguir ir, mas fui aceita mesmo assim. Acho que vou cursar.

Uau.

Por mais que eu tivesse desejado que isso acontecesse com ela, não estava esperando que fosse tão cedo.

— Heather, isso é incrível. De verdade. Estou tão feliz por você finalmente poder fazer isso.

Então, por que meu peito está doendo tanto?

— Eu só preciso resolver a situação com a minha mãe. Não quero que ela more sozinha. Quero falar com a minha tia que mora em Boston para ver se ela estaria disposta a se mudar para cá, ou levar a mamãe para morar com ela, ou ao menos ficar de olho nela. Tenho muitas coisas para resolver e decidir antes de poder seguir em frente com isso.

— Alice sabe sobre Vermont?

— Ainda não. Não contei a ela, porque, primeiro, quero ter cem por cento de certeza de que vai dar certo. Parte disso é ver o que a corretora terá a dizer sobre a rapidez com que podemos vender a propriedade. O verão é uma boa época para colocar à venda, e vou precisar desse dinheiro para pagar a faculdade. Então, se ela não achar que vai vender...

— Não deixe que isso te impeça.

— O que quer dizer?

— Quero dizer que... eu te empresto o dinheiro para começar a faculdade.

Oferecer ajuda a Heather não era dificuldade alguma para mim. Sempre fui esperto para administrar minhas finanças, até mesmo quando estava viajando. Eu costumava ficar em albergues ao invés de hotéis caros. O fato era que eu poderia facilmente emprestar dinheiro a ela.

— Não posso deixá-lo fazer isso.

— Tenho uma boa quantia guardada. Não seria um problema te emprestar o que você precisa para começar. Pode me devolver quando a venda der certo. Não é nada de mais.

— E se a casa não for vendida?

— Ela vai ser vendida.

Ela ficou boquiaberta.

— Bem, nem sei o que dizer. Não sou tão orgulhosa a ponto de não aceitar a sua generosidade, se for preciso, e estou completamente abismada pela sua oferta. Sério, muito obrigada.

— É tranquilo. O dinheiro está simplesmente guardado no banco, parado.

— Espero não precisar, mas fico muito grata mesmo.

— Por nada.

Um misto de emoções me percorreu. Estava tão orgulhoso dela por dar esse passo. Já estava com inveja de todas as pessoas que ainda iriam conhecê-la, com inveja do filho da puta sortudo que ela escolheria para passar seu tempo por lá. Mais que isso, eu sabia que sentiria falta dela. Sentiria falta de seu sorriso. Sentiria falta de conversar com ela. Sentiria falta de tudo relacionado a ela e a esse lugar.

Após a notícia, as coisas ficaram quietas por um tempinho enquanto trabalhávamos. E então, Heather me fez despertar dos meus pensamentos.

— Ei, podemos ir a um lugar rapidinho? — ela perguntou, conferindo a hora no celular. — Não tinha percebido como está tarde, e preciso da sua caminhonete para uma coisa.

— Você precisa buscar algo?

— Sim. Preciso que me leve à loja de animais. Não tenho espaço no meu carro para tudo.

— Tudo?

— Eu meio que vou resgatar dois porquinhos-da-índia. Eles vêm com muita bagagem.

Rindo, indaguei:

— Porquinhos-da-índia têm bagagem?

— Bom, a gaiola deles é bem grande.

— Você vai mesmo trazê-los para casa?

— Sim.

— Acha que é uma boa ideia, já que vai embora para a faculdade, em algum momento?

— Não temos escolha. A loja de animais vai fechar amanhã de vez, e a minha amiga Trish disse que, se ninguém for buscá-los, eles podem acabar indo para a eutanásia. Vou dar um jeito. Mas isso vai dar mais tempo a eles.

— Não tem outra pessoa que possa ficar com eles?

— Ela disse que não conseguiu encontrar ninguém. Trish já tem três porquinhos em casa.

A vida de Heather estava prestes a entrar em um limbo. A última coisa que ela precisaria era disso, mas ela tinha um coração de ouro, e eu sabia que não tinha como convencê-la a não fazer isso.

Limpando a terra das mãos, eu disse:

— Ok, vamos lá resgatar uns porquinhos-da-índia.

Uma hora depois, comecei a achar que precisava ir ao psiquiatra por ter concordado com isso. Os porquinhos ocupavam muito mais espaço do que eu imaginava.

Eu a ajudei a levar os animais para o segundo andar e coloquei a gaiola enorme em um canto no seu quarto.

Era a primeira vez que eu entrava no quarto de Heather, e era tão suave e feminino como eu imaginava que seria. Eu também estava tão tenso quanto imaginava que ficaria.

Meus olhos vagaram pela prateleira mais alta de seu closet. Havia pacotes e mais pacotes empilhados de balinhas de milho.

— Pelo que estou vendo, você gosta de balinhas de milho.

— Bem, é preciso fazer um estoque, porque não dá para encontrá-las durante o ano todo. Não posso viver sem elas. Então aproveito as promoções quando termina o Halloween.

— E compra a loja inteira?

— Basicamente. — Ela riu. — Nunca te contei que o Halloween é o meu feriado favorito?

— Não. Mas se bem que, baseado na sua preferência por filmes de terror, eu deveria saber.

Ela estava digitando no laptop, tentando encontrar informações sobre como cuidar de seus novos animais de estimação. Não sabíamos nada sobre porquinhos-da-índia.

— Tem tantas coisas que preciso aprender. É sufocante.

— Tipo o quê?

— Bom, para começar... acho que não temos feno suficiente. Aqui está dizendo que, se eles não tiverem suficiente, pode causar má oclusão.

— Má o quê?

— É o desalinhamento dos dentes. Sem feno, o trato digestivo deles se fecha. Eles podem morrer. — Ela enterrou o rosto nas mãos. — Puta merda. No que foi que me meti? — Ela parecia estar entrando em pânico. — Eles comem alface e couve? Não tenho nada disso em casa. Pensei que as bolinhas que ela nos deu eram a comida. Eles deveriam comer coisas boas. — Ela voltou a olhar para a tela por um momento. — Merda. Aqui diz que precisa colocar uma tampa na gaiola se tiver outros animais de estimação. E se o Teddy tentar alguma coisa? E se ele os assassinar acidentalmente?

E naquele exato momento, o cachorro entrou no quarto e começou a latir para a gaiola. Os porquinhos-da-índia tremeram. Isso não era bom.

— Não, Teddy! — Heather gritou, afastando o cachorro da gaiola. — Não acredito que não pensei direito nisso.

— Você não sabia como o Cabeção ia reagir.

Ela balançou a cabeça.

— Isso foi um erro. Não vou conseguir dormir esta noite.

Heather levou o cachorro para o andar de baixo antes de voltar para o quarto e sentar na cama.

Ela continuou a rolar pela tela do laptop buscando informações.

— As unhas das patas deles têm que ser aparadas de vez em quando. Diz aqui que você pode atingir uma artéria deles fazendo isso. — Ela continuou lendo, parecendo incapaz de desviar o olhar da tela.

Eu devia estar pirado, porque disse:

— Vamos fazer assim: eu os levo para a casa de barcos esta noite. Isso vai resolver o problema do cachorro até arranjarmos uma tampa para a gaiola. Também acho que tenho um pouco de alface romana lá, que uso nos meus sanduíches.

— Eu não queria te obrigar a isso, vou me sentir péssima. Nós acabamos de arrumar tudo aqui e…

— Não é problema algum, de verdade. Vou afastar tudo e arrumar um lugar. Amanhã poderemos arranjar mais feno e comprar algumas verduras e tal. Eles vão ficar bem.

A expressão de Heather parecia dizer que eu tinha acabado de tirar um peso enorme de seu peito.

— Falando sério... eu não sei o que faria sem você nesse verão. Você fez mais por mim durante as seis semanas desde que chegou do que o meu pai durante a minha vida inteira. Parece que você está sempre me salvando. Eu te devo tanto.

Ultimamente, minha mente vivia pensando em todas as formas com que ela poderia me *retribuir*.

Ela se levantou, veio até mim e envolveu meu pescoço com os braços. Isso me pegou de surpresa, e meu corpo enrijeceu. Mas ao invés de continuar tenso, fechei os olhos e me permiti sentir o conforto que abraçá-la me trouxe. Fazia tempo que eu não experimentava uma sensação tão boa. Enterrei o nariz em seus cabelos e inspirei profundamente. Seu cheiro era tão bom que era quase demais para aguentar. Eu sabia que ela estava sentindo meu coração bater. *Jesus Cristo*. Agora eu estava sentindo meu pau endurecer. Isso não era bom.

Afastei-me.

— É melhor eu juntar tudo para levar.

Depois que voltei para a casa de barcos e acomodei os porquinhos na gaiola no chão, decidi tomar um banho após um longo dia trabalhando ao ar livre.

Bati uma no chuveiro e gozei em segundos, provando o quanto eu precisava transar. Se isso fosse acontecer, com toda certeza não poderia ser com Heather, então era melhor eu bolar um plano B. Abraçá-la hoje foi melhor do que deveria. Quase desejei que ela nunca tivesse me tocado. Odiei o fato da minha mente não conseguir focar em nada além de seu rosto e corpo lindos enquanto me masturbava.

Os porquinhos-da-índia — que ainda precisavam de um nome — me encararam quando saí do banheiro. Se não fosse loucura, eu diria que eles estavam me julgando.

— O que vocês estão olhando? — Dei risada.

Suas boquinhas se moveram em sincronia conforme mastigavam feno.

Parecia que agora eu tinha uma plateia.

— Parem de me julgar.

Depois que me vesti, percebi que ainda tinha uma cesta de roupas limpas para guardar que foram lavadas há, tipo, uma semana. Heather tinha me surpreendido ao dobrá-las, e esqueci de agradecer a ela por fazer isso.

Enquanto eu guardava as coisas nas gavetas, parei de repente quando meus dedos pousaram em um pedaço de renda preta.

Bem, isso definitivamente não é meu.

O choque de perceber que eu estava segurando uma calcinha de Heather fez com que eu abrisse a mão. Como uma batata quente, a calcinha caiu no chão.

Curvei-me para pegá-la, segurando-a enquanto meu pau inchava dentro da calça jeans. Meus punhos se fecharam contra o tecido enquanto eu tentava encontrar forças para jogá-la de volta na cesta.

Não faça isso.

Contra meu bom senso, cedi à necessidade de cheirá-la. Aproximando-a do nariz, inspirei o resquício de seu cheiro que ainda estava ali.

Estou tão fodido.

CAPÍTULO NOVE
Heather

Eu teria um dia bem cheio pela frente, então acordei mais cedo que de costume para fazer tudo antes de ter que ir ao escritório da corretora de imóveis.

Sentada à janela do meu quarto, tomando café, notei que havia uma pessoa chegando à varanda da casa de barcos.

Era a vadia da minha vizinha, Kira Shaw.

Meu coração quase parou.

E então, ela entrou na casa.

Senti como se todo o sangue do meu corpo tivesse subido para a cabeça.

Não.

Ele nunca deixava ninguém entrar na casa de barcos.

A menos que...

Andei de um lado para outro por um tempo, sem saber o que fazer.

Você não pode controlar o que ele faz, Heather.

Vocês são apenas amigos.

Ele pode transar com quem quiser.

Ele pode fazer o que quiser da vida dele, e não é da sua conta.

Que parte disso você não entende?

Ele é um homem. Tem necessidades. O que você espera? Como mamãe disse, homens são fracos.

Minha imaginação correu solta. Imaginei-o puxando-a para dentro antes de eles começarem a mandar ver na cama.

Você esperava mesmo que ele ficasse em celibato durante o verão inteiro?

Ai, meu Deus. Eu ia vomitar.

Eu *tinha* que saber. Tinha que saber se era verdade. De jeito nenhum ia conseguir seguir com o meu dia como se não a tivesse visto entrar na casa de barcos.

Meu coração acelerou enquanto eu vestia uma roupa. Eu não ia fazer nada, mas precisava confirmar. Jurei não envergonhar a mim nem a ele deixando que me vissem. Esses dias já tinham acabado. Mas eu veria se dava para saber o que estava acontecendo. E então, voltaria para casa. Não me sujeitaria a ficar assistindo qualquer coisa além do necessário para conseguir minha resposta. Poderia apenas dar uma espiada lá dentro pela janela e dar no pé em seguida.

Aham, certo, como se fosse tão fácil assim superar Noah fodendo com Kira Shaw — ou com qualquer pessoa, aliás. Mas especialmente ela.

Isso é devastador.

Uma névoa fria no ar da manhã me cumprimentou quando saí de casa. Meu estômago revirou conforme me aproximei da casa de barcos.

E se ele tiver fechado as cortinas e eu não conseguir ver lá dentro? E aí?

Ao subir na varanda, me certifiquei de que eles não me ouvissem.

Para minha surpresa, quando espiei pela janela, a cama estava vazia.

Onde eles estão?

O único outro cômodo era o banheiro, e havia somente uma coisa que eles poderiam estar fazendo lá dentro. Isso me deixou mais enjoada ainda. Agora as coisas estavam quase que certamente nem um pouco a meu favor.

Senti as pernas bambas ao dar a volta até a janela do banheiro no outro lado da casa.

Estava entreaberta, e a persiana só estava fechada até a metade, então pude espiar lá dentro.

O chuveiro estava ligado, a cortina estava fechada.

Eles estão tomando banho juntos.

Puta merda.

Senti vontade de chorar.

Mas não choraria.

Eu precisava ser forte. Talvez fosse disso que eu precisava para me ajudar a superá-lo.

Não ia querê-lo depois dele ter transado com ela. Isso mudaria tudo.

Meu coração palpitou enquanto eu encarava as borboletas estampadas na cortina branca do chuveiro e ouvia o som da água correndo.

Então, como se a situação não pudesse ficar pior, o som do gemido de Noah ecoou pelo banheiro.

Aquela deveria ser a minha deixa para ir embora, mas fiquei congelada na janela, consumida por curiosidade. Meu choque tinha me paralisado.

De repente, do nada, a cortina do chuveiro se abriu.

A visão de um Noah completamente pelado surgiu diante dos meus olhos. Um Noah completamente pelado, mas sozinho. Seu corpo brilhava, e digamos apenas que tudo que eu imaginara sobre sua anatomia era verdade e mais um pouco. Ele era enorme.

Arfei.

Eu não quis emitir som algum. Só me escapou.

Então, corri o mais rápido possível que pude de volta para casa.

Será que ele tinha me visto? Eu tinha certeza de que ele havia me ouvido, mas talvez não soubesse que era eu.

E ele era o quê, um ilusionista? Onde diabos Kira estava?

Eu a tinha visto entrar na casa dos barcos. Ele estava gemendo! Porém, estava sozinho no chuveiro.

De volta ao meu quarto, rezei para ter me livrado dessa enrascada, que, por algum milagre, ele não tivesse me visto sair correndo.

Quando meu celular apitou alguns minutos depois, tive minha resposta.

> **Tem algo que você queira me dizer?**
> Noah
>
> **Não era o que parecia.**
> Heather
>
> **Ah, que bom. Que alívio. Porque parecia que você estava me espionando no chuveiro.**
> Noah

Droga!

> **Eu posso explicar.**
> Heather
>
> **Estou fazendo café. Essa deve ser das boas.**
> Noah

Interpretei isso como uma insinuação de que ele queria que eu fosse para lá imediatamente e me explicasse, talvez enquanto ele se acomodava e tomava um café, curtindo o meu show de humilhação.

Engolindo o orgulho, voltei para a casa dos barcos para enfrentar minha sina.

Como de costume, ele abriu a porta antes que eu tivesse a chance de bater.

Os cabelos de Noah estavam molhados. Ele estava usando uma camiseta cinza que se esticava sobre seus músculos, calça jeans e seus pés estavam descalços.

Ele estava quieto. Tudo que dava para ouvir era o som do café sendo coado. O que me chocou foi a falta de divertimento em seu rosto. Ele parecia seriamente preocupado com a minha saúde mental.

Eu não podia culpá-lo.

Queria fugir para as colinas, mas, ao invés disso, mandei logo na lata.

— Eu vi Kira Shaw aqui. Estava olhando pela minha janela e vi você abrir a porta e deixá-la entrar.

Ele ergueu as sobrancelhas.

— Ah, você viu?

— Sim, eu juro.

— Tem certeza de que me viu abrir a porta?

— Sim. Pelo menos eu acho que sim, mas agora estou me perguntando se alucinei por um momento.

O café fez o som borbulhante alto que sempre faz quando termina de coar. Noah foi até a cafeteira e serviu um pouco em uma caneca.

— Creme e açúcar?

— Não, obrigada. Tomei café hoje. Já matei minha vontade.

— Aparentemente, na sua imaginação maluca, eu também fiz isso esta manhã.

Jesus. Eu estava sinceramente duvidando da minha sanidade.

— Quer um pouco de quiche? — ele perguntou.

Quiche?

— O quê?

— Quiche. É uma torta feita com ovos e...

— Eu sei que é uma quiche, mas não, não estou com fome.

— Oh, isso é uma pena... porque, sem que eu soubesse, Kira entrou na minha casa enquanto eu estava no chuveiro e me deixou uma quiche inteira.

Meus olhos o seguiram conforme ele se aproximou da quiche que estava do outro lado da bancada. Eu não tinha notado até então. Havia um bilhetinho em cima da forma da torta.

Ele o entregou para mim.

Noah,

Bati e não houve resposta. A porta estava destrancada. Pensei que te encontraria, mas você está no chuveiro. Pensei em esperar, mas não queria te assustar. fiz uma quiche de espinafre, tomate e queijo feta para você. Pensei que, já que não aceitou meu convite para jantar, eu poderia te trazer café da manhã. Espero que goste. O convite para jantar ainda está de pé. Ou qualquer outra coisa que você possa querer.

Beijos.

Kira

Noah estava me encarando quando ergui o olhar para ele.

Devolvendo-lhe o bilhete, eu disse:

— Ok... então, minha reação foi exagerada.

— Você acha?

— É que pareceu tão real. Quer dizer... eu a vi entrar. Eu poderia jurar que você tinha aberto a porta para ela. Sei que não é da minha conta, mas eu precisava saber. E então, ouvi o chuveiro. E aí, ouvi *você*... fazendo sons.

Ele fechou os olhos e falou baixinho:

— Porra.

De repente, me caiu a ficha de que o som era *ele*... se masturbando. Eu estava obcecada com a ideia de que ele estava transando com Kira. E agora eu tinha acabado de admitir que estava ouvindo enquanto ele batia uma no chuveiro. *Ótimo*. Essa manhã estava ficando cada vez melhor.

— Deduzi que ela estava lá com você. Me desculpe. Isso não tem justificativa. Acho que velhos hábitos são difíceis de morrer. Me sinto tão idiota.

Noah ficou me olhando por um longo tempo.

Esperei que me repreendesse, mas ele não fez isso.

— Quer saber? Que tal você parar de se martirizar por isso e fazermos de conta que nunca aconteceu?

— Vai me liberar assim, tão fácil? Nada de me ridicularizar? Nada de me repreender e dizer que nada disso é da minha conta?

— Bom, isso é verdade. Mas você já tem muitas coisas para lidar. Não vou acrescentar mais problemas a isso. Vamos apenas deixar para lá.

Soltei um suspiro de alívio.

— Me parece uma ótima ideia.

Noah assentiu e continuou a me fitar em silêncio. Senti que precisava ir embora enquanto ainda havia tempo.

Apontando com o polegar para a porta atrás de mim, falei:

— É melhor eu ir. Tenho um compromisso com a corretora esta manhã.

Ele assentiu.

— Ótimo. Me dê notícias.

— Pode deixar.

Quando eu estava quase na porta, ele me chamou:

— Ei.

Virei.

— Sim?

Noah deu alguns passos até ficar bem diante de mim. Meu pulso acelerou, e para meu choque, ele pousou a mão em minha bochecha. Era a primeira vez que ele me tocava assim, e meus mamilos ficaram completamente atentos enquanto eu fechava os olhos e saboreava cada segundo.

O que está acontecendo?

— Eu te disse que não estava interessado nela — ele finalmente declarou.

Muito agitada para conseguir falar, apenas assenti. Ele deslizou a mão do meu rosto, e seus dedos roçaram em meu pescoço.

E então, acabou.

Ele voltou para seu café e tomou um gole como se não tivesse acabado de abalar meu mundo inteiro.

De alguma maneira, consegui sair pela porta e voltei para casa flutuando, sem saber no que pensar.

Mais tarde, naquele dia, a caminho do escritório da corretora de imóveis, eu ainda estava pensando na sensação da mão de Noah em meu rosto, na sua necessidade de me assegurar de que não estava interessado em Kira. Pareceu ser algo diferente de apenas uma simples admissão, por algum motivo. Meu corpo formigou diante da lembrança de seu toque e suas palavras.

Agora que eu tinha falado com a corretora responsável pela nossa propriedade, senti-me mais confiante em colocá-la à venda. O próximo passo era contar para a minha mãe que essa venda ia acontecer. Eu não tinha certeza se estava pronta para conversar sobre Vermont, então decidi deixar fluir.

Mamãe estava em seu quarto quando cheguei em casa.

Sentei-me na beira da cama e apertei seus pés por cima da coberta floral. As persianas estavam fechadas e o quarto, escuro.

Ela sentou-se, recostando-se na cabeceira.

— Como foi?

— Ela disse que acha que conseguirá colocar a propriedade à venda em breve. A melhor época para visitas será no meio do verão, por causa do clima. Ela também acha que o valor deve ficar entre 800 e 900 mil.

Minha mãe piscou algumas vezes ao processar a informação.

— Isso é mais do que pensei.

— Eu sei. Eu também. Mas ela parece estar confiante de que conseguiremos vender por um valor bem próximo a isso.

— Parece bom demais para ser verdade.

— O preço de venda?

— O que não está me contando, Heather? Você tem agido estranho. Tem a ver com o Noah?

— Não. Nada mudou em relação ao Noah.

Exceto pelo fato de que ele tocou meu rosto e me fez esquecer do meu próprio nome durante metade do dia.

— Mas *tem* alguma coisa... — ela disse.

Suspirei.

— Sim.

— O que é?

Era agora ou nunca. Eu precisava contar a ela.

— Então, hã... lembra que eu estava te contando sobre o curso de enfermagem na Universidade de Vermont, e falamos sobre como Burlington é uma cidade bonita e tal?

— Sim.

— Bom, um tempinho atrás, decidi arriscar e me inscrever. — Hesitei. — Eu fui aceita. Mas para começar no semestre da primavera. Então, não seria tão imediato assim.

Ela colocou a mão no peito e apertou, como se a notícia lhe causasse dor física.

— Você está bem? — perguntei.

— Eu sabia que esse dia chegaria. Só...

— Espero que saiba o quanto isso é difícil para mim. Prometo que não vou se você não estiver bem estabelecida. Você não vai ficar sozinha. Vou garantir isso. Tenho falado com a tia Katy...

— Katy? Você vai me deixar nas mãos da minha irmã inconstante?

— Pode ser inconstante, mas ela ama você e parece estar disposta a se mudar para cá, e pode fazer sua arte de qualquer lugar. Ela disse que quer fazer isso por mim. É um sacrifício, mas ela está disposta a fazê-lo, e estou extremamente grata por isso. Você tem que estar aberta a essa possibilidade.

A irmã da minha mãe, Katy, passara por um divórcio complicado nos últimos anos. Agora que tudo estava finalmente resolvido, ela tinha a opção de se mudar. Katy era uma pintora a óleo que vendia seus trabalhos para pequenas galerias pela Nova Inglaterra.

— Eu posso morar sozinha — minha mãe disse.

— Nós já tivemos essa discussão. Não é que eu ache que você não seja capaz de viver sozinha na maioria dos dias, mas precisa estar perto de pessoas. Tem que ter alguém cuidando de você, mesmo nos dias em que não precisa. E de jeito nenhum eu te deixaria sozinha, porque, em alguns dias, você precisa, então tem isso.

— Não posso te impedir de ir. Sei disso. Já te prendi aqui por muito tempo.

Meus olhos começaram a marejar.

— É muito difícil, para mim, pensar em ir embora.

Ela estendeu a mão para segurar a minha.

— Eu sei. Você é uma boa garota... meu anjo.

— Ainda temos bastante tempo. E graças ao Noah, parece que poderemos mesmo vender esse lugar. Então, tudo está indo de acordo com os planos.

Ficamos quietas por um momento. Então, ela disse:

— No fim das contas, Noah foi mesmo um enviado de Deus, não foi?

— Fico feliz por você ter aprendido a confiar nele, mãe.

— Posso até confiar nele, mas ainda acho que ele sente algo por você.

— Não sei de onde está tirando essa ideia.

Na verdade, aquele foi o primeiro dia em que pensei que ela poderia estar certa. Mas eu não estava cem por cento convencida de que não estava interpretando errado as coisas. Ele tocara minha bochecha, não meu clitóris, pelo amor de Deus. Talvez ele apenas tenha visto que eu estava chateada comigo mesma e estava tentando me fazer sentir melhor. Ainda assim, minha intuição me dizia que havia algo a mais na eletricidade que senti quando ele me tocou, mesmo que tivesse sido *somente* em meu rosto.

— Sabe que vocês dois têm trabalhado no jardim bem ao lado da janela do meu quarto, não é? Ouvi as conversas. Ele gosta de você de verdade.

— Sim, ele gosta de mim, mas não desse jeito. Ele gosta de mim com uma irmã caçula.

— Essa eu não engulo, Heather. Ele pode ter escolhido não agir de acordo, e de várias formas, eu o admiro por isso. Mas ele com certeza sente algo por você.

Qual era o meu problema por sentir arrepios ao ouvi-la dizer aquilo? *Estou delirando?* Esse dia inteiro estava sendo uma alucinação? Mesmo que Noah estivesse desenvolvendo sentimentos por mim e de alguma forma demonstrou isso *hoje*, ele ia embora e, agora, eu também.

Além disso, eu ainda achava que Noah não ultrapassaria esse limite.

— Sabe... ele é divorciado — eu disse.

— É mesmo? Alguma mulher burra abriu mão daquele homem?

— Não é? — Dei risada. — Ele acredita que tem a maior parcela de culpa pelo fim do casamento, que colocou a carreira em primeiro lugar durante seus vinte e poucos anos e negligenciou o relacionamento. Mas ele reconhece os próprios erros, e sinto que a mulher sortuda que conseguir agarrá-lo irá se esbaldar nos benefícios que isso trouxe.

Naquela noite, no Jack Foley's Pub, eu estava ocupada com minha obsessão por Noah quando um rosto antigo e familiar apareceu em uma das minhas mesas.

Ele pareceu feliz em me ver.

— Heather?

Era um cara com quem eu tinha cursado o ensino médio, um que eu não via há alguns anos. Ele estava um ano à minha frente.

— Ai, meu Deus... Jared! — Eu o abracei.

Jared Mackenzie sempre fora inteligente, e todos ficaram super impressionados quando ele foi aceito em Harvard.

— É tão bom te ver — ele disse.

— Você também. Você não costuma vir para cá durante o verão, não é? Não te vejo desde que você terminou o ensino médio.

Ele franziu a testa.

— Meu pai está doente, então não estou trabalhando no emprego de verão que costumo pegar em Cambridge.

— Sinto muito por saber disso.

— É, câncer de pulmão.

Meu estômago gelou.

— Isso é péssimo. Sinto muito mesmo.

Aquilo me lembrou de que as coisas sempre podiam ser piores. Minha mãe tinha uma depressão severa, mas pelo menos era saudável fisicamente.

— Tem sido um verão difícil, mas encontrar você esta noite foi uma boa surpresa.

— Igualmente. — Sorri. — Então, como é estar quase terminando a faculdade? Só falta um ano, não é?

— Sim. É surreal como o tempo voa. Espero poder ficar em Boston para a pós-graduação. Então, vai levar um tempinho até eu ter que enfrentar o mundo real e encontrar um emprego.

— O que é mesmo que você está cursando?

— Neurociência. Quero me tornar um pesquisador médico.

— Certo. É bem fácil, se me lembro bem. — Pisquei para ele e me vi enrolando os cabelos nos dedos, coisas que eu fazia com frequência quando estava flertando.

Jared riu.

— Olha, a única coisa que tenho feito é ficar sentado ao lado da cama do meu pai todos os dias, praticamente, e à noite sempre preciso de uma folga. Não sinto muita vontade de sair com as pessoas da escola ou ir beber. Mas eu adoraria ir a algum lugar e conversar, bater um papo e comer uma coisa gostosa. Você gostaria de sair comigo, qualquer dia desses?

Fiquei surpresa, mas não consegui encontrar um motivo para dizer não.

— Isso seria ótimo.

— Posso admitir uma coisa? — ele perguntou.

— Claro.

— Quando fiquei sabendo que você e o Eric terminaram, talvez eu tenha comemorado um pouco.

Cobri a boca.

— Sério?

— Além disso, talvez eu fosse bem a fim de você no ensino médio, mas você estava sempre comprometida.

Meu coração palpitou.

— Eu nunca soube disso. Você estava sempre tão ocupado jogando lacrosse ou com o nariz enterrado em livros. Nunca percebi nada.

— Você não me achava um nerd, achava?

— Não. Exatamente o contrário. Acho inteligência algo extremamente sexy.

Calma aí.

Depois que anotei seu pedido, trocamos números de telefone. Talvez um encontro com Jared fosse exatamente do que eu precisava. Ele iria voltar para Cambridge, então não haveria nenhuma obrigação de estender as coisas além do verão. E Deus sabe que eu precisava me distrair de Noah. Direcionar meu foco para outra pessoa me faria bem.

CAPÍTULO DEZ
Noah

Mais tarde, naquela semana, eu estava trabalhando do lado de fora da casa de Heather quando um homem que não reconheci se aproximou de mim. Ele tinha provavelmente pouco mais de cinquenta anos.

— Posso ajudá-lo? — perguntei.

— Estou aqui para ver a minha filha. Quem é você?

Esse é o pai de Heather?

— Sou Noah Cavallari. Estou hospedado na casa de barcos.

Ele estendeu a mão.

— Rick Chadwick.

Limpei a terra das palmas e apertei a mão dele.

— Prazer em conhecê-lo.

Rick era robusto e estava usando um casaco marrom grande demais da marca *Members Only*. Se eu não fosse um cara grande, podia ter me sentido intimidado pelo jeito que ele estava me olhando.

Naquele momento, Heather abriu a porta.

— Oi, pai.

— Oi, querida.

Ela olhou para nós dois.

— Vejo que conheceu Noah.

— Sim, brevemente.

Heather virou para mim.

— Meu pai veio passar uns dias na cidade.

Lembrei-me de que ela dissera que seu pai fazia uma visita anual.

Teria sido bom receber um aviso adiantado.

— Você gostaria de juntar-se a nós para o jantar esta noite, Noah?

O que eu deveria dizer?

— Não quero ser um intruso.

Rick interveio.

— Você não seria um intruso. Eu prefiro mesmo conhecer o homem que está passando tanto tempo na propriedade.

Ótimo.

— Te vejo às sete — Heather disse antes de entrar na casa com ele.

Eu perdi a parte em que aceitei?

Enquanto continuei meu trabalho, meu celular vibrou.

> **Me desculpe por não ter dito que ele viria. Só fiquei sabendo hoje de manhã. Ele só deveria vir no outono. Me pegou de surpresa. Acho que é porque ele ficou sabendo que vamos vender a casa. Ele é contra essa ideia.**
> **Heather**

Esse seria um jantar divertido pra caralho. Muito agradável mesmo.

> **Não sei se eu deveria ir.**
> **Noah**
>
> **Seria bom ter a sua companhia. Acho que preciso de um apoio esta noite.**
> **Heather**

Como eu poderia recusar isso?

> **Está bem. Posso levar alguma coisa?**
> **Noah**
>
> **Precisa mesmo perguntar o que trazer?**
> **Heather**
>
> **Vou comprar pão de alho. Precisa de mais alguma coisa?**
> **Noah**
>
> **Novos pais? HAHA**
> **Heather**

> *Acho que não vendem isso no mercado.*
> Noah
>
> *Te vejo às 7.*
> Heather

Sorri.

> *Ok.*
> Noah

O fato de que o pai de Heather ficava em um hotel quando elas tinham essa casa enorme com alguns quartos de hóspedes já demonstrava por si só a natureza de seu relacionamento com Heather e Alice.

Quando cheguei para o jantar, fiquei surpreso por ver Alice na cozinha com Heather. Era como se ela soubesse que a filha precisava dela. De alguma maneira, ela conseguira se recompor para a noite.

Rick e eu sentamos à mesa da cozinha enquanto Heather e sua mãe cortavam algumas verduras para a salada. Ele trouxera um engradado de cerveja Corona e me ofereceu uma. Aceitei de bom grado. Precisava mesmo de qualquer coisa que aliviasse a tensão dessa situação.

Heather e Alice recusaram minhas inúmeras ofertas para ajudar, e notei que Rick não se oferecera sequer uma vez. Até então, a única coisa boa nesse cara parecia ser os olhos azuis marcantes que Heather herdou dele.

Sua voz me sobressaltou.

— Noah, o que você faz, exatamente?

— Sou fotógrafo.

Heather olhou para nós.

— Noah é incrível. Ele viajou pelo mundo e cobriu muitos eventos importantes. Você deveria ver o site dele.

Rick não pareceu acreditar no que Heather estava dizendo.

— Se você tem uma vida tão incrível, por que quis passar o verão em Lago Winnipesaukee?

Sua pergunta me irritou. Não gostei do jeito que ele disse isso, como se não tivesse nada de valor por aqui.

— Estava buscando uma mudança de ritmo.

— Na verdade, é graças ao trabalho manual de Noah que podemos colocar a casa à venda. Ele tem ajudado bastante — Heather contou.

Rick me lançou um olhar de desaprovação.

— É mesmo?

Eu não entendia por que ele não era a favor da venda.

O jantar finalmente foi servido. Heather fizera um bolo de carne que estava muito gostoso. O ketchup no topo da carne me lembrou do jeito que a minha mãe costumava fazer.

Ela estava sentada ao meu lado, parecendo estar muito tensa.

Inclinei-me para ela.

— Mandou bem no bolo de carne. Está uma delícia.

Ela sorriu.

— Obrigada.

Por um bom tempo, a refeição permaneceu quieta e desconfortável; o único som no ambiente eram os talheres tilintando. O idiota de seu pai não disse uma palavra enquanto devorava a comida. Mantive minha sanidade dando pedaços da minha comida escondido para Cabeção, que estava sentado aos meus pés.

Alice também parecia muito estressada. Tive que admitir, eu meio que estava orgulhoso dela. Eu sabia que não devia ser fácil. Heather me contara que ela ainda era muito ressentida com o divórcio.

Mal tínhamos chegado à metade do jantar quando Rick disse:

— Então, precisamos conversar sobre esse plano de vender a casa.

Heather pousou seu garfo e limpou a boca.

— O que há para conversar?

— Você sabe como me sinto em relação a isso. Não é a hora certa. O mercado não está em alta, e acho que você vai perder uma cacetada de dinheiro se não esperar.

— A corretora não parece achar que não é a hora certa.

— O que ela sabe? Ela só quer fazer dinheiro fácil e rápido. Você não pode confiar no que ela diz.

— Não importa se não é a hora perfeita. Nós precisamos vendê-la. Não consigo mais dar conta dos gastos de manutenção. Preciso de dinheiro para a faculdade.

— Por que não pode pegar empréstimos, como todo mundo?

— Bom, pretendo continuar trabalhando para ajudar a pagar as mensalidades, mas não quero ter empréstimos me atrapalhando pelo resto da vida. Além disso, a mamãe sempre disse que, quando a casa fosse vendida, eu poderia usar um pouco do dinheiro para a faculdade.

— Quando você decidiu ir à faculdade, afinal?

— Eu ia contar. Fui aceita no curso de enfermagem da Universidade de Vermont. Pretendo começar no semestre da primavera.

Eu sabia que Heather não via o pai com frequência, mas também estava ficando claro que ele sempre era o último a saber qualquer coisa que acontecia em sua vida.

— Quando você pretendia me contar?

— Na próxima vez que te visse, que é agora. Isso se tornou uma possibilidade recentemente.

— Você acha mesmo que é uma boa ideia abandonar a sua mãe?

Meus punhos se fecharam. Eu queria dar um soco nele. Ele estava forçando essa culpa nela quando foi ele que abandonou *as duas*?

— Eu estou bem — Alice insistiu.

— Você não parece bem. Parece estar pior do que estava na última vez que te vi.

— A tia Katy vai se mudar para cá — Heather anunciou.

— Katy? Ela vai cuidar da sua mãe? Ela nem ao menos sabe cuidar de si mesma. Você vai embora para estudar e aprender como cuidar de pessoas doentes quando a sua mãe é a que está mais doente de todas?

Alice tremeu.

— Pare!

Heather cerrou a mandíbula.

— Por que você ao menos se importa com qualquer coisa que aconteça por aqui?

Eu não aguentava mais. Precisava me manifestar.

— Com todo respeito, Rick, não acho que você esteja sendo justo. Heather não tem feito nada além de cuidar muito bem da mãe por vários anos. Está na hora dela ter um pouco de liberdade.

— Com todo respeito a *você*, não preciso sentar aqui e ficar ouvindo alguém que literalmente chegou há cinco minutos. Você não sabe nada sobre essa família.

— Ultimamente? Posso garantir que sei mais do que você.

— Você não tem direito de opinar aqui.

Heather interveio:

— Bem, você perdeu o seu direito de opinar no dia em que foi embora e nos deixou.

— Metade dessa casa me pertence — ele disse. — Eu tenho, sim, o direito de opinar.

— Do que você está falando? Essa casa é da mamãe.

— Alice? Quer dar a notícia para a nossa filha?

Heather pareceu confusa ao virar-se para sua mãe.

— O que está acontecendo?

Alice estava tremendo ao olhar para Rick.

— Seu desgraçado. Você prometeu que não viria atrás desse dinheiro.

Heather alternou olhares entre os dois.

— Do que vocês estão falando?

— Depois que o seu avô morreu, ele deixou a casa para a sua mãe — Rick contou. — Mas durante o nosso processo de divórcio, ficou determinado que, quando a propriedade fosse vendida, eu ficaria com metade do dinheiro.

Meu coração murchou.

Heather virou-se para a mãe.

— Isso é verdade?

Alice parecia querer desaparecer.

— Tecnicamente, é verdade, mas o seu pai me assegurou há alguns anos que entregaria seus direitos para nós se vendêssemos algum dia, que não ficaria com um centavo desse dinheiro porque achava que não tinha direito. É a primeira vez que o ouço dizer que acha que tem direito à metade da casa do meu pai.

— As coisas mudaram — ele disse. — A minha situação financeira não é mais o que costumava ser. Minha empresa está falindo, e vou precisar desse dinheiro. Eu não tinha a intenção de me aproveitar dele, mas temo que precisarei fazer isso. Contudo, como eu disse, acho que esperar que o mercado se fortaleça daqui a alguns anos seria mais inteligente.

— Você só pode estar brincando! — Heather chorou. — Você ganhou um monte de dinheiro, e é tão mão de vaca que aposto que tem muitas economias. O dinheiro dessa casa é o único futuro que temos. Esta casa pertencia ao pai *dela*. O nome que está no contrato é o *dela*, não o seu. Você nos abandonou há anos. Que direito acha que tem sobre o que deixou para trás?

— Bem, você pode não acreditar que eu mereço, mas o fato é que tenho o direito *legal* à metade da casa.

Meu sangue ferveu. Nunca quis tanto aniquilar uma pessoa na minha vida.

Heather parecia prestes a entrar em colapso, e o rosto de Alice estava ficando pálido.

Sem pensar, estendi a mão para segurar a de Heather por baixo da mesa. Queria que ela soubesse que eu a apoiava, que ficaria tudo bem independente do que seu pai estivesse tentando aprontar.

Heather apertou minha mão ao falar com ele.

— Nós achamos que tínhamos perdido tudo quando você foi embora. Mas isso não foi nada comparado a perder Opal. Tudo que fizemos todos esses anos foi tentar nos equilibrar e voltar ao normal desde então, superar a culpa e a dor. Sobrevivemos até agora, e podemos aguentar qualquer coisa que a vida coloque em nosso caminho. Então, se quiser metade da casa, pode pegar. Vamos sobreviver sem isso.

O cômodo ficou quieto. Quebrei o silêncio quando não aguentei mais segurar minhas palavras.

— Eu passei mais tempo proveitoso aqui durante as últimas semanas do que você passou em anos. Vejo o quanto a sua filha se esforça, não somente para cuidar da mãe, mas para garantir que tudo seja feito por aqui. Não é possível você entender como é a vida delas se só aparece aqui uma vez por ano. Aconteceram muitas merdas, mas ela ainda levanta todos os dias e faz o melhor que pode, mantém sua mãe viva e com bem-estar e essa casa funcionando. Ela é sua filha, e nunca te pediu porcaria nenhuma, muito menos o seu amor. Tudo que ela está pedindo é que você fique fora do que não é seu por direito, para que ela possa viver a vida. Se tem algum direito legal a alguma coisa, acho que pode ficar com isso, mas nunca poderá reconquistar a confiança da sua filha.

Olhei para Heather e ela sussurrou:

— Obrigada.

Apertei sua mão com mais força. Eu só queria protegê-la.

Ela soltou a minha mão e se levantou.

— Preciso ficar um pouco sozinha.

Ela saiu dali e subiu as escadas, com Teddy logo atrás, deixando-me sozinho com seus pais. Eu precisava dar o fora dali.

— Obrigado pelo jantar, Alice — eu disse ao me levantar, recusando-me a ao menos olhar para Rick.

Segui para a porta, ficando cada vez mais irritado ao voltar para a casa de barcos.

CAPÍTULO ONZE
Heather

Levei algumas horas para reunir energia para sair do quarto. Meu pai tinha voltado para Western Massachusetts. Ele me mandara uma mensagem avisando. Sua partida não me surpreendeu. Depois do que ele aprontou, eu não queria mais vê-lo, e ele foi esperto o suficiente para entender isso. Me perguntei se pretendia mesmo pegar aquele dinheiro ou se era uma ameaça vazia para nos impedir de vender agora. Eu suspeitava de que ele tinha toda intenção de ficar com o dinheiro.

Minha mãe tinha voltado para a cama, provavelmente exausta mentalmente, assim como eu estava. Eu precisava ver como ela estava antes de ir até a casa de Noah para agradecê-lo por me defender. Quando ele estendeu a mão sob a mesa para pegar a minha, eu a segurei como se fosse uma salva-vidas.

Mamãe sentou-se na cama quando percebeu que eu estava à sua porta.

— Eu sinto muito por nunca ter te contado sobre o acordo do divórcio. Ele me garantiu que não viria atrás do dinheiro.

— Não é culpa sua — eu disse, afagando suas pernas.

— Mesmo que ele fique com a metade, ainda sobra bastante para pagar os seus estudos. Vai ser um pouco apertado, mas podemos nos virar. Me prometa que não vai deixar que isso te impeça.

Assenti.

— Tenho que repensar as coisas. Talvez eu pegue alguns empréstimos.

Seus olhos se moveram de um lado para outro enquanto ela parecia buscar por uma solução.

— Tenho muitas joias da sua avó. Vou vendê-las.

— Eu simplesmente não consigo acreditar que ele está armando toda essa situação. Nunca pensei que ele faria algo assim.

— O seu pai sempre foi um homem egoísta. Tentei não falar muito mal dele no decorrer dos anos ou manchar a maneira como você o via... mas isso não me surpreende nem um pouco.

— As ações dele sempre provaram seu egoísmo. Eu o perdoei por nos abandonar. Mas não sei se posso perdoá-lo por isso. Uma coisa é não nos dar nada, mas arrancar o que temos é outra.

— Eu sinto muito, querida.

Puxando alguns fios de sua roupa de cama, perguntei:

— Quanto tempo Noah ficou depois que subi?

— Ele foi embora logo depois que você foi para o seu quarto.

Não podia culpá-lo. Acabei deixando-o sozinho no meio de uma tempestade.

— Não acredito que ele enfrentou o papai.

— Ele gosta muito de você.

— Preciso ir agradecê-lo.

— Leve a sobremesa que não comemos para ele. É o mínimo que podemos fazer.

Eu adoraria dar a ele mais que isso esta noite.

Carregando o bolo de chocolate, caminhei com cuidado até a casa de barcos.

Conforme me aproximei, notei o brilho de uma chama; Noah estava na varanda fumando um charuto.

Quando me avistou, ele se levantou.

— Você está bem?

— Estou. Sente-se. Vou pegar dois garfos para comermos bolo. — Entrei em sua cozinha e peguei os utensílios.

Quando retornei, ele disse:

— É o tipo de noite em que pratos não são necessários, hein?

— Sim. — Falei com a boca cheia. — Coma um pouco. Não me faça sentir como uma porca.

— Tá. Mas você está me forçando. — Noah pegou uma garfada de bolo. — Ele foi embora?

— Acho que ele foi embora pouco tempo depois de você. Já voltou para Massachusetts.

— Ótimo.

Enfiei o garfo no bolo.

— Obrigada por me defender.

— Por favor, me diga que o que ele aprontou não irá te deter.

— Não. Não vai. Não importa o que eu tiver que fazer. Vou dar um jeito.

Ele parou de comer por um momento.

— Espero que não se ofenda com isso, mas eu quis matar o seu pai hoje.

Suspirei.

— Posso entender. — Olhando para o céu estrelado, falei: — Sabe, Opal costumava me perguntar como eu pude perdoá-lo tão facilmente por nos abandonar. Nunca consegui dar uma resposta que lhe agradasse. Mas a verdade era que, para mim, não foi tão complicado assim. Ele é meu pai, e por isso sempre o amei, talvez até mesmo quando não deveria. Tudo que eu sempre quis foi seu amor e apoio. Ele nunca nos deu nada além do mínimo exigido pela lei. Isso não importava para mim, porque eu só queria que ele me desse atenção. Não é pelo dinheiro, sabe? É a mensagem que essa vontade que ele tem de ficar com o dinheiro passa. É perceber que não sou tão importante para ele quanto pensei. — Uma lágrima caiu do meu olho.

Noah estendeu a mão e a limpou com o polegar.

— Ele é um idiota. Você merece muito mais que isso. Ele nem ao menos te conhece. Isso ficou muito claro para mim.

— Bom, eu nunca permiti mesmo que ele me conhecesse.

— Não arrume justificativas para ele. Não é culpa sua. Ele que é o pai.

Você é a filha. É responsabilidade dele fazer com que você se sinta segura e amada, e ele está fazendo um trabalho de merda. Não se dá conta do quanto é sortudo por ter você. Meu pai daria tudo para ter uma filha como você.

Esfreguei os olhos e sorri.

— Sério?

— Sim. Ele acabou tendo só dois filhos grosseiros, mas sempre quis uma garotinha.

— Ele pode me adotar. — Dei risada. — *Que nada.* Porque aí eu teria uma paixonite inapropriada pelo meu meio-irmão. Isso seria estranho.

Ele fechou os olhos por um momento.

— Estou brincando — eu disse. *Eu não estava.*

Noah enfiou o dedo na cobertura de chocolate e tocou a ponta do meu nariz.

Mais uma vez, um tempinho com ele se tornou o momento mais feliz do meu dia.

CAPÍTULO DOZE
Noah

Eu estava ficando cada vez mais ciente do fato de que o meu tempo no lago era limitado. A propriedade estava oficialmente à venda, e hoje os primeiros compradores em potencial fariam uma visita.

Acabei limpando toda a mesa da cozinha para poder tirar a gaiola dos porquinhos-da-índia do chão. A gaiola deles era um tanto desagradável aos olhos para visitantes, mas eles eram fofos pra cacete. Nunca os levei de volta para a casa de Heather. Eu devia estar louco por ter ficado com eles permanentemente, mas estava ficando apegado àqueles roedores danados.

Pedi a Heather que me avisasse quando alguém viesse ver a propriedade, para que eu pudesse sair da casa de barcos durante as visitas. Então, quando ela me ligou mais cedo para me dizer que alguém tinha marcado uma, peguei a caminhonete e fui até uma loja de móveis com desconto para passar o tempo.

Uma das coisas que faltavam na casa de barcos era um lugar para as pessoas sentarem. Pensei que poderia ser uma boa os potenciais compradores verem que havia um pequeno sofá — alguma coisa além da cama para fazer o espaço parecer um lar, ao invés de somente um quarto enorme. Mal tinha espaço para qualquer outra coisa, mas havia o suficiente para caber um sofá se eu mudasse a cama para uma certa posição. Também me passou pela cabeça que um dos principais motivos pelos quais eu nunca convidava Heather para entrar era porque não havia outro lugar confortável para nós além da cama. Ao adicionar mais um móvel, eu poderia convidá-la para entrar sem me sentir sem jeito.

Escolhi uma pequena namoradeira — um sofá de dois lugares — na loja de móveis e o coloquei na caminhonete.

Quando retornei à casa de barcos, a visita já tinha acabado. Dava para ver que já haviam entrado ali porque uma cadeira estava fora do lugar.

— Como foi? — perguntei aos porquinhos-da-índia.

Peguei algumas fatias de pepino da geladeira e alimentei meus amiguinhos peludos com a ajuda de pauzinhos. Isso era sempre relaxante para mim.

Em seguida, voltei à caminhonete para buscar a namoradeira e a coloquei em um canto do cômodo único, bem de frente para a televisão.

Sentando-me nela, lembrei-me de que era a noite de folga de Heather. Cogitei se deveria perguntar a ela se queria vir assistir a um filme.

Por que pensar nisso faz meu pulso acelerar?

Desde a manhã em que a flagrara me espionando, não consegui me livrar desse sentimento. Por mais louco e inadequado que aquilo fosse, seu pequeno momento *voyeur* surgiu nas minhas fantasias várias vezes desde então. Eu não podia mais entrar no chuveiro sem imaginá-la do lado de fora da janela, ouvindo ou até mesmo assistindo enquanto eu me masturbava. Era tudo muito bizarro, para começo de conversa, porque enquanto ela havia pensado que eu estava transando com Kira no chuveiro naquela manhã, eu estava, na verdade, me masturbando pensando *nela*. Irônico pra cacete.

Eu também quase fiz besteira naquele dia. Embora eu não fosse agir de acordo com os meus impulsos, precisava que ela entendesse de alguma forma que não precisava se preocupar com algo entre Kira e mim. Por mais fodido que isso pudesse soar, mesmo que eu tivesse algum interesse por Kira — que não era o caso —, nunca faria nada para magoar Heather enquanto estivesse ali.

Precisei que ela soubesse disso e, no processo, perdi o controle dos meus sentimentos quando a toquei — uma decisão ruim que provavelmente a deixara confusa. Eu vinha tentando agir o mais normal possível ultimamente para reverter quaisquer sinais confusos que eu pudesse ter enviado naquele dia. Parte disso incluía não evitá-la nem agir diferente. Então, acho que esse poderia ser um argumento *a favor* da ideia de convidá-la para assistir a um filme à noite.

Após meia hora de debate interno, peguei o celular e liguei.

— Oi, Noah — ela atendeu.

— Você estará em casa esta noite?

— Sim. O que foi?

Por que estou suando?

— Está a fim de assistir a um filme?

— Isso é estranho...

— O que é estranho?

— Você me convidando para dentro da casa de barcos. Você nunca faz isso.

Não brinca.

— Bom, é que agora eu tenho um lugar onde podemos nos sentar.

— Como assim?

Esfregando a têmpora, eu disse:

— Eu comprei um sofá pequeno. — Intencionalmente abstive-me de usar a palavra *namoradeira*.

— Comprou?

— Achei que seria legal ter um. Sabe... para as visitas.

Certo.

Para as visitas.

O motivo que me fez comprar esse maldito sofá era apenas um, e não tinha nada a ver com conforto. Eu queria passar mais tempo com ela antes de seguirmos nossos caminhos separados. Em algumas noites, o tempo ficava quente e úmido demais para sentar na varanda com todos os mosquitos. Mesmo que não pudéssemos ter mais do que essa amizade platônica, eu queria ficar perto dela durante o pouco tempo que nos restava. Ela me fazia feliz.

— Você não precisava ter feito isso.

— Tudo bem. Comprei por uma pechincha.

— Bom, sim, um filme parece uma ótima ideia. O Teddy pode ir? Ele está na porta balançando o rabo. Acho que quer te ver.

— Sim, o Cabeção pode vir também.

O cachorro viera à casa de barcos algumas vezes desde a chegada dos porquinhos-da-índia. Parecia que ele não se importava mais com eles, porque não latia mais quando os via.

— Ok. Já estamos indo — ela disse.

No momento em que abri a porta, arrependi-me de chamá-la. Heather estava linda — linda demais para somente assistir a um filme. Ela estava usando um vestido rosa com alças finas que deixava pouca coisa para a imaginação; seus mamilos estavam pontudos sob o tecido.

Caramba. Isso é uma má ideia.

— Por que você está toda arrumada? — perguntei, enquanto o cachorro pulava em mim.

— É o meu primeiro convite formal para entrar na casa de barcos. Achei que fosse uma ocasião especial. — Ela riu. — Brincadeira. Eu estava no chá de bebê de uma das garçonetes mais cedo. Foi no salão dos fundos do Jack Foley's.

Aliviado, assenti.

— Entendi.

Ela correu até o novo sofá e sentou-se.

— Adorei. É tão fofo e confortável!

Seu vestido subiu um pouco quando ela estendeu as pernas esbeltas pelo comprimento da namoradeira. Ela ficava graciosa até mesmo fazendo algo casual como sentar em um sofá.

É. Eu devia estar drogado por pensar que daria certo recebê-la aqui.

Cabeção correu até ela.

— Teddy também aprovou — ela disse ao afastar-se e abrir espaço para ele. — Do que você está a fim?

De chupar você.

Engoli em seco.

— O que quer dizer?

— O que você quer assistir?

— Ah... não pensei nisso. E você?

— Algo leve e engraçado e sem cenas de sexo para que eu não fique vermelha por estar assistindo com você. — Ela deu risada.

Ótima ideia.

— Tudo bem.

Mas enquanto ela estava ali sentada, curtindo o novo móvel da casa, eu não conseguia tirar os olhos dela. Aqueles mamilos protuberantes em seu vestido estavam me provocando. Como eu queria mordê-los, provar sua pele. *Qual é o meu problema?* Normalmente, eu tinha um controle melhor sobre os meus pensamentos — talvez não no chuveiro, mas pelo menos na presença dela. Contudo, esta noite, não estava conseguindo detê-los. Talvez ter reprimido tudo por tanto tempo tenha finalmente me deixado louco. Eu a imaginei toda aberta sob mim, gritando de prazer enquanto eu metia com força em sua bocetinha apertada. Imaginei meu pau batendo em sua garganta. Imaginei minha língua no meio de sua bunda enquanto eu esfregava seu clitóris e a fazia gozar várias vezes. Lambendo os lábios, pude sentir que estava ficando duro. Eu precisava mudar o foco do meu cérebro antes que ela percebesse.

Quando ela pareceu notar que eu a estava encarando, tirei uma pergunta do rabo.

— Essa é a cor natural do seu cabelo?

Que merda eu acabei de dizer?

— Sim. Meu pai tinha cabelos loiros antes de caírem todos. Herdei isso dele. — Ela estreitou os olhos. — Por que pergunta?

— Por nada. É bonito.

— Obrigada.

Acabamos escolhendo um filme qualquer com a Reese Witherspoon. Embora Heather estivesse olhando para a tela, ela parecia preocupada. E é claro que eu sabia disso porque ainda não conseguia parar de olhar para ela.

Ela quase me flagrou novamente quando virou-se para mim de repente.

— Você tem certeza de que estou fazendo a coisa certa?

Endireitei as costas e baixei um pouco o volume da televisão.

— Sobre vender a casa?

— Sim. Agora que as pessoas estão começando a visitar, está ficando tão real.

— Você não tem que vender se não quiser, mas acho que é o melhor para o seu futuro.

— Nunca mais a teremos de volta. Entende?

— Você sempre terá as lembranças. A felicidade não deve ser baseada em um lugar em particular, de qualquer maneira. Deve ser algo que você leve junto onde quer que vá... deve ser transferível. Se você sentir muita falta, poderá visitar o lago. Ele sempre estará aqui.

— *Você* não vai estar aqui.

Arregalei os olhos.

— Não, não vou.

Ela olhou intensamente em meus olhos por um bom tempo antes de perguntar:

— *Você* é feliz, Noah?

Heather vinha tentando desvendar qual era a minha desde o instante em que cheguei. Talvez eu pudesse me abrir um pouco com ela.

— Estou trabalhando nisso. Estar aqui tem sido favorável. Tem sido exatamente do que eu precisava.

— Você precisava trabalhar pra cacete sem receber pagamento? — ela brincou.

— Isso me trouxe muitas coisas boas. Acredite.

Ela virou o corpo em minha direção e apoiou a cabeça na mão.

— Algum dia você vai me contar do que está fugindo?

Heather tinha uma intuição muito boa. Mas estava errada por pensar que eu estava fugindo de alguma coisa. Sempre que estávamos juntos, eu me sentia tentado a lhe contar a verdade, mas nunca tinha certeza se era a coisa certa a fazer.

— Por que você presume que estou fugindo? Talvez eu precisasse *ir em direção* a algo diferente. Eu estava buscando uma mudança de ritmo, algo diferente. E encontrei aqui.

— Você estava procurando por algo profundo e, em vez disso, acabou me encontrando? — Ela sorriu.

Heather não fazia ideia do quanto ela me transformou.

— Eu só percebi *por que* vim para cá quando já estava aqui. Alguma coisa além de mim me enviou para te ajudar. Acredito de verdade nisso. Sinto que, assim que eu for embora, minha missão estará cumprida. Eu te ajudei a encontrar o caminho certo.

Sou uma pessoa melhor quando estou perto de você.

Heather não pareceu satisfeita com minhas respostas.

— E você? Eu vou vender a casa, ir para a faculdade, começar a minha nova vida. O que vai acontecer com você?

Soltei uma lufada de ar pela boca.

— Eu vou voltar para a minha vida na Pensilvânia. Fazer trabalhos fotográficos. Cuidar do meu pai. Não sei direito qual será o meu próximo passo. Mas voltarei para casa me sentindo bem mais realizado porque estive aqui.

Ela assentiu lentamente.

— Eu gosto muito de você, Noah. — Seu rosto ficou vermelho. — Não quero dizer do mesmo jeito que gostava quando nos conhecemos, então não se preocupe. Eu gosto muito de *você*. Você tenta permanecer como um mistério, mas consigo te enxergar, enxergar o seu coração. Você mostra aos outros o tipo de pessoa que é com ações. Você vive a sua vida com propósito, assim como eu tento. Acho que essa é a maior coisa que temos em comum.

— Concordo com isso.

— Também consigo ver que você vive com muito arrependimento. Posso sentir. Qualquer que seja a culpa que esteja carregando, sobre quem você era no passado, os erros que cometeu com a sua ex-mulher, ou o que quer se seja, deixe para trás, porque você merece mais do que viver assim.

Suas palavras me curaram e amplificaram a culpa dentro de mim ao mesmo tempo. *Ela não sabe de tudo.*

— Vou tentar. Obrigado.

Ela olhou para a televisão e brincou:

— Bem, foi um ótimo filme.

— Foi mesmo, durante os primeiros cinco minutos, quando eu estava prestando atenção. — Dei risada.

Heather voltou a olhar para mim.

— Eu gosto mais de conversar com você.

— Também gosto de conversar com você. Somos definitivamente muito bons nisso.

Somos muito bons juntos.

Perceber aquilo doeu, porque ficarmos juntos não era uma possibilidade.

Nossos olhares se sustentaram um no outro. Porra, eu queria tanto beijá-la. Sua pele era tão macia e corada. Eu queria mordê-la e vê-la mudar um pouco mais de cor. Parecia que ela sabia o que eu estava pensando. Me perguntei se meus sentimentos por ela estavam óbvios demais.

Ela baixou o olhar para o sofá e passou as mãos pelo tecido.

— Esse foi um gesto muito gentil. Obrigada.

— Eu vou levá-lo comigo para a Pensilvânia, então não precisa se preocupar em pensar no que fazer com ele. — Esfreguei a cabeça do cachorro. — Cabeção parece ter gostado muito.

Teddy estava apagado.

— É isso, ou ele dormiu porque nós os entediamos até ele não aguentar mais.

Quando os sentimentos que estavam tomando conta de mim por dentro pareceram estar ficando transparentes demais, levantei-me e disse:

— Quase esqueci, eu comprei pão. Quer que eu esquente um pouco?

— Parece delicioso. Sim.

Eu não conseguia mais passar pela padaria do supermercado sem comprar um pão de alho.

Cortando algumas fatias, eu disse:

— Bonnie e Clyde sempre parecem ficar bravos quando estou fazendo comida de verdade.

Heather pareceu perplexa.

— Bonnie e Clyde?

— Os porquinhos-da-índia. Eu finalmente dei nomes a eles.

— Awn, isso é tão fofo.

— É, mas eles ficam zangados quando me veem comendo, especialmente carne.

— Eles são veganos amargos. — Ela riu.

Comemos o pão em um silêncio confortável enquanto Cabeção continuava a dormir.

Por um momento, considerei perguntar por que ela havia deixado a calcinha no meio das minhas roupas limpas há algumas semanas. Mas então eu teria que admitir o que fiz com a peça e por que ela nunca mais a recuperou.

Na tarde seguinte, enquanto Heather estava no trabalho, Alice me deixou entrar na casa principal para consertar algumas coisas. A última janela que precisava ser substituída era a do quarto de Heather. Eu não havia dito a ela que iria fazer trabalhos em sua casa hoje, então esperava que não ficasse brava quando descobrisse que eu estive em seu quarto.

Levei cerca de uma hora para colocar a janela. Depois que terminei de limpar tudo, estava saindo do cômodo quando tropecei em sua mesa de cabeceira, derrubando um caderno no chão. Quando o peguei, notei que meu nome estava escrito em meio a um monte de outras palavras.

Não consegui parar de pensar em Noah o dia todo. Estava quente lá fora, então decidi ir escondida até a casa de barcos para usar o chuveiro externo. Depois de tirar minhas roupas, deixei a água correr sobre mim. Eu estava completamente exposta.

Quando ouvi passos, cobri meu peito e virei-me para encontrar Noah ali de pé. Esperei que ele gritasse comigo por ter ido escondida até seu chuveiro externo. Mas, em vez disso, ele não disse nada, apenas me virou para que minha bunda ficasse de frente para ele. Pude sentir o quanto ele estava duro conforme...

— Noah?

Soltei o caderno diante do som da voz de Alice no corredor.

Eu estava ofegante.

— Sim? — Voltei rapidamente para a janela. Eu tinha que esconder a ereção que ganhei graças ao diário pornô de Heather. Eu nem tinha chegado à parte boa, e estava duro pra caramba.

— Já terminou por aqui? — ela perguntou do vão da porta.

Fingi estar testando a janela, abrindo-a e fechando-a, e virei somente a cabeça em direção a ela.

— Estou terminando agora.

— Preciso falar com você sobre algo importante quando terminar.

— Claro. Te encontro lá embaixo?

— Sim. Tudo bem.

Depois que a ouvi chegar no andar de baixo, peguei o caderno e o coloquei de volta sobre a mesa de cabeceira. Apesar do quanto estava curioso para saber o resto da história, eu claramente nunca deveria ter visto aquilo. Era melhor não ler mais. De qualquer forma, eu tinha quase certeza de que sabia como terminaria. E aquilo me atormentaria a noite inteira.

Caralho, Heather. É sério? Você está tentando me matar.

Após fazer uma visita ao banheiro para acalmar minha ereção, desci as escadas para descobrir o que Alice queria.

Ainda muito agitado, encontrei-a na cozinha.

— O que foi? — perguntei.

Sua expressão me deixou um pouco inquieto.

— É sobre a Heather.

Merda.

— O que tem a Heather?

— Amanhã é seu aniversário de vinte e um anos.

Oh. Uau. Não estava esperando por isso.

— É mesmo? Ela não mencionou nada.

— Ela não fala sobre o aniversário. Ela tenta esquecer.

— Por quê?

Ela desviou o olhar.

— Também é o dia em que a irmã dela morreu.

Não. Meu coração se partiu ao meio.

— Enfim... esse é um aniversário muito importante para ela — Alice disse. — Queria sentir vontade de fazer alguma coisa, mas não sei como comemorar sem chateá-la. Ela também tem estado um pouco estranha desde a visita do pai. Eu queria que você soubesse, caso possa pensar em alguma coisa que possa animar o dia dela. Sei que ela não vai te contar. Heather parou de comemorar seu aniversário quando... você sabe.

— Obrigado por me contar. Vou tentar pensar em alguma coisa.

Depois que Alice me agradeceu pelo trabalho e voltou para seu quarto, fui para casa, mas não conseguia parar de pensar no que ela disse. O fato de que a irmã de Heather morrera no dia de seu aniversário me assombrou.

Se Heather não quisesse comemorar, eu não podia forçá-la. Ao mesmo tempo, seu aniversário de vinte e um anos só aconteceria uma vez. Ela nunca o teria novamente.

Eu tinha que tentar.

130

QUANDO AGOSTO **TERMINAR**

CAPÍTULO TREZE
Heather

> **Encontre-me no lago.**
> **Noah**

Tive que ler duas vezes para me certificar de que era realmente Noah mandando essa mensagem.

> **NO lago?**
> **Heather**
>
> **Sim. NO lago. Vista uma roupa de banho e me encontre no lago, de frente para a casa de barcos.**
> **Noah**

Ele realmente quis dizer *dentro da água*, ou eu estava interpretando errado? Não vi Noah Cavallari fazer mais do que mergulhar os dedos dos pés no lago desde o dia em que ele pensou que eu estava me afogando.

De qualquer forma, eu precisava saber sobre o que isso se tratava, então fiz o que ele pediu. Revirando minhas gavetas, não conseguia decidir qual biquíni usar. Normalmente, eu não pensava demais nessas coisas, mas o homem pelo qual eu tinha uma paixonite enorme havia acabado de exigir que eu colocasse uma roupa de banho. Eu não podia perder a oportunidade de provocá-lo.

Aquele era um dia ruim — como todos os meus aniversários vinham sendo desde a morte de Opal. Eu ficara em meu quarto durante a maior parte da manhã, tomando chá e lendo. Essa mensagem definitivamente mudou a minha perspectiva.

Após vestir meu biquíni preto favorito, saí voando pela porta da frente e corri até o lago, ainda me perguntando por que Noah queria que eu o encontrasse lá.

Quando o avistei, ele acenou freneticamente para mim da água que batia em sua cintura. Então, ele começou a dançar.

Mas que...?

Ele balançou os quadris e deu socos no ar, e foi a coisa mais ridícula e adorável que já vi um homem do tamanho dele fazer. Ele estava zombando da minha aeróbica aquática, mas foi hilário.

Ao me aproximar, notei que ele estava segurando uma garrafa de champanhe.

— Por que você está dançando? — gritei.

Ele parou de se mexer e ergueu a garrafa no ar.

— Vamos comemorar o seu aniversário.

O quê? Como ele sabe?

— Quem te contou?

— Não importa. Tenho meus meios. — Ele acenou. — Entre logo aqui.

Seu tom exigente fez meu pulso acelerar conforme caminhei pesadamente pela água para chegar até ele.

— Não acredito que você não me contou que estava fazendo vinte e um anos hoje — ele disse.

— Tem um motivo pelo qual eu não...

— Eu sei.

Ele sabe?

— Minha mãe te contou?

— Sim. Ela me contou. Então, você não precisa explicar nada. Hoje não será um dia de coisas tristes. — Ele me entregou as duas taças. — Segure isso aqui. — Ele tirou o papel alumínio que cobria a tampa da garrafa. Sorri quando ele o enfiou no cós de sua bermuda de banho em vez de jogar fora. — Heather, é o seu aniversário de vinte e um anos, porra. Você não pode deixar esse dia passar em branco. Só se faz vinte e um anos uma vez na vida.

Sem mais delongas, Noah abriu a garrafa de champanhe, que meio que explodiu em seu peito nu.

— Bem, isso não ocorreu exatamente como o planejado.

Nós dois gargalhamos e, então, ele lambeu um pouco do líquido que caiu em seu braço. Ele estava tão sexy exibindo um sorriso torto e com champanhe escorrendo por seu corpo. Eu queria tanto lamber aquele champanhe de seu peito e abdômen. E isso só para começar...

Ele pegou as taças novamente e me serviu uma, enchendo a sua em seguida.

— Isso parece tão surreal. Você me servindo álcool.

— Bom, agora você tem idade para isso. — Ele piscou.

— Uau. Tenho mesmo, não é?

— Saúde. — Ele sorriu.

Brindamos e tomei um gole do espumante. Estava bem geladinho e delicioso.

Olhei para um barco à distância, e quando virei novamente para Noah, ele desviou o olhar de mim rapidamente. Eu o peguei no flagra olhando para os meus seios. Aquilo me fez sentir muito bem. *Bom trabalho, biquíni preto.*

— Você ia mesmo fingir que esse era só mais um dia como outro qualquer? — ele perguntou.

— Sim. Eu ia.

Eu não fazia planos, não queria celebrar a minha vida quando a minha irmã tinha perdido a sua nesse mesmo dia.

— Bom, não vai mais ser assim. Não esse ano.

— É isso que tenho que fazer para te convencer a entrar na água? Ficar um ano mais velha?

— Basicamente. Fora isso, só entro quando tenho que salvar pessoas de sua própria dança ruim.

— Você ficou tão bravo comigo naquele dia. Isso que eu chamo de começar com o pé esquerdo. Mas fico feliz que aquilo tenha acontecido.

Ele ergueu uma sobrancelha.

— É mesmo?

— Sim, porque se não fosse por aquilo, talvez nunca tivéssemos aquela conversa. Podia ter levado semanas até interagirmos, isso se ao menos chegássemos a interagir. A vida é feita de pequenos momentos que não parecem importantes no instante em que acontecem, mas, em retrospecto, são eles que te levam para onde você está.

— Então podemos agradecer Kris Kross por estarmos aqui na água agora bebendo champanhe.

— Sim. — Sorri. — *Timing* é tudo.

Naquele momento, uma chuva começou a cair.

— Por falar em *timing*... — Noah riu. — Tudo bem ficarmos aqui, ou você prefere ir lá para dentro?

— Não vou deixar uma chuvinha arruinar minha primeira festa surpresa de aniversário com champanhe.

— Ótimo.

Noah sorriu para mim, mas, mais que isso, seus *olhos* estavam sorrindo. Era uma felicidade genuína que me fez perceber que ele estava tão feliz por estar ali comigo quanto eu por estar com ele. Era o tipo de sorriso que me dava uma falsa esperança sobre o que realmente acontecia entre nós.

Ficamos no lago por um tempinho, bebendo champanhe na chuva. Após alguns minutos, o sol surgiu novamente enquanto ainda chovia. Chuva com sol era sempre tão legal, tão raro. Assim como momentos como esse.

O álcool estava definitivamente me subindo à cabeça.

— É melhor eu pegar leve. Estou começando a sentir.

— Esse é o objetivo.

— É... mas tenho que trabalhar esta noite.

Ele esvaziou sua taça e balançou a cabeça.

— Não tem, não.

— Tenho, sim. O que quer dizer?

— Eu almocei no Jack Foley's Pub hoje. Falei com a sua amiga de lá... Marlene, não é? Ela vai conseguir alguém para cobrir o seu turno hoje.

— Está falando sério?

— Sim.

— O que vamos fazer?

— Não se preocupe com isso. Apenas vá para casa e se vista. Nada chique demais. Vou te buscar em algumas horas.

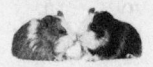

Noah não quis me contar para onde estávamos indo. As janelas do carro estavam abertas, e o ar noturno quentinho do verão soprava meus cabelos. Era uma sensação incrível estar ao lado dele em sua caminhonete. Olhei seu perfil algumas vezes quando ele não estava reparando e me perguntei se meu desejo diminuiria, algum dia. Queria que ele me tocasse novamente, mesmo que fosse somente em meu rosto. Eu daria praticamente qualquer coisa para provar algo a mais com ele.

Finalmente, estacionamos em frente ao Tito's Cantina, um restaurante mexicano popular. Noah tomou um caminho com muitos desvios para chegar lá. Foi quase como se ele tivesse dirigido em círculos.

— Tito's! Como você sabia que eu adoro esse lugar?

— Você me disse uma vez que a sua comida favorita é a mexicana. Esse é supostamente o melhor restaurante da cidade, então...

— Você é bom. Ouve com atenção. — Sorri.

Ao caminharmos até o restaurante, ele pousou a mão na parte baixa das minhas costas, o que me deixou praticamente em chamas por dentro.

A sensação foi rapidamente substituída por choque, que logo se transformou em pura alegria.

Meu coração transbordou rapidamente quando avistei minha mãe, Chrissy e Marlene sentadas a uma mesa rodeada por balões.

Minha mãe está aqui?

Todas estavam usando *sombreros*.

— Surpresa! — Chrissy gritou.

A verdadeira surpresa foi ver a minha mãe ali. Eu não conseguia me lembrar da última vez que ela saíra de casa sem que fosse para ir ao médico.

— Mãe?

Ela sorriu.

— Oi, querida. Feliz aniversário.

Virei-me para Noah.

— Agora sei por que você ficou dirigindo em círculos, enrolando para chegar aqui. Como conseguiu convencê-la a sair de casa?

— Ela ama você. Não foi muito difícil.

— Feliz aniversário, minha filha linda.

Curvei-me para dar um beijo em minha mãe antes de ir abraçar Chrissy.

— Você tirou a noite de folga? — indaguei. A enfermeira Chrissy deveria estar trabalhando em um turno de doze horas que começaria às sete.

— Aham. Consegui alguém para cobrir para mim. Eu não podia perder o seu aniversário.

— E quem está cobrindo o *meu* turno? — perguntei para Marlene.

— Está brincando? Quando descobriram que era o seu aniversário de vinte e um anos, Kel e Leah começaram a disputar quem te substituiria. Não acredito que eu não sabia. Graças ao Noah, posso comemorar com você.

Depois que nos sentamos, inclinei-me para Noah.

— Não acredito que você arranjou tudo isso.

Noah piscou para mim e pegou um *sombrero*, colocando-o na minha cabeça.

— Feliz aniversário, linda.

Uma onda de calor me percorreu. Eu não queria interpretar além, mas foi bom demais ouvi-lo dizer isso.

O jantar foi tudo que eu poderia querer. Minha mãe riu das histórias de Marlene. Noah estava ao meu lado. Eu considerava todos nessa mesa como família — incluindo Noah. Não sabia de que outra forma caracterizá-lo. Ele era um amigo, com certeza, mas também a representação de um irmão mais velho e alguém por quem eu ainda tinha uma paixonite gigantesca, não importava o quanto eu tentasse negar.

Foi muito emocionante estar sentada com as quatro pessoas mais importantes do mundo para mim, especialmente sabendo quantas mudanças estavam chegando. Tentei tirar esses pensamentos da cabeça, porque aquele não era o objetivo da noite. Eu precisava curtir o momento com aquelas pessoas queridas.

Nos empanturramos de comida. E depois de beber duas margaritas, senti-me bem alterada.

Chrissy acabou levando mamãe para casa cedo, e depois que Marlene foi embora, ficamos apenas Noah e eu à mesa. Os olhos dele se demoraram nos meus lábios quando lambi os resquícios de sal da borda da minha taça.

Retirei meu chapéu e o coloquei na cabeça dele.

— Ainda bem que é você que está dirigindo, *señor*.

— Isso fazia parte do plano.

Mexendo meu canudo, sorri.

— Obrigada mais uma vez por fazer isso.

Noah abriu um sorriso malicioso.

— Talvez eu tenha mais uma surpresa escondida na manga.

— Você está cheio de surpresas hoje, hein? — Minhas bochechas doíam de tanto sorrir. — O que é?

— Está na casa de barcos. Quer ir pegar?

Assenti.

— Claro.

Ele me conduziu para dentro da casa.

— Você precisa fechar os olhos por um tempinho, para que eu possa arrumar uma coisa.

Dei risada.

— Tudo bem.

Acomodando-me no sofá, cobri os olhos com as mãos.

— Ok, você pode abri-los agora.

Noah havia acendido duas velas que formavam o número vinte e um. Esse não era um bolo qualquer.

— Puta merda — eu disse.

— Você gostou?

— Quem fez isso?

— Conhece a confeitaria Evie's Cakes, no centro? Eu disse a ela o que queria, e ela fez.

O topo do bolo era uma garotinha com as mãos na tela de uma televisão com estática — uma réplica da cena famosa de *Poltergeist*, o filme pelo qual eu dissera a ele ter sido obcecada quando criança.

— Esse é o bolo mais incrível que já vi na vida.

— Acho que deveríamos experimentar.

— Está brincando? Eu nem ao menos quero encostar nele. Não podemos arruiná-lo.

— Podemos cortar em volta da base e deixar o topo intacto. Mas, em algum momento, você provavelmente vai ter que destruir essa parte também.

— Nem pensar! Vou congelá-lo.

— Você vai deixar um bolo do *Poltergeist* no freezer da sua mãe e ir embora para a faculdade?

— Sim. Vou guardá-lo para todo o sempre. Um dia, quando eu estiver velha e grisalha, ainda terei esse negócio no meu freezer. Você acha que eu estou brincando, mas não estou.

— Isso é doideira. Espero que saiba disso.

— Bom, eu sou doida, né... um pouco.

— Isso é verdade. — Ele piscou. — Bem, então é melhor eu não destruí-lo acidentalmente.

Noah cortou duas fatias de bolo para nós da parte da base, tomando cuidado para não encostar no topo.

— Eu quase o levei para o restaurante — ele revelou. — Mas tive medo de que acontecesse alguma coisa com ele. Além disso, se você me visse carregando um bolo, isso teria estragado a surpresa de todo mundo estar lá.

— Você realmente me surpreendeu, e meio que estou feliz por estarmos só nós dois agora.

Eu sabia que aquele comentário era um pouco honesto demais, que quase chegava a ultrapassar os limites. Mas era a verdade. Eu o queria todo para mim.

— Esse é o melhor aniversário dos últimos anos — eu disse. — Sei que a minha mãe te contou que a minha irmã morreu no dia do meu aniversário. Esse foi o primeiro desde então que não passei o dia inteiro pensando nela. Não sei bem como me sinto em relação a isso.

— Você não deveria se sentir culpada.

— Eu sempre senti que não merecia comemorar o meu aniversário se ela nem ao menos teria mais aniversários.

— O dia em que você nasceu é algo a ser celebrado. Sua irmã iria querer que você comemorasse o seu aniversário.

— O meu lado racional sabe disso. Mas nem sempre dá para evitar o que se sente. — Dei uma garfada no bolo, que era de chocolate com recheio de pudim. Hum! — Eu só queria ter conseguido fazer algo para ajudá-la. Eu era muito nova e nunca pensei que as coisas fossem tão ruins quanto realmente eram.

Ele assentiu para si mesmo, como se tivesse acabado de deduzir algo.

— É por isso que você quer se tornar enfermeira psiquiátrica, não é? Por causa da sua irmã.

— Sim. Eu quero ajudar as pessoas a se sentirem melhor.

Ele lambeu cobertura do canto da boca.

— Sabe, às vezes isso não é possível. Nem todo mundo pode ser salvo.

— Eu sei disso. Mas posso tentar.

— Sim. Você com certeza pode, mas não pode se culpar por não conseguir ter êxito toda vez, nem pelo que aconteceu com a sua irmã, nem qualquer coisa que possa acontecer no futuro com outra pessoa. Não temos controle sobre as ações dos outros, não importa o quanto nos esforcemos.

— Claro. Eu sei disso. E tenho um caminho bem logo pela frente, não é? Antes que alguém possa confiar em mim com sua saúde mental?

— Você é uma pessoa forte, e tem muita experiência pessoal das pessoas à sua volta quando se trata de lidar com problemas de saúde mental. Então, eu diria que essa é uma vantagem enorme sobre a maioria das pessoas que também entrarão nesse ramo.

— Queria que esse não fosse o caso, mas é verdade. — Desviei o olhar dele. — Me desculpe... essa noite acabou ficando sombria, não foi?

— Nós estamos comendo o bolo do *Poltergeist*. Combina com o clima — ele disse.

— Isso é verdade.

— Ei, você já pensou em se tornar escritora?

— Não como uma carreira, mas já tentei umas coisinhas. Por que pergunta?

— Nada, não. Só tenho essa sensação de que talvez você seja boa nisso.

Hum.

Estranho.

Noah baixou o olhar para seu prato e brincou com o que restava da cobertura de bolo. Ele parecia ter algo passando pela mente.

Por fim, ele falou:

— Descobri hoje que Olivia está grávida.

Uau. Sua ex-mulher vai ter um bebê.

— É uma grande notícia...

— Sim.

— Como se sente em relação a isso?

— Ela e o marido estavam tentando há um tempo. Estou feliz por ela.

Eu não sabia bem se acreditava nele.

— De verdade?

— Sim... de verdade.

— Deve ser estranho.

— É um pouco surreal, mas não de um jeito que me deixa menos feliz por ela. É uma lição de que a vida segue em frente com ou sem você, um lembrete de que eu deveria descobrir o que fazer da minha vida, em algum momento.

— Você quer ter filhos?

Noah suspirou.

— Não fui um bom marido, não sei se seria um bom pai.

Balancei a cabeça. Eu sabia, em meu coração, que ele estava errado. Sabe como às vezes você pode ver certas coisas em outras pessoas que elas não conseguem enxergar em si mesmas?

— Discordo totalmente — eu disse a ele.

— Ah, é?

— Sim. Você me ensinou tantas coisas sobre acreditar em mim mesma e sobre o mundo. Você viveu uma vida bem diversificada, e tem muito a oferecer a uma criança pelas suas experiências. E é protetor. Além disso, quer saber como eu realmente sei que você seria um bom pai?

— Como?

— Pelo jeito que trata os porquinhos-da-índia, alimentando-os com pauzinhos e sempre se certificando de que eles têm água e feno suficiente. Você sempre coloca uma quantidade de comida igual para os dois. E também tem a forma como trata o Teddy. Ele pode ser bem sufocante, às vezes, sem contar que é bem grande. Mesmo assim, você deixa que ele suba em você, te babe inteiro, porque sabe que isso o deixa feliz.

Ele riu.

— Eu não faço nada. Não sei por que ele gosta tanto de mim.

— Sei como ele se sente.

Merda.

Noah me encarou, com os olhos arregalados.

Rápido. Diga algo para mudar o assunto. Limpei a garganta.

— Então... eu meio que tenho um encontro no próximo fim de semana.

CAPÍTULO CATORZE
Noah

Meu humor foi de quente para frio em um instante.

— Ah, é? — eu disse, tentando parecer calmo, embora me sentisse enjoado. — Com quem?

Não importava o que eu dissesse a mim mesmo — meus sentimentos, minhas reações quando se tratavam dela não mentiam. Fiquei imaginando em qual tom de verde eu estava ficando.

— Com um cara chamado Jared, com quem fiz o ensino médio. Ele está na cidade durante o verão, porque o pai está doente. Ele estuda em Harvard.

— Harvard... muito impressionante.

— É. Neurociência. Então, claramente, temos bastante em comum. — Ela revirou os olhos.

Estava ficando mais quente a cada segundo.

— Você gosta dele? — Preparei-me para sua resposta.

— Bem, ele é atraente e gentil. Mas não o conheço muito bem. Não andávamos nos mesmos grupos durante o ensino médio. Eu estava sempre com Eric, que não teria gostado se eu andasse com Jared.

Engoli em seco.

— Ele vem te buscar?

— Sim. Por quê?

— Talvez eu queira dar uma conferida, me certificar de que ele presta.

— Não. Você vai espantá-lo. Isso, ou eu terei que explicar a ele sobre você, coisa que não vai ser fácil.

— Isso é fácil. É só você dizer a ele: esse é o meu amigo e guarda-costas, Noah. Ele vai te dar uma surra se você fizer algo para me magoar.

Ela riu.

— Guarda-costas?

— Claro, por que não?

— Não acho que vai dar muito certo dizer isso.

— Ele é um cara grande?

— Não tão grande quanto você.

— Perfeito, então. — Dei uma risada. — Estou brincando. Não vou te envergonhar na frente do seu amiguinho.

Tive a sensação de que isso era um teste. Era a primeira vez que ela ia sair para um encontro desde quando saiu com o ex. Eu não me lembrava de me sentir assim, como se quisesse matar alguém. De qualquer forma, isso era problema meu, não dela.

Então, aprontei uma que não tinha direito algum de aprontar. Por razões completamente egoístas, perguntei:

— Você tem certeza de que é uma boa ideia se envolver com alguém que irá embora em breve?

Você é um babaca, Noah.

— Bem, na verdade, eu estava pensando que isso pode ser perfeito, sem compromisso, já que eu também não posso me envolver em algo sério agora. — Ela deu ombros. — Eu também vou embora em breve, então...

E é isso que você ganha, idiota: uma bela imagem visual de Heather abrindo as pernas para sexo com um ficante, um cara que não é você. Essa voltou para te morder bem na bunda, não foi?

— Entendi.

— Tenho certeza de que você teve vários depois do divórcio, não foi? Sexo sem compromisso?

Ela está brincando comigo? Ou está seriamente considerando trepar com esse cara?

— Alguns — respondi. — Mas não os prefiro. Na minha experiência, se uma mulher gosta de você e diz que não quer nada além de um caso, ela está mentindo. Até mesmo esses relacionamentos se tornam algo a mais, eventualmente. Tive alguns casos de sexo sem compromisso que acabaram se tornando outra coisa. Mas é algo um tanto conflituoso, porque provavelmente não vale a pena perder meu tempo com uma mulher com a qual eu não queira mais nada além de sexo. Talvez isso aconteça com a idade, mas preciso sentir algo além de somente atração física para realmente gostar de estar com alguém.

Seu rosto ficou vermelho.

— Você esteve com alguém desde que chegou aqui?

— Acho que sabe a resposta. Você me viu quase toda noite.

— É, acho que é verdade. E interceptei a única vagabunda que quis mudar isso.

— Não havia nada para interceptar, porque, como eu te disse antes, ela não faz o meu tipo.

Ela inclinou a cabeça para o lado.

— Qual é o seu tipo, então?

Eu queria dizer a verdade para ela, que ultimamente eu só tinha um tipo, e era Heather Chadwick — a linda, jovem e honesta Heather Chadwick, a quem eu queria proteger com cada gota de força da minha alma tanto quanto queria corrompê-la.

— Não tenho um tipo.

— Você acabou de dizer que Kira *não* fazia o seu tipo. Isso significa que você tem um tipo.

Merda.

Eu disse mesmo isso, não foi? Estava perdendo o juízo, e sabia exatamente por quê.

— Não sei qual é o meu tipo... mas sei qual *não* é. Ela.

— Ok, é justo.

Pensei que ela tinha terminado sua inquisição, mas então perguntou:

— Então, faz um tempo que você não se envolve com ninguém?

— Esse é um jeito interessante de me perguntar quando foi a última vez que transei.

Suas bochechas ficaram rosadas.

— Você não tem que me dizer.

Ela é fofa pra caralho. E enxerida.

Parecia fazer uma eternidade. Tive que parar para pensar.

— Maio.

— Então, um mês antes de você vir para cá...

— Sim.

— Quem era ela?

— Não era nada sério. Só alguém...

— Alguém que você fodeu.

Jesus Cristo. Ouvi-la dizer aquela palavra fez meu pau enrijecer. Pedi a Deus que ela não a dissesse novamente. Ao mesmo tempo, eu *queria* que ela dissesse novamente.

— Não tive nenhum relacionamento sério desde o divórcio. Ela era uma pessoa que eu achava que queria o mesmo que eu, mas, como eu disse, na minha experiência, isso é um caminho perigoso. Ela começou a esperar mais de mim. É difícil encontrar alguém que não esteja interessado em algo a mais.

— Porque as mulheres acabam se apaixonando por você.

— Ou apenas querendo mais, sim.

— Elas se apaixonam por você, Noah — ela disse com toda certeza.

Ela me enxergava perfeitamente.

Eu precisava mudar de assunto, mas estava curioso sobre ela também. Essa podia ser a minha única oportunidade de falar sobre isso. *Foda-se.*

— Já que me fez um interrogatório, acho que é justo eu retribuir o favor. E você?

— Eu só transei com o Eric.

Uau. Diante do quanto ela exalava energia sexual, isso meio que me surpreendeu. Mas eu suspeitava de que ela não era o tipo de garota que se entregava para qualquer um se seu coração não permitisse — e era por isso que eu não sabia se acreditava nessa sua história de fazer sexo sem compromisso.

— Então, faz muito tempo.

Ela sorriu.

— Você está achando que essa seca explica um pouco do meu comportamento esse verão? Porque isso não seria totalmente verdade. Eu nunca agi assim antes, nunca fui tão direta daquele jeito com mais ninguém.

Aquilo me deixou feliz por dentro, o que era patético. O que quer que eu estivesse sentindo, precisava superar. Eu não podia ser nada além de um amigo e mentor para essa garota, especialmente agora que ela estava finalmente no caminho certo. Ela se espelhava em mim, acreditava em mim. Não precisava que um marmanjo que não conseguia controlar seus sentimentos ou seu pau mexesse com suas emoções agora. Eu ia embora no fim do mês, e independentemente do quão fortes meus sentimentos tenham se tornado em relação a ela, eu tinha que continuar firme, não me deixar levar e manter os pés no chão, mesmo que sentisse que o chão estava se abrindo sob mim.

Oh! Eu não tinha dado a ela o presente que comprara. Entregá-lo agora seria uma boa maneira de escapar dessa conversa sobre sexo. Depois da nossa conversa mais cedo, fiquei com medo que o presente a deixasse triste se a fizesse lembrar de sua irmã. Mas, no fim das contas, eu precisava dar a ela.

Fui até a gaveta e peguei a caixa.

— Tenho uma coisa para você.

Entreguei, e meu coração acelerou conforme ela o abria. Levei muito tempo para encontrar o certo.

Quando pegou a estatueta *Hummel* da caixa, ela cobriu a boca.

— Oh, meu Deus.

— Sei que você disse que parou de colecioná-las há alguns anos. Presumi que foi porque qualquer que fosse a esperança que elas te davam desapareceu depois que a sua irmã morreu. Estou certo?

Parecendo um pouco engasgada, ela assentiu.

— Sim.

— Essa se chama Andarilho Alegre.

Heather passou os dedos pela cerâmica.

— Ah, eu sei. É famoso. Eu sempre o quis.

Sorri.

— Sério?

— Sim.

Esse *Hummel* em particular era um garotinho com uma mala e um guarda-chuva, pronto para uma aventura.

— Pensei que ele poderia te fazer lembrar de mim, o andarilho que passou pela cidade em um verão. Então, essa minha escolha foi um pouco egoísta.

— Isso é tão perfeito. — Ela abraçou a estatueta contra o peito.

— Nunca se sinta culpada por estar feliz. A sua irmã iria querer que você fosse feliz. Continue a sua coleção de *Hummels*. Viva a sua vida.

Lágrimas brotaram em seus olhos e ela se aproximou, envolvendo-me em um abraço. Assim como na última vez em que ela fizera isso, meu coração martelou no peito. Eu estava completamente ciente de seus seios macios pressionados contra mim, completamente ciente do meu corpo reagindo de uma maneira que era totalmente oposta ao que deveria estar acontecendo. Torci para que minha ereção diminuísse. Heather era astuta pra caramba. Ela perceberia essa merda.

Ela se afastou para me olhar nos olhos.

— Isso significa muito para mim. Obrigada por essa noite. Eu nunca vou me esquecer dela enquanto viver.

Eu nunca quis tanto beijar alguém em toda a minha vida.

— Disponha — eu disse a ela.

Ela bocejou de repente, e espirrou pequenas gotas de saliva pela boca.

— Ai, minha nossa! Eu acabei de esguichar.

No instante em que ela se deu conta do que dissera, seu rosto inteiro congelou antes de ficar vermelho como um tomate. Foi como se o tempo tivesse parado por alguns segundos.

De jeito nenhum eu ia estender o assunto sobre seu "esguicho", mesmo que não tenha me importado muito com a imagem mental que isso me trouxe.

— Posso usar o seu banheiro?

Ah. Ela vai fugir do constrangimento.

— Você nem precisa perguntar.

— Valeu.

Após alguns minutos, ela voltou.

— Acho que todo o álcool e o açúcar me derrubaram. Não estou me sentindo muito bem. Você se importa se eu me deitar um pouco?

— Não. Claro que não.

Heather foi até minha cama e afundou a cabeça no travesseiro ao deitar.

Meu peito apertou diante da visão. Desejei tanto me aconchegar atrás dela.

Em vez de ficar me remoendo, levantei-me do sofá e me forcei a recolher os pratos de papel que deixamos ali. Com cuidado, guardei o restante do bolo na geladeira para que não derretesse.

Depois de limpar tudo, voltei para o sofá e liguei a televisão, deixando o volume bem baixinho. Heather estava completamente apagada. Estava tarde. Como não queria incomodá-la caso não acordasse no meio da noite, eu iria dormir no sofá com as pernas penduradas na outra extremidade.

Em determinado momento, Heather gemeu.

— Noah...

Sentei-me.

— Você está bem?

Ela não respondeu, então me aproximei dela e vi que seus olhos ainda estavam fechados. Estava prestes a me afastar novamente quando ela repetiu:

— Noah... — Estava mais para um sussurro.

— O que foi, Heather? — murmurei.

Ela não respondeu. Percebi então que ela provavelmente estava falando enquanto dormia. Ela mencionara que fazia isso de vez em quando.

— Noah...

Continuei em pé, a alguns passos de distância da cama, e fiquei observando-a por um tempo. Assim que me virei para voltar para o sofá, ouvi-a novamente:

— Noah... me fode. Por favor... me fode.

Oh.

Merda.

Congelei, sem saber o que fazer. Senti como se fosse uma violação, porque não era para eu ouvi-la dizer aquelas palavras. Ainda assim, elas saíram de sua boca e eram direcionadas a mim, de certo modo. *Devo acordá-la?*

Sua voz me chocou novamente.

— Me fode, Noah.

Jesus.

Ela falou de novo.

— Eu te quero tanto. Por favor, me fode.

Dessa vez, respondi.

— Eu quero. Acredite. — Minhas palavras saíram mais altas do que pretendi. Eu não queria acordá-la.

— Eu quero coçar a sua bunda.

Espere aí. *Como é?*

Ela acabou de dizer que quer *coçar* a minha bunda? Ou será que foi... *roçar* na minha bunda? Não dava para ter certeza. Talvez eu só estivesse ouvindo coisas.

— Eu quero coçar a sua bunda, Noah.

Não. Eu não estava ouvindo coisas. *Coçar.* Foi exatamente o que ela disse. Incapaz de evitar, perdi o controle e comecei a rir.

— Nossa, garota, você é fogo.

Minhas risadas devem tê-la acordado, porque ela se mexeu.

Então, ela abriu os olhos e me encarou, parecendo atordoada e confusa.

Ela esfregou o rosto.

— Oi.

Meu coração bateu com força.

— Oi.

Heather piscou.

— Nossa, eu apaguei, não foi?

Ao sentar-se recostada na cabeceira da cama, ela não parecia ter noção do que tinha acabado de murmurar — ou do que eu tinha dito.

— Sim. Apagou mesmo.

— Perdi alguma coisa empolgante?

Mordi o lábio inferior.

— Não.

QUANDO AGOSTO **TERMINAR**

CAPÍTULO QUINZE
Heather

Embora eu soubesse que era uma possibilidade, não esperava receber uma oferta pela propriedade tão cedo.

Quando encerrei a ligação com a corretora na sexta-feira à tarde, fiquei de queixo caído. Um homem que viera ver as casas no dia anterior ofereceu cinco mil dólares acima do valor estabelecido. Era apenas questão de aceitarmos e, então, a corretora disse que ele provavelmente marcaria uma vistoria. Se tudo corresse bem, o acordo seria fechado.

Nós havíamos dito aos possíveis compradores que só poderíamos sair da propriedade em setembro. Mas agora que isso estava se tornando realidade, senti um pouco de pânico.

Eu precisava me acalmar antes de contar a notícia para minha mãe. Precisava contar para Noah.

Corri até a casa de barcos, somente para descobrir que ele não estava lá. Tristeza me percorreu por inteiro. Eu sabia que ele não havia ido embora ainda, mas não encontrá-lo em casa naquele momento, quando eu precisava muito dele, me fez lembrar que em breve ele iria, *de fato*, embora. Em breve, o mundo que eu conhecia seria diferente.

Sentei-me na varanda da casa de barcos e liguei para ele.

— Oi — ele atendeu.

— Onde você está?

— Saí para comprar alguns materiais na Home Depot. O que foi?

— Estou meio que surtando.

— Por quê?

— Recebemos uma oferta pela propriedade.

Ele ficou em silêncio por alguns segundos.

— Mentira. Já? Sério?

— Sim.

— Uau! Parabéns.

— Valeu. — Meus olhos estavam começando a encher de lágrimas.

— Isso é fantástico. Você vai aceitar?

Funguei.

— Acho que eu deveria. A pessoa ofereceu um pouco a mais do valor de venda.

Ele fez uma pausa.

— Você está chorando?

— Sim. É idiota, eu sei.

— Não tem problema ficar emotiva por isso. Merda... até eu estou me sentindo emotivo por isso, e não cresci aqui.

— Ainda teremos até o começo de setembro para resolver as coisas, mas estou me sentindo muito sobrecarregada, de repente. Acho que não estava esperando que fosse acontecer tão rápido.

— É compreensível. Está ficando muito real. — Ele suspirou ao celular. — Heather, escute. Respire fundo, ok? Nós podemos começar a procurar um novo lugar para morar amanhã. Está tudo certo para a irmã da sua mãe vir?

Ouvi-lo usar a palavra *nós* me deixou ainda mais emotiva. Eu nunca teria conseguido fazer nada disso sem ele.

— Sim, minha tia Katy me assegurou de que vai se mudar para cá.

— Talvez você devesse ver se ela pode vir o quanto antes, para que possa procurar com você também. Se vai morar na casa nova, seria bom ela dar uma opinião.

— Sim, bem observado. Vou fazer isso. — O medo ainda borbulhava dentro de mim. — O que vamos fazer com todas as nossas coisas? Pensei que teria tempo de pensar direito em tudo. Minha mãe tem tanta porcaria.

— Bem, talvez possamos fazer uma venda de garagem. Alguns itens podem ter que ficar em um depósito por um tempo.

Quando fiquei em silêncio, ele pareceu perceber que eu tinha voltado ao modo surto. Sua voz me arrancou dos pensamentos.

— As coisas estão acontecendo como deveriam. É totalmente normal se sentir sobrecarregada. Seria estranho se você não se sentisse. Mudar é assustador, mas é a única maneira de chegar à próxima etapa.

Soltei uma respiração trêmula.

— É.

— Há coisas grandiosas pela frente esperando por você. Eu sei disso.

Fechando os olhos, falei:

— Obrigada.

— O que você vai fazer hoje à noite? Podemos comemorar.

Minha empolgação breve diante disso minou quando me lembrei de que tinha planos.

— Oh... hã, hoje é o meu encontro com Jared.

Ele ficou quieto por um instante.

— Não tinha me dado conta disso. Pensei que seria amanhã.

— É. Nós tínhamos combinado de sair no sábado, originalmente, mas ele perguntou se poderíamos mudar o dia. Ele virá me buscar às oito.

Ele fez uma pausa.

— Saquei. Bom, quem sabe outra noite.

As coisas ficaram esquisitas de repente.

— Sim. Com certeza.

— Você quer algo do McDonald's? Eu não deveria comer essas coisas, mas vou passar lá a caminho de casa.

Sorri. Foi muito gentil de sua parte perguntar. Ele sempre tinha tanta consideração.

— Não. Eu almocei cedo, mas obrigada. Vou passar na casa de barcos para dar um oi antes de sair hoje à noite.

— Tá... ok... estarei em casa.

Em casa. Parte de mim amava tanto essa vida, morar aqui no lago e ter Noah por perto. Eu não estava pronta para que isso mudasse.

— Obrigada por me ouvir.

— Não se preocupe, Heather. Vai ficar tudo bem.

Mais tarde, naquele dia, Chrissy estava sentada em minha cama enquanto eu me arrumava para meu encontro com Jared.

— Caramba. Você está uma gata nesse vestido — ela elogiou, quicando um pouco.

— Jared me disse para usar algo bonito, então decidi mandar ver. Eu não achava que iríamos a um lugar mais chique até ele dizer isso.

— O que mais você poderia esperar de um garoto de Harvard? — Ela estreitou os olhos ao fitar meu rosto. — Está tudo bem? Você está se sentindo estranha com a oferta de compra da casa?

Na verdade, tudo em que eu conseguia pensar hoje era Noah.

— Posso te confidenciar uma coisa?

— Sim, claro.

— É sobre o Noah.

Ela assentiu.

— Eu já deveria saber.

— Saber o quê?

— Que tinha algo rolando entre vocês.

— Não está rolando nada entre nós. Quero dizer, não exatamente... não além de só na minha cabeça.

— Você gosta dele. Dá para perceber.

— Então, está óbvio?

— Eu peguei algumas coisas no ar na noite do seu aniversário no Tito's.

— Foi mesmo?

— Foi, sim. Só não consegui compreender se era minha imaginação ou se era real. Tipo, eu *queria* que fosse real, sabe? Vocês dois são insanamente atraentes, e mesmo que ele seja mais velho, não acho que isso seja nada de mais. Vocês dariam um ótimo casal. Ele claramente tem muito carinho por você. Dá para ver pelo jeito que ele te olha. E pelo jeito que te trata.

— Ele tem carinho por mim... mas não *desse* jeito.

— Você tem mesmo certeza disso?

— Quando chegou aqui, ele me tratou como criança. Acho que agora que ele me conheceu melhor, não me vê mais como tão jovem. Eu conquistei o respeito dele. Mas ele ainda diz que nada pode acontecer entre nós. Porém... ultimamente, tenho sentido que algo está mudando. Estou sentindo uma *vibe* que não sentia no começo. Tenho sentido que talvez ele *goste* de mim como mais que uma amiga, mas tem medo de tomar uma iniciativa. Talvez seja só um otimismo da minha parte. De qualquer forma, isso não importa. Ele não tentaria nada nem mesmo se realmente sentisse algo por mim. Ele tem me apoiado muito a ir embora para a faculdade, e não faria nada para interferir nisso.

Ela mordeu o canto da boca.

— Mas você queria que ele... interferisse.

— Não consigo me livrar desses sentimentos por ele, não importa o quanto eu tente. Independentemente do que está prestes a acontecer na minha vida, eu simplesmente... o quero. E esse sentimento está ficando cada vez pior quanto mais perto fica do fim de seu tempo aqui.

— Nossa. Por que você não falou comigo sobre isso antes?

— Eu esperava conseguir superar.

— Por isso o encontro com Jared.

— Bom, é, quer dizer, o Jared é um cara muito legal. Mas o Noah... o Noah me tira o fôlego, e foi assim desde o primeiro instante. Agora que pude conhecê-lo melhor, sinto que é algo tão mais forte do que uma atração física. Não há dúvidas de que temos uma conexão. Aprendi a depender dele, a confiar nele. Eu... eu vou sentir muita falta dele.

Chrissy abriu um sorriso compassivo.

— Se algo estiver destinado a acontecer, então vai. Se não agora, talvez algum dia.

— O que você quer dizer? Daqui a alguns anos?

— Claro, por que não? Talvez você vá para a faculdade, se estabeleça na carreira e se reconecte com ele de alguma forma quando chegar o momento certo. Você não sabe o que a vida te reserva.

— Ou ele pode estar casado e com filhos até lá.

— Bom, isso é verdade. — Ela pareceu não saber mais o que dizer. — Você deu sinais a ele sobre como se sente?

— Eu fiz mais do que isso. Eu disse, na cara de pau, que me sentia atraída. Ele me rejeitou. Então, tem isso, né?

— Ai. Você disse mesmo?

— Sim, pouco tempo depois dele chegar. Jurei que essa seria a única vez. Nunca mais tomarei a iniciativa. Não dei mais sinais desde então, tirando ter colocado não tão por acidente a minha *calcinha* no meio das roupas limpas dele. Fora isso, não fiz mais nada.

— Puta merda. Você não fez isso...

Coloquei meus brincos.

— Fiz. E ele não falou nada sobre isso. Foi uma coisa muito bizarra. É como se a minha calcinha tivesse desaparecido no Triângulo das Bermudas.

— Uau. — Ela riu. — Isso é tão louco.

— Enfim... preciso superar isso.

— Confie no destino. O que tiver que ser, será. Por enquanto, divirta-se um pouco com o Jared. Você merece.

Por mais que eu tenha apreciado o conselho de Chrissy sobre curtir meu encontro com Jared, lá no fundo, eu sabia para quem realmente havia me arrumado esta noite. Ao caminhar até a casa de barcos, meu coração martelava no peito.

Eu dissera a Noah que passaria lá antes do encontro. Quando bati na porta, inspirei fundo e, em seguida, expirei.

Bati pela segunda vez.

Ele não estava em casa.

Sentindo-me desapontada, me perguntei se não o veria antes de sair.

Então, sua voz profunda vibrou atrás de mim.

— Pare de bater. Não quero comprar o que está vendendo.

Virei.

— Você me assustou.

Meus mamilos enrijeceram quando o vi. Noah tinha um pouco de graxa no rosto e na camiseta. Um brilho de suor cobria sua testa. Ele estava sujo, mas, por alguma razão, nunca esteve tão gostoso. E a reação imediata do meu corpo nunca deixava de me impressionar.

Ele engoliu em seco ao me olhar de cima a baixo. Eu soube, sem sombra de dúvidas, que ele gostou do que estava vendo. Seus olhos pousaram no decote que eu havia criado intencionalmente ao colocar um enchimento extra no sutiã. Meus seios já eram bem grandes para o meu tipo corporal, mas eu quis exibi-los esta noite.

— Por que você está tão sujo? — perguntei.

Era uma pergunta idiota, mas eu não sabia mais o que dizer conforme seus olhos me percorriam.

— Tive que fazer umas coisas na caminhonete. — Ele não parecia muito feliz.

— Está tudo certo agora?

Ao invés de me responder, ele me olhou de cima a baixo.

— Você não vai sair assim, vai?

— Sim, eu ia.

— É demais.

— Não estou bonita?

— Eu não disse isso. É só... demais. — Ele passou por mim e entrou na casa de barcos.

Eu o segui para dentro. Para minha surpresa, Noah foi direto até o armário e pegou um copo de shot. Ele se serviu com uísque e o bebeu antes de bater o copo sobre a bancada. Ele estava zangado. Tinha algo nisso que era sexy pra caramba.

— Posso tomar um? — perguntei.

— Não.

— Por que não?

— Porque você não deveria sair bêbada para um encontro. Precisa ficar alerta.

— Uma dose não vai me deixar bêbada. Vai me ajudar a relaxar.

— Não — ele repetiu.

— Está esquecendo que não sou mais menor de idade?

Seus olhos trilharam meu corpo.

— Isso está dolorosamente óbvio agora. — Ele pegou a garrafa e a guardou. — Você não vai mesmo querer beber essa merda.

— É bom o suficiente para você, mas não para mim?

— É forte demais.

— Posso provar?

— Não.

— Por que você o bebeu, se é forte demais?

Ele falou com os dentes cerrados.

— Porque eu preciso aliviar a tensão esta noite.

— Por quê?

Ele se recusou a me responder, mas seus olhos me disseram tudo que eu precisava saber: Noah Cavallari estava com ciúmes, e estava finalmente se rendendo.

CAPÍTULO DEZESSEIS
Noah

Heather estava com um batom vermelho brilhante da cor de um caminhão de bombeiros. Isso foi como uma facada no coração, por algum motivo. Esse visual simplesmente não tinha a ver com ela. Ela estava sexy pra caralho naquele vestido, mas tinha algo no batom que estava me incomodando, como se ela estivesse tentando ser algo que não era. Aquele batom era um convite para encrenca. Ela não precisava de um pingo de maquiagem; ela era tão incrivelmente linda sem isso.

Eu estava fazendo um péssimo trabalho ao tentar esconder meus sentimentos. Mas era tomar aquela dose de uísque ou engoli-la inteira. Tomar a dose foi a coisa certa a fazer.

Ela agora me fitava com seus lindos olhos azuis, seus cabelos caindo em ondas por cima de seu decote. Seu corpo estava uma delícia naquele vestido, e senti uma vontade incontrolável de beijar sua boca até tirar todo aquele batom vermelho. Pensando bem, era melhor eu me servir mais uma dose de uísque.

Peguei a garrafa do armário e servi a bebida em um copo, mas não a tomei. Eu só precisava saber que estaria ali, caso eu precisasse.

— Nunca te vi usando um batom tão chamativo.

— Chrissy me emprestou. Parece idiota?

— Não parece idiota. Só não é você. Meio que esconde os seus lábios. Por que você iria querer fazer isso? — *Tudo que quero agora é chupá-los, com ou sem batom.*

Passei o dia todo de mau humor, e esse momento foi o ápice. A oferta pela propriedade me deixou com um humor estranho. Mais uma vez, fiquei questionando se tomara a decisão certa ao incentivá-la a vender. Tinha que ser a coisa certa, mas qualquer coisa que a deixasse triste também me atingia. E agora, vê-la se aprontar para sair com um cara que provavelmente estava procurando somente uma transa de verão me deixou com um humor de merda.

Eu estava agindo como um babaca ciumento. Você pensaria que eu tinha, bem, a idade dela — não a minha.

Mal registrei sua voz.

— É melhor eu tirar?

Eu estava em transe.

— O quê?

Tirar o quê?

— O batom.

Ah, o batom. Que outra coisa ela tiraria, porra?

— Ele está me fazendo parecer uma palhaça? — ela perguntou.

Em vez de respondê-la, caminhei até a pia da cozinha e molhei um pedaço de papel-toalha. Apertei-o para tirar o excesso de água e voltei para onde ela estava. Comecei a limpar o batom de seus lábios. Ela permaneceu parada, parecendo estar em choque. Eu me identificava com o sentimento. E não tinha direito algum de fazer isso. Ela não era minha posse, mesmo que às vezes eu quisesse que fosse.

Quando terminei de tirar a maior parte do batom, joguei o papel-toalha no lixo.

— Muito melhor.

Ela lambeu os lábios, e pude sentir meu pau se retorcer.

— Você acha?

— Sim. Você tem lábios lindos. Não deveria escondê-los.

Mas eu não quero que você os coloque em outra pessoa.

Suas bochechas ficaram rosadas.

— Obrigada.

— Espere aí.

Fui até minha cama e enfiei a mão debaixo dela para pegar a bolsa da minha câmera.

— Pensei que tivesse dito que não tinha trazido a sua câmera.

— Não, eu disse que não tinha vindo para tirar fotos, mas nunca saio de casa sem a minha câmera. Nunca se sabe quando vai precisar dela. O sol está se pondo agora. A luz está perfeita. Vamos lá para fora. Vou tirar algumas fotos suas com esse vestido.

— O famoso Noah Cavallari vai me fotografar? Me sinto tão especial — ela brincou. — Sério, isso é muito legal.

Ver seu sorriso fez com que eu me perguntasse por que não havia pensado nisso antes.

Ao sairmos, mostrei a ela onde ficar, mas não precisei dizer-lhe o que fazer. Ela se posicionava de forma natural diante da câmera, sorrindo espontaneamente e rindo enquanto eu clicava. A luz do sol restante conferia um brilho em volta de suas madeixas loiras.

Em determinado momento, seus cabelos estavam no rosto, então estendi a mão para movê-lo para o lado e percebi que a porra da minha mão estava tremendo. Eu estava realmente enlouquecendo.

Depois que parei de tirar fotos, Heather perguntou:

— Você pode enviá-las para mim?

Minha mente ainda estava um pouco em transe.

— O quê?

— As fotos. Pode me enviar algumas por e-mail?

Assentindo, respondi:

— Sim, claro.

— Você está bem, Noah? Parece estranho.

— Estou bem.

Ela olhou em direção à casa principal.

— Tenho que ir. Ele já deve estar chegando.

O que você está fazendo, deixando que ela saia com esse cara?

— Te vejo mais tarde — ela disse. — Obrigada por tirar as fotos.

Ela continuou ali, mesmo após dizer que tinha que ir. Estava esperando que eu dissesse alguma coisa. Mas eu não conseguia encontrar as palavras.

Ficamos ali na varanda, de frente um para o outro, até que ela falou, gaguejando um pouco:

— Tenha uma boa noite.

Apesar do quanto eu queria detê-la, deixei-a ir embora.

Quando mais ela se afastava de mim, mais eu me sentia... enjoado.

De repente, foi como se a chave que controlava a minha sanidade tivesse virado.

— Ei! — gritei.

Ela virou para mim.

— Sim?

— Venha aqui.

Ela caminhou de volta até estar diante de mim novamente.

— Por que colocou a sua calcinha no meio das minhas roupas? — perguntei.

Seu rosto ficou tão vermelho quanto seu vestido. Como se tivesse ficado sem palavras, ela murmurou:

— Eu... hã...

Dando alguns passos à frente, parei a apenas centímetros de distância dela.

— Se você soubesse o quanto isso me afetou, não teria feito.

Ela inclinou-se para mim, quase não deixando espaço entre nós.

— Eu queria te provocar. Queria te passar uma mensagem sem ter que dizê-la.

Pude sentir seu hálito em meu rosto.

Pousando minha mão em sua bochecha, eu disse:

— Você é honesta pra caralho.

Ela fechou os olhos brevemente.

— Não consigo evitar.

Enrolei uma mecha de seu cabelo em meu dedo.

— Você poderia ter dito que ela caiu acidentalmente na minha cesta.

Sua respiração estava trêmula.

— Sim, mas isso teria arruinado o propósito. E eu queria que você pensasse em mim usando ela.

Minha respiração ficou presa conforme puxei seus cabelos.

— Meu Deus, Heather. Você acha que não sinto as mesmas coisas que você? Acha que sou super-humano? Que é fácil resistir a você? Eu só estou tentando fazer a coisa certa.

— Eu queria que você parasse de tentar.

O uísque devia ter subido à minha cabeça, porque perguntei:

— Você quer saber o que fiz com aquela calcinha?

— Sim — ela sussurrou.

— Eu a coloquei no rosto para sentir o seu cheiro. Não me cansei de fazer isso. Depois, a coloquei em volta do meu pau para bater uma e gozei nela. Fiquei com tanta raiva de mim mesmo por fazer isso que a rasguei em pedacinhos. É isso que você faz comigo, me deixa louco a esse ponto.

Seu peito subia e descia.

— Eu sabia que você me queria.

Cerrei os dentes.

— Eu nunca disse que não te queria. Disse? Nem uma vez. Eu *queria* não querer te foder.

Sua respiração estava pesada.

— Me deixe provar o uísque.

— Eu disse que você não pode beber.

— Não quero que me sirva uma dose. Quero prová-lo na sua língua.

Puta. Que. Pariu.

Aquela frase aniquilou a última gota de resistência que eu tinha. Agarrei sua cintura e puxei-a para mim, dando-lhe exatamente o que nós dois queríamos. Meus lábios esmagaram os dela antes que minha língua pedisse passagem por eles.

Sua boca quente e faminta era tudo que eu havia imaginado que seria, e os gemidos que emanavam dela me deixaram tão duro que meu pau estava literalmente doendo, ansiando por mais.

Beijei-a com mais intensidade enquanto ela tentava acompanhar meu ritmo. Nenhum de nós se afastou para respirar.

Os dedos de Heather enredaram-se em meus cabelos enquanto eu devorava sua boca. Eu nem ao menos reconhecia os malditos sons que estava fazendo, sons de uma fome prolongada sendo finalmente satisfeita. Qualquer um que passasse de carro por ali me veria praticamente a atacando, e não me importei.

Seus lábios, sua boca, sua língua eram tão deliciosos que pensei que eu nunca mais nos desgrudaria para buscar fôlego. Passei as mãos por seus cabelos macios e sedosos. Aquilo parecia surreal. Mas era errado. Errado pra cacete. Eu estava roubando uma coisa sobre a qual não tinha direito, mas, porra, eu não sabia como parar. Nunca senti algo tão bom assim. Precisei de todas as minhas forças para não carregá-la para dentro da casa de barcos e reivindicá-la por inteiro. Eu sabia que ela me daria qualquer coisa que eu quisesse. E isso me assustava pra caramba.

Como se pudesse ler a minha mente, ela falou contra os meus lábios:

— Eu quero te sentir dentro de mim, Noah.

Suas palavras foram como um tapa na cara, um choque de realidade.

Você não tem o direito de fazer isso.

Desgrudei-me dela. Não foi nada natural — mas completamente doloroso — me afastar quando tudo o que eu queria era desaparecer dentro dela. Mas ainda assim, de alguma forma, consegui fazer isso.

Lambendo meus lábios para aproveitar o que havia sobrado de seu sabor ali, fechei os olhos e busquei fôlego, desviando o olhar dela intencionalmente. Eu sabia que, se olhasse em seus olhos, isso seria difícil demais. Mas precisava ser feito.

Eu poderia arruinar sua vida com apenas uma decisão ruim. Não queria ser responsável por isso. Queria possuir seu corpo, mas me importava muito mais com a alma que o habitava — mais do que qualquer coisa. Eu precisava me controlar antes que estragasse tudo para ela.

Quando finalmente encontrei seu olhar, ela parecia aflita, com os olhos brilhando.

— Por que você parou? — ela perguntou.

— Tive que parar, Heather. Você não faz ideia do quanto eu te quero, mas tenho que impedir isso antes que vá longe demais.

Lágrimas se formaram em seus olhos.

— Eu não te entendo. Nunca entenderei.

Naquele momento, um carro estacionou em frente à casa principal.

Ela olhou para trás por um instante.

— Merda. Ele chegou. — Ela enxugou os olhos. — Me diga para não ir com ele, Noah, e eu ficarei. Eu quero ficar com você. Não quero mais ninguém além de você, não quero mais *nada* além de você. Sou tão louca por você. Eu...

— É melhor você ir. — Aquela frase devia ser a coisa mais difícil que eu já tive que me forçar a dizer.

As pupilas dela escureceram. Agora, ela parecia irritada.

— Sério? Você quer que eu vá?

Minha mente estava em um turbilhão. As palavras estavam bem ali, mas não saíam.

Não vá.

Fique comigo.

Só comigo.

Recusei-me a deixá-las saírem.

— Vá — vociferei.

Eu nunca vira seu rosto ficar tão vermelho de raiva conforme ela se virava e seguia em direção à sua casa. Quando o cara saiu do carro preto para abrir a porta para ela, eu nem ao menos aguentei olhar.

Entrei em casa e bati a porta. Sentei-me na beira da cama, com a cabeça apoiada nas mãos. Meus ouvidos estavam zumbindo.

É a coisa certa a fazer.

Você precisa ignorar esses sentimentos.

Não foi para isso que você veio.

Talvez você devesse voltar para a Pensilvânia.

Balançando as pernas para cima e para baixo, eu precisava de um choque de realidade. Havia apenas uma pessoa em que eu confiava o suficiente para falar sobre isso. Meu pai sabia por que eu viera para cá e sobre Heather, mas não sobre os meus sentimentos por ela. Eu precisava conversar com alguém que tinha bom senso suficiente para me convencer a não cometer um erro gigantesco. Eu precisava de alguém que me convencesse a não fazer o que eu queria, que era sair correndo atrás dela e impedir aquela porcaria de encontro.

Meu pai pareceu surpreso ao me atender.

— Noah?

— Oi.

— Aconteceu alguma coisa?

— Sim. Eu preciso de um conselho seu.

— Isso não é algo que ouço com muita frequência.

Fui direto ao assunto.

— Eu fiz merda.

— Você está envolvido em algum problema?

— Depende da definição de problema. Não estou em perigo, mas tenho quase certeza de que estou encrencado.

— O que houve?

Passando os dedos pelos cabelos, eu disse:

— As coisas por aqui saíram do controle.

Passei os dez minutos seguintes admitindo para o meu pai meus sentimentos por Heather — sem dar detalhes sobre o que dissera a ela mais cedo. Torci para que ele pudesse enfiar um pouco de bom senso na minha cabeça.

— Você a beijou, e agora ela saiu com um garoto?

— Sim. Um *garoto* da idade dela.

— Você sabe que, quando conheci a sua mãe, eu tinha trinta e cinco anos e ela, vinte e três, não é?

— Isso não deu muito certo, deu?

— Deu muito certo por bastante tempo, espertinho. Ganhei dois filhos com isso. Só para você saber, eu aceitaria aquela mulher de volta em um piscar de olhos. Ela é o amor da minha vida, e não me arrependo de nada. Mas reforço: a diferença de idade nunca importou. Você está se punindo por algo que acontece aos homens há eras. Você se apaixonou por uma linda jovem mulher, que é maior de idade. Isso não é um crime.

Puxando os cabelos, falei:

— Não deveria ser assim. Você não deveria estar me encorajando.

— Não é suficiente acreditar que você *não deveria* se apaixonar por alguém. Não importa o que acredita que seja certo ou errado. Já aconteceu. Você já está apaixonado. Estou certo? Não é um crime gostar ou cobiçar uma pessoa.

— Eu deveria ajudá-la, não complicar ainda mais sua vida. Essa viagem deveria ser sobre *ela*... não sobre mim.

— Não importa o que eu diga, isso não vai mudar a maneira como você se sente. Pare de tentar mudar algo que está fora do seu controle.

— Talvez eu devesse ir embora.

— Você vai embora agora? Nunca mais olhará para trás? Nunca mais vai vê-la?

Meu peito doeu só de pensar em ir embora mais cedo do que deveria. Ir embora seria inevitável, mas eu não estava pronto para dizer adeus.

— Estou tão confuso. Me diga o que fazer.

— Que tal ser honesto com ela? Aí está uma boa ideia! E quero dizer *realmente* honesto. Conte tudo a ela. Pare de carregar esse fardo.

— Você acha que eu deveria contar *tudo* a ela? Isso vai despedaçá-la, principalmente o fato de que venho escondendo esse tempo todo. Ela confia em mim.

— Acho que isso é parte do problema. Você está andando por aí carregando toda essa culpa, tentando ser algum tipo de santo. Você é apenas humano. Conte a verdade a ela. Então, quando tiver se livrado disso, deixe a vida acontecer naturalmente sem tentar manipular e controlar tudo.

— E se ela me odiar?

— De acordo com o que você me contou, ela parece ser uma garota muito inteligente, e durona também. Acredito que ela conseguirá lidar com isso.

Isso era verdade. Heather era durona. Mas ela não estava preparada para isso. Contudo, meu pai tinha razão. Meu maior problema era sentir que não merecia os sentimentos dela por mim, porque ela não sabia por que eu estava aqui.

Encerramos a chamada e eu ainda estava em dúvida sobre como resolver as coisas.

Com o decorrer da noite, fui sentindo cada vez mais vontade de contar a verdade a Heather.

Por mais que eu estivesse tentado a descobrir onde ela estava e ir até ela, não queria ser um babaca e interromper seu encontro. Eu não tinha direito algum de fazer isso depois de tê-la expulsado daqui.

Só precisava que ela soubesse de uma coisa — a única coisa da qual eu tinha certeza.

Então, mandei uma mensagem.

> **Cometi um erro. Não deveria ter deixado você ir.**
> **Noah**

Ela não respondeu, e eu não podia culpá-la. Eu me comportara como um adolescente errático. Era um homem adulto e precisava começar a agir como tal. Devia a verdade a ela. Devia a ela uma honestidade brutal — não somente sobre o motivo pelo qual estava aqui, mas também sobre meus sentimentos por ela. Mas isso eu só poderia dizer depois.

Um bom tempo depois que mandei a mensagem, finalmente recebi uma resposta.

> **Bem, eu poderia ter te dito isso.**
> **Heather**

Não pude evitar abrir um pequeno sorriso, aliviado por ela ao menos estar falando comigo.

> **Você está bem?**
> Noah

Sua resposta foi imediata.

> **Me deixe entrar e eu te digo.**
> Heather

Meu coração bateu com força quando fui até a porta.

Heather estava ali ficando ensopada, seu vestido vermelho grudando no seu corpo. Estive tão preocupado que nem ao menos tinha me dado conta de que estava chovendo.

Bastou apenas um olhar, e eu estava rendido novamente.

— Não consegui parar de pensar em você a noite toda — ela disse.

— Eu te devo um enorme pedido de desculpas pela maneira como agi.

Seus cabelos estavam pingando.

— Eu também não queria te querer, sabe? Pensar em ver você ir embora e possivelmente nunca mais te ver é tão assustador. Queria não me sentir assim.

Ela ficava com o cheiro ainda melhor toda molhada de chuva. Eu realmente tentei não beijá-la de novo, mas a necessidade estava ainda mais intensa agora que eu sabia como era. Precisava prová-la mais uma vez antes do que seria uma das conversas mais difíceis da minha vida.

Envolvendo suas bochechas com as mãos, eu trouxe seu rosto para o meu e devorei seus lábios. Esse beijo foi diferente do primeiro. Enquanto aquele havia sido frenético e desesperado, dessa vez, eu a beijei devagar e apaixonadamente, acariciando sua língua com a minha com delicadeza. Seus dedos emaranharam-se em meus cabelos e os puxaram, parecendo desesperada por mais. Fechei os olhos e saboreei cada segundo, cada pequeno gemido que escapava dela.

Após vários minutos, mordi seu lábio inferior suavemente antes de me afastar.

— Por favor, não pare.

— Eu tenho que parar.

— Por quê?

Segurando suas duas mãos nas minhas, eu a conduzi até o sofá, sentando-me ao lado dela.

— Preciso conversar com você. Não quero mais adiar isso. É algo que eu não ia necessariamente te contar, porque não estava esperando ficar tão envolvido. Mas como isso aconteceu, sinto que te devo uma explicação sobre o motivo pelo qual estou aqui.

— Por que você está aqui? Está me assustando. O que houve?

— Por favor, não fique com medo.

— O que é? Você está doente? Eu sempre tive essa sensação assustadora de que talvez...

— Não. Nada desse tipo. Estou bem. Saudável como um cavalo.

Heather suspirou de alívio.

— Ok...

— Eu venho escondendo algo. Mesmo que talvez você não compreenda completamente por que eu não disse nada, eu preciso que saiba que vim para cá com a melhor das intenções.

— Intenções?

— Não escolhi esse lugar por acaso.

Ela estreitou os olhos.

— Do que você está falando?

Não havia jeito fácil de dizer isso.

— Heather... — Respirei fundo e me preparei. — Eu conheci a sua irmã.

CAPÍTULO DEZESSETE
Heather

Meus olhos não paravam de piscar.

Ele acabou de dizer que conheceu a minha irmã?

A única coisa que conseguiu sair da minha boca foi:

— O quê?

— Eu conheci Opal.

Uma onda de pânico me atingiu.

Noah... e a minha irmã?

— Você... você e a minha irmã...

— Não! — ele disse com veemência, parecendo perceber o que eu estava presumindo. — Não... Deus, preciso que você saiba disso. Nunca aconteceu nada entre nós. Não nos envolvemos romanticamente de forma alguma. Então, por favor, não pense nisso. Mas eu a conheci, e preciso te contar a história.

O ambiente parecia girar.

— Não acredito nisso. O que...

— A sua irmã morou na Pensilvânia por um tempo. Ela entrou no meu estúdio, um dia, querendo uma sessão de fotos.

Ok.

Isso fazia *um pouco* de sentido.

Noah apertou minha mão. Por mais confusa que eu estivesse, seu toque acalmou um pouco o choque. Olhei para ele, esperando que continuasse.

— Ela disse que estava tentando começar a carreira de modelo e precisava de um portifólio completo. — Ele fez uma pausa. — Enfim, nós marcamos. Ela voltou cerca de uma semana depois, e fizemos a sessão.

— Você tirou fotos da minha irmã...

— Sim. Eram de muito bom gosto, um misto de fotos de rosto e poses simples. Ela estava completamente vestida. Não foi nada muito louco. Naquele tempo, meu estúdio era conectado à minha casa. Tenho um espaço diferente agora. Ela conheceu Olivia e tudo. Eu ainda estava casado na época. — Ele respirou fundo, parecendo se recompor para continuar. — Apesar de saber disso, sua irmã começou a me mandar mensagens depois que concluímos o serviço. Você precisa acreditar em mim quando digo que nunca tivemos nenhum outro contato além daquela única sessão de fotos. Mas, nas mensagens, ela disse coisas muito inapropriadas.

Oh, não.

— Tipo o quê?

— Que não conseguia parar de pensar em mim e sentia que tínhamos algum tipo de conexão cósmica, e algumas coisas sexuais também. Ela ficava me contatando pelo meu e-mail profissional, se declarando para mim e sugerindo que nos encontrássemos. Nas primeiras vezes, respondi bem vagamente, e após um tempo, parei de responder de vez. Ela continuou a mandar mensagens mesmo assim. Eu não sabia o que fazer. Foi bizarro, e diferente de qualquer coisa que eu já tinha passado antes. Mesmo depois que pedi que parasse de me contatar, ela continuou. Foi uma coisa muito *Atração Fatal*. Acho que ela estava delirando.

Puta merda.

Sem dúvida, a minha irmã não estava bem. Mas quando estava tomando remédios, ela tinha bons momentos. O problema era que nunca dava para saber quando ela aleatoriamente pararia de se cuidar. Por mais que eu não quisesse acreditar nisso, essa história parecia mesmo muito a cara dela.

Eu o deixei continuar.

— Olivia viu algumas das mensagens, e isso nos testou pra valer. Ela sabia que eu estava dizendo a verdade, que não havia acontecido nada entre Opal e mim, mas foi difícil para ela aceitar que uma mulher estava me mandando mensagens sexualmente explícitas e declarando seu amor. Isso agitou uma situação que já era ruim.

— Então, Opal continuou te enviando e-mails? E depois, o que aconteceu?

Ele assentiu.

— Um dia, eles simplesmente... pararam de chegar. Não houve mais mensagens. Na época, fiquei muito aliviado, porque não dava para saber se, em algum momento, ela tentaria fazer alguma loucura.

— Foi só isso? Os e-mails pararam e você nunca mais ouviu falar dela?

— Não exatamente. — Ele apertou minha mão com mais força. — Isso durou apenas um tempo. Pensei que tivesse acabado. Mas então, um dia, vários meses depois, recebi uma ligação de um investigador em Connecticut. Isso foi... depois que a encontraram. Ela havia deixado uma carta no hotel de beira de estrada. Estava endereçada a mim.

Cobrindo a boca, arfei e sussurrei contra minha palma:

— Ai, meu Deus.

Eu tinha conseguido manter a compostura até esse momento, mas minhas lágrimas começaram a cair. Noah as limpou do meu rosto com o polegar e foi até a bancada para pegar um lencinho para mim.

Funguei.

— O que a carta dizia?

— Ela dizia que sentia muito por ter me chateado. Mas não me escreveu com esse objetivo. Ela estava pedindo minha ajuda.

— Sua ajuda?

— Ela colocou o seu endereço aqui em Lago Winnipesaukee e me pediu para cuidar da irmã dela depois que partisse. Mesmo naquele estado, ela se preocupava com você.

Meu coração parecia estar prestes a se estilhaçar. Meu lábio tremeu.

— Isso foi tudo que ela disse?

— Basicamente. Ela explicou que não aguentava mais a vida e precisava que eu a ajudasse a cuidar de você. Não era uma carta muito longa. Ainda a tenho, se você quiser vê-la. Não a trouxe porque não estava pretendendo te contar por que vim para cá. Mas posso consegui-la para você.

Ainda em choque, balancei a cabeça. Era difícil de acreditar, mas eu sabia que era verdade.

— Não faço ideia do porquê ela me escolheu, Heather. Eu não tinha notícias dela há meses, mas, por alguma razão, ela escolheu escrever para mim naqueles últimos momentos e pedir a *minha* ajuda, e isso tem me assombrado mais do que você imagina. Talvez fosse parte de sua ideia delirante de que tive um papel importante em sua vida. Nunca saberei o motivo para ela ter me escolhido.

Olhei pela janela, fitando a chuva que caía contra o vidro.

— Ainda estou confusa.

— Pode me perguntar qualquer coisa.

— Ela morreu há seis anos. — Virei-me para ele. — Por que agora? Por que você veio agora?

Noah soltou uma longa lufada de ar pela boca.

— Essa é a questão, não é? — Ele baixou o olhar para minha mão na sua por um momento. — Tenho vivido com muita culpa por não tê-la ajudado. Apesar do quão loucas tenham sido as mensagens que ela me mandava, nunca imaginei que seus problemas eram tão sérios. Nunca pensei em tentar encontrar a família dela ou levá-la a um médico. Eu só quis que aquilo parasse. Em retrospecto, eu deveria ter feito alguma coisa. Quando descobri que ela havia tirado a própria vida, fiquei completamente na merda. Fiquei ainda mais distante no meu casamento e caí em uma depressão.

Eu me identificava com aquela culpa. Costumava me culpar muito por não ter me esforçado mais para encontrar a minha irmã e ajudá-la. Nunca imaginei que ela tiraria a própria vida, e foi um jeito muito ingênuo de pensar.

— Sinto muito por você ter passado por isso — eu disse.

— Aprendi muito com isso. — Ele entrelaçou os dedos aos meus e fitou novamente nossas mãos juntas. — Enfim, respondendo à sua pergunta, apesar do fato de que, na carta, ela me pedia para cuidar de você, eu nunca considerei fazer isso, porque não fazia sentido um cara estranho que você nunca conheceu aparecer na sua porta e perguntar se você está bem. Você nem me conhecia. Não vi como isso te ajudaria. Então, decidi não fazê-lo.

— O que mudou?

— No decorrer dos anos, continuei sem conseguir esquecer o que aconteceu. Eu não podia mudar nada no passado. Um dia, acordei e me dei conta de que, talvez, a única maneira de me livrar dessa culpa era fazer o que ela tinha me pedido. Parecia ser o mínimo que eu poderia fazer por ela. Então, procurei por você um ano atrás e descobri que a sua família alugava a casa de barcos. Planejei tudo com cuidado para poder reservar a minha estadia com bastante antecedência para conseguir vir no verão. Fiquei bem chocado quando vi que poderia reservar pelo verão inteiro, mas decidi fazer isso de uma vez.

Eu não conseguia fazer meu cérebro funcionar.

— Então, você veio para cá com a missão de, o quê, se certificar de que eu não estava na merda? Para me salvar?

— Sinceramente, Heather, eu não sabia o que ia fazer quando chegasse aqui. Só vim porque sentia que devia isso a Opal. Sentia que não ter agido para tentar ajudá-la tinha contribuído com sua morte, de alguma forma. E eu não podia viver com isso. Foi o tempo certo para mim. Eu não tinha mais nenhum compromisso de verdade. Então, decidi encarar.

Finalmente, assenti.

— Agora, faz sentido. Todo o trabalho que você fez pela propriedade, ter me ajudado a colocá-la à venda, me incentivado a ir para a faculdade...

— Bom, essa é a parte que faz sentido para você, mas não faz mais muito para *mim*. O que eu não esperava era quase imediatamente me sentir conectado a esse lugar, a você. Apesar disso, estava determinado a não me envolver emocionalmente. Por isso agi de uma maneira tão reservada com você no início. Desde o segundo em que cheguei aqui, senti-me mais envolvido do que imaginava, e tentei lutar contra isso. Eu nunca quis interferir na sua vida, inserir-me nela. Meu objetivo era honrar os desejos da sua irmã, garantir que você estivesse bem e fazer com que seguisse o caminho certo antes de ir embora. Pensei que três meses fosse tempo suficiente para fazer isso acontecer. Mas nunca imaginei que me conectaria com você como nos conectamos, que sentiria o que estou sentindo. E eu certamente nunca pretendi te contar o real motivo da minha vinda para cá.

Meu Deus. Eu ainda tinha tantas perguntas.

— Foi esse o motivo do seu divórcio?

— Não. Todos os erros que cometi aconteceram antes de Opal. Meu relacionamento com Olivia já estava em frangalhos quando recebi a carta. Mas a minha depressão ficou bem séria depois disso. Então, isso certamente não ajudou, mas não foi o motivo principal. Não teríamos durado, de qualquer forma.

— Olivia sabe por que você está aqui?

— Sim. Esse é parte do motivo pelo qual temos mantido contato ultimamente. Meu pai também. Eles são os únicos que sabem por que vim para cá.

— Eles te encorajaram?

— Olivia achou que seria loucura. Mas o meu pai entendeu. Ele não viu mal algum nisso, se iria aliviar a minha culpa. — Ele buscou meu olhar. — Me diga o que está pensando.

Sentindo-me dormente, falei a verdade.

— Não sei como me sentir agora. Estou em choque. Completo choque.

— Eu estava tão preocupado, achando que você ia ficar com raiva de mim.

Raiva não era a palavra certa. Por mais que aquilo tivesse me deixado perturbada, eu não podia ficar com raiva dele quando suas intenções eram boas. Por mais bizarra que essa história fosse, eu podia entender como aconteceu.

— Não posso ficar com raiva de você por isso. Nada disso é culpa sua. Você sempre me disse para não me culpar quando se tratava da morte de Opal. Bem, o mesmo vale para você. Você não tinha como saber o que ia acontecer. Não me dei conta de que Opal poderia ser capaz de tirar a própria vida, e eu era irmã dela. Eu a conhecia muito melhor do que você. Nós tentamos ajudá-la, mas ela não nos deixava. Nunca saberei se poderia ter impedido sua morte se tivesse tentado algo diferente. — Fiz uma pausa para respirar. — O ponto é que, se a própria família não pôde ajudá-la, ela provavelmente não teria permitido que você fizesse isso também.

Ele ficou quieto por um momento, parecendo assimilar as palavras.

— Você está zangada por eu ter escondido o motivo da minha vinda? — ele perguntou.

— Bom, o que você deveria fazer? Anunciar isso quando chegasse? Entendo por que escondeu, por que não me contou logo de cara. Eu provavelmente teria te mandado embora. Foi melhor eu ter te conhecido melhor primeiro antes que você me contasse tudo isso.

Ele apoiou a cabeça em meu ombro.

— Porra, Heather. Você não faz ideia do quanto estou aliviado por te ouvir dizer isso. Estava duvidando muito da minha decisão.

— Eu só queria que você não me visse como um caso de caridade.

Ele ergueu a cabeça e me fitou nos olhos.

— Veja bem, tive meus motivos para vir para cá, mas essa experiência não tem sido nada como eu esperava. Você não é um caso de caridade. Você é forte, confiante... maravilhosa. Me ensinou tanto quanto eu poderia te ensinar. Me sinto atraído por você e tem sido difícil pra cacete esconder isso. Minhas ações estão me assustando pra caramba... porque a última coisa que eu queria fazer era complicar a sua vida.

Recostei-me contra o sofá e apoiei a cabeça. A história que ele havia acabado de me contar ficou passando em minha cabeça do começo ao fim como um filme enquanto eu tentava imaginar como tudo acontecera.

— Você tem as fotos que tirou dela?

Ele apertou os lábios por um momento para pensar.

— Sim, estão no meu laptop.

— Posso vê-las?

— Claro. Agora?

— Sim, se você não se importar.

— Me dê um minuto para carregá-las. Eu guardo tudo que fotografo em um dispositivo externo.

Fiquei olhando Noah abrir o laptop. Levou cerca de três minutos para localizar a pasta que continha as fotos.

Quando ele colocou o computador em meu colo, nada poderia ter me preparado para as emoções que senti ao olhar imagem após imagem da minha linda e sorridente irmã. Nós nos parecíamos mais do que eu me lembrava.

Agora que eu estava chegando à idade que ela tinha quando tirou essas fotos, podia ver bem a semelhança.

Limpando uma lágrima, perguntei:

— Ela parecia estranha no dia em que você tirou as fotos?

Noah aproximou-se de mim.

— Nem um pouco. Por isso foi tão estranho quando as mensagens começaram a chegar.

— Isso era típico. Era como se ela fosse duas pessoas diferentes em vários sentidos, quando estava e quando não estava se cuidando.

— É. Nada daquilo fez sentido.

Sem desviar o olhar das fotos, eu disse:

— Quero muito ver a carta também.

— Eu a tenho guardada em casa. Sei onde está e vou pedir para o meu pai escaneá-la. Deveria tê-la trazido. Só não estava mesmo prevendo que ia te contar.

As perguntas continuaram a vir em ondas.

— Por que você decidiu me contar hoje?

— Porque eu não podia mais guardar isso, não aguentava mais esconder nada de você. Muita coisa mudou entre nós, e não sei como lidar com isso. Só sei que nunca quis ser nada além de completamente honesto com você. Isso também vale para os meus sentimentos por você.

Parte de mim queria que ele elaborasse mais sobre aquilo — seus sentimentos por mim —, mas eu sabia que não podia aguentar mais nada esta noite. Eu precisava absorver tudo isso.

— Você pode baixar essas fotos para mim?

— Claro. Vou comprar um pen drive amanhã.

— Obrigada. — Continuei a passar a fotos, indo novamente para o começo. — Acho que não vou contar para a mamãe sobre isso. Não sei se ela aguentaria. Não quero que te veja de um modo diferente. Não que eu ache que exista alguma razão para isso, mas não quero chateá-la.

— Isso é você quem decide. Eu entendo. Por mim, o que decidir está bom, mas acho que é uma boa decisão não contar a ela. Já tem muitas coisas acontecendo.

Encarei a tela.

— Ainda estou em choque.

— Seria estranho se você não estivesse.

Eu precisava ficar sozinha para processar tudo isso.

Levantando-me do sofá, limpei os olhos e anunciei:

— Vou para casa. Preciso ficar sozinha por um tempinho.

Ele levantou.

— Sim. Claro.

Devolvi-lhe o laptop e segui para a porta.

Noah pareceu preocupado.

— Tem certeza de que está bem?

Assenti e, então, fui para casa em transe.

QUANDO AGOSTO **TERMINAR**

CAPÍTULO DEZOITO
Noah

Heather não apareceu mais na casa de barcos desde a minha revelação. Um dia inteiro havia se passado. Embora eu estivesse tentado a ir até a casa principal, tentei lhe dar espaço. O que eu tinha lhe confessado era muito pesado para absorver.

Contudo, não pude evitar e mandei uma mensagem, perguntando se ela estava bem. Ela me assegurou de que estava, mas não acreditei completamente, porque não era de seu feitio se manter afastada. Eu disse que coloquei as fotos que ela pedira em um pen drive e perguntei se queria que eu levasse. Ela disse que não. Também pedi que meu pai escaneasse a carta de Opal e acrescentei ao conteúdo do pen drive. O fato de que ela não queria me ver nem ao menos pelo tempo suficiente de recebê-lo confirmou que ela ainda estava processando tudo.

Pelo menos, eu esperava que fosse isso.

Não fiz nada o dia todo além de andar de um lado para outro e alternar entre beber café e alimentar os porquinhos-da-índia. Conforme a tarde foi virando noite, decidi ligar para o meu pai e lhe contar o que acontecera.

Depois que lhe relatei toda a minha conversa com Heather na noite anterior, ele tentou me convencer de que eu tinha feito a coisa certa.

— Ela disse que não estava brava, mas essa ficha vai acabar caindo em algum momento. Talvez seja o que está acontecendo agora, por isso está mantendo distância.

— Que motivo ela teria para ficar brava? — ele perguntou.

Ele está falando sério?

— Ah, eu não sei... talvez o fato de que vim para cá sob falsos pretextos? O fato de que eu poderia ter feito algo para salvar a vida de sua irmã se tivesse buscado ajuda para ela? Ela tem uma lista de opções.

— Ninguém sabia o que ia acontecer, Noah. Você era um homem casado recebendo mensagens explícitas de uma mulher estranha. Não fazia ideia do que aquilo significava. Muitas pessoas que deliram não são suicidas. Você não a conhecia, que Deus a tenha. Pare de se culpar por algo que não foi culpa sua.

Eu queria acreditar em suas palavras, especialmente por serem o mesmo que Heather dissera, mas não estava sendo fácil. Eu ainda me perguntava se me afastar da situação poderia ser o melhor a fazer.

— Eu sinto que a coisa certa a fazer agora é ir embora mais cedo.

— Você vai conseguir se afastar dela?

— Quanto mais tempo eu ficar, mais difícil será. Ir embora é inevitável. Por que prolongar isso?

Pensar em ir embora agora me deixava enjoado, mas talvez fosse o melhor para nós dois. A propriedade estava sob contrato. Heather estava matriculada na faculdade, e teria dinheiro para pagá-la mesmo que seu pai ficasse com metade do dinheiro da venda da propriedade. Não havia nada para impedi-la. Eu iria embora em algumas semanas, de qualquer jeito. Ficar só causaria mais confusão para nós dois.

— Por essa mesma razão, você poderia ver as coisas de uma forma diferente. São somente mais algumas semanas. Por que apressar a despedida? Qual é o verdadeiro motivo para você querer vir embora daí tão rápido?

Eu sabia a verdade.

— Porque não consigo mais controlar os meus sentimentos por ela. Eu sei que, se ficar, eles vão explodir. Preciso ir para casa para que ela possa ir embora e viver sua vida sem complicações.

— Acha que *isso* vai fazê-la se sentir melhor? Vê-lo ir embora e a deixando triste quando ela claramente se importa com você?

— Ela não sabe o que é bom para ela, e sinceramente, está me evitando hoje. Ela não quis me ver. Esse é provavelmente o melhor momento para me afastar.

— Não posso te forçar a continuar aí, se a sua intenção é vir embora. Mas sinto que não é isso que você quer.

Não era o que eu queria mesmo. Nunca fui tão feliz quanto nesses últimos meses. Mas, às vezes, fazer o que é melhor para os outros sobrepõe-se ao que te faz feliz. Eu acreditava que era um decisão responsável.

— Acho que vou fazer isso. Vou arrumar as minhas coisas e contar a ela quando estiver tudo pronto, para que seja mais fácil.

— Tem certeza disso?

— Ia acontecer de qualquer forma. Vai ser como arrancar o curativo de uma vez. — Meus olhos pousaram na gaiola na mesa. *Jesus. Tenho que descobrir como viajar com porquinhos-da-índia.* — A única complicação são os porquinhos-da-índia.

Meu pai ficou confuso.

— Porquinhos-da-índia?

— Sim. Bonnie e Clyde. Longa história. Vamos apenas dizer que não estou indo para casa sozinho.

Após encerrarmos a ligação, comecei a arrumar minhas coisas. Eu não tinha muito, então levei somente cerca de meia hora. Depois, pesquisei no Google "como viajar de carro com porquinhos-da-índia" e vi que teria que parar em algum lugar pela manhã para comprar duas bolsas de transporte de animais.

Até mesmo com isso, arrumar e guardar as minhas coisas foi a parte fácil.

A parte difícil seria contar a Heather que eu pretendia ir embora na manhã seguinte. Talvez depois da bomba que eu jogara nela na noite anterior, ela não tentasse me impedir. Talvez visse que isso seria o melhor para nós dois.

Embora estivesse tentando diminuir o consumo de charutos ultimamente, eu precisava me acalmar, então decidi acender um na varanda. Enquanto fitava o lago, pensei no quanto aquele verão havia me transformado. Durante a maior parte da minha vida, eu sempre quis estar em qualquer lugar em que não estava. A grama era sempre mais verde. Mas não aqui. No lago, eu me sentia satisfeito. Não me sentia mais tão sozinho. Ficava feliz em apenas... existir. Já tinha ouvido falar sobre a prática da atenção plena — *mindfulness* —, mas nunca fui capaz de implementar até recentemente. Aqui, eu ouvia a chuva cair, saboreava minha comida e sentia tantas coisas acontecendo dentro de mim, especialmente quando Heather estava por perto. Ser capaz de aproveitar o momento presente era uma bênção, uma que era mais fácil quando eu estava em um lugar que me fazia feliz.

Eu não estava brincando quando disse que poderia viver aqui pelo resto da vida. Perguntei-me o quanto disso tinha a ver com o lago e quanto tinha a ver com certa garota que se infiltrara em minha alma. Aquela pergunta me assustava pra caramba, dando-me ainda mais certeza de que eu precisava ir embora no dia seguinte.

Olhei para a água e dei risada sozinho, pensando sobre a primeira vez em que interagira com Heather. Foi naquele dia que aprendi como ela era intensa e cheia de espírito. Desconcertado diante do quanto ela me fazia sentir vivo, eu tentara de tudo para espantá-la. Mas nada funcionou. Graças a Deus por isso, porque senão eu nunca teria passado os momentos que passei com ela, nunca teria aprendido que tenho a capacidade de ser feliz, afinal. Durante anos, pensei que eu era um caso perdido. Mas o jeito como Heather acreditava em mim e todas as suas palavras bondosas sobre segundas chances me ajudaram a mudar de ideia.

A escuridão começava a eclipsar a luz do dia, o que combinou com o momento em que meus pensamentos saíram de felizes para tristes. Estava na hora de dar a notícia para ela.

Eu estava prestes a entrar em casa e ligar quando a notei à distância caminhando em minha direção. Meu corpo paralisou.

Ela estava segurando alguma coisa. Conforme se aproximou, percebi que era uma torta. Meu coração apertou ao vê-la.

Perdi a habilidade de falar, imagine ter a coragem de contar a ela sobre os meus planos.

Ela ficou me olhando por vários segundos antes de finalmente falar.

— Então, sei que estive quieta. Eu precisava tirar um dia para absorver as coisas. Estive processando tudo que você me contou, mas estou bem. Preciso que saiba disso. Eu não sabia exatamente como expressar meus sentimentos, como te transmitir tudo, então decidi fazer aquela torta de cereja que prometi. As cerejas da árvore não estavam boas, e não tinha o suficiente, de qualquer jeito, então tive que ir ao mercado para comprar. Levei a tarde inteira para encontrar a melhor receita, uma que eu não estragasse. Acho que consegui fazer direito. Você vai ter que experimentar para saber. O rostinho sorridente de balinhas de milho no topo é meu toque pessoal.

O sorriso dela estava me matando. A minha boca não conseguia se mexer.

— Tudo bem, Noah. Eu quero que você saiba que está tudo bem. Preciso que acredite em mim quando digo que não te culpo por nada. Como eu poderia?

O jeito como ela estava me assegurando me deu o conforto do qual eu precisava desesperadamente. E também complicou os meus planos. Eu não fazia mais a menor ideia de como contar a ela que pretendia ir embora pela manhã.

Antes que eu pudesse pensar melhor, ela passou por mim e entrou na casa de barcos.

Encolhi-me quando ela parou para olhar em volta.

— O que diabos está acontecendo aqui?

— Eu ia falar com você esta noite. Eu...

— Você está indo embora? — Sua voz falhou. Ela colocou uma mão no peito. — Ai, meu Deus. Me deixe colocar essa torta em algum lugar antes que eu a derrube.

Tentei encontrar as palavras para articular a minha decisão.

— Heather, eu......

— Não acredito que você ia simplesmente jogar isso em cima de mim.

— Pensei que seria mais fácil assim.

— Mais fácil? Você tem alguma ideia do quanto é importante para mim?

Se ela tivesse arrancado meu coração do peito, teria doído menos. Ver suas lágrimas me fez perceber o quanto ela se importava comigo. Isso me fez duvidar de tudo de novo.

— Ia acontecer em três semanas, de qualquer jeito — eu disse, embora parecesse uma desculpa esfarrapada agora.

— Eu sei. E eu ia aproveitar pra caralho o tempo que você ainda teria aqui. As próximas três semanas significam tudo para mim. Vai simplesmente jogá-las fora?

— Eu acho que não faz sentido prolongar isso — falei, fracamente.

Seu tom de voz aumentou.

— Você é um covarde. Não pense que não sei do que se trata isso. Você está começando a sentir algo por mim, então vai fugir.

Dei uma risada irritada.

— *Começando?* Eu sinto coisas por você há tanto tempo que você nem imagina.

— Você tem um jeito estranho de demonstrar isso.

— Eu te deixei chateada ontem à noite. Ir embora daqui a três semanas não vai facilitar nada. Parecia ser o momento certo.

— Eu fiquei mesmo chateada. Mas não com *você*. Quanto mais eu pensava no que você fez ao vir aqui, nas suas intenções, mais te admirava. Sim, eu estava triste mais cedo, mas agora? Vendo você pronto para dar o fora daqui? Agora, estou *devastada*.

Xinguei baixinho.

— Não é minha intenção magoar você. Não é por isso que estou indo embora mais cedo, é justamente o contrário. É para evitar fazer algo para te magoar.

— Você manteve o controle perto de mim, manteve as mãos longe de mim durante o verão inteiro, com exceção de ontem à noite. E, de repente, acha que não consegue durar só mais três semanas?

Ela não entendia.

— Só mais três semanas? Eu não consigo durar nem mais um *segundo*.

Ela pareceu perplexa. Éramos dois, então.

Heather deu um passo em minha direção.

— Nunca senti uma dor tão grande quanto a de te querer e não poder ter você, tentar esconder os meus sentimentos por você. Eu não quero mais sentir *essa* dor. Não ligo para a semana que vem, ou daqui a três semanas, ou daqui a um ano. Tudo que me importa é o agora. Eu sei muito bem o que vai acontecer entre nós se você ficar. É exatamente por isso que não quero que você vá.

Caralho.

Tantos pensamentos reviravam em meu cérebro. Tirei um momento para vê-la, essa linda jovem mulher que queria estar comigo. E eu não queria mais nada além de estar com ela. Se eu fosse embora agora, será que sempre me lembraria desse momento com arrependimento pelo resto da minha vida? Isso me assombraria — o momento em que tive a oportunidade de viver algo que eu queria, mas joguei fora? O momento em que impedi nós dois de vivermos o que tanto queríamos?

Minha cabeça batalhava com meu coração e meu corpo — dois contra um. Eu sabia com cada pedaço da minha alma que, se eu me aproximasse dela agora mesmo, já era. E a vitoriosa não seria a minha cabeça.

Eu nunca tinha visto aquela dor em seus olhos, nem mesmo quando seu pai puxou seu tapete.

Pela primeira vez, percebi que a estava magoando mais ao tentar negá-la. Ou talvez isso fosse apenas o que eu queria acreditar. Talvez fosse no que eu *tinha* que acreditar, porque não havia mais volta.

Minha mente ficou em branco conforme meu desejo físico começou a assumir as rédeas. Não sabia mais o que era certo e errado. Não tinha mais noção de tempo. Eu apenas *precisava* dela.

— Venha aqui.

— Você vai me mandar embora?

— Não. Não vou fazer isso.

Ela caminhou até mim e jogou-se em meus braços. Eu a abracei com força. Pela primeira vez, permiti-me inspirá-la profundamente, abraçá-la do jeito que eu queria, sem resistir.

Eu estava rendido.

CAPÍTULO DEZENOVE
Heather

Quando ele me puxou para seus braços e pousou os lábios nos meus, pensei em quantas vezes o imaginara fazendo exatamente isso. Sentindo-me leve, envolvi seu corpo com as pernas, agarrando-me a ele como se minha vida dependesse disso.

Não vá embora.

Por favor, não vá embora.

Eu estivera com somente uma outra pessoa na vida, e ele era um garoto em todos os sentidos — mental e fisicamente. Noah era um homem, grandioso tanto em corpo quanto em mente. Estar com ele dessa forma incitou sensações inigualáveis dentro de mim. Seu tamanho me deixou impotente, e eu nunca estive tão feliz. Queria que ele me possuísse centímetro por centímetro.

Esperava não estar me constrangendo com a avidez com que o beijava, saboreando-o — basicamente me esfregando nele. Foi tão bom ser agarrada por esse homem e beijada com todas as suas forças, sentir o calor de seu hálito me preenchendo. Senti-me fora de controle — como uma gata feroz.

Movimentando meus quadris, esfreguei-me contra a protuberância enorme em sua calça jeans, seu calor emanando entre minhas pernas. Saber que eu o deixara duro daquele jeito me deu uma imensa satisfação. Eu precisava dele dentro de mim.

— Não me odeie pela minha fraqueza — ele grunhiu entre nosso beijo.

— Vou te odiar se você parar.

Ele sorriu contra os meus lábios. *Graças a Deus estamos na mesma página.*

— Eu nunca quis tanto algo como te quero, Heather. Você me deixa louco pra caralho.

Eu nem ao menos consegui esperar que ele tirasse a minha roupa. Interrompi o beijo apenas por tempo suficiente para puxar minha blusa pela cabeça e jogá-la no chão. Fitando seus olhos, abri o fecho do meu sutiã e deixei-o cair aos nossos pés.

Sua respiração estava pesada enquanto absorvia a visão dos meus seios por alguns segundos antes de atacá-los com a boca. A umidade de sua língua e o calor de seu hálito em meus mamilos quase me levaram ao orgasmo. Eu podia sentir meu clitóris pulsando conforme Noah chupava tão forte que me dava vontade de gritar. Era uma dor tão gostosa. Ele costumava me tratar como uma garotinha, mas estava me tocando e apalpando como uma mulher esta noite; fiquei grata por isso. Eu podia não ser tão experiente, mas sabia que aguentaria o que quer que ele tivesse a oferecer. Meu corpo estava pronto. Eu vinha me preparando para esse momento desde a primeira vez em que pousara os olhos nele.

Ele puxou meu mamilo suavemente entre os dentes.

— Tão, tão linda...

Pressionei sua cabeça ainda mais contra mim, passando as mãos em seus cabelos e arranhando seu couro cabeludo com as unhas conforme ele chupava meu pescoço. Eu sabia que ficariam marcas ali, e não me importei. Faminta para prová-lo novamente, eu o guiei para minha boca. Eu ficava esperando que ele fosse mandão, me dissesse para desacelerar, repreender-me por minha avidez. Mas ele não fez isso.

Noah estava tão perdido no momento quanto eu.

Ele nos levou até uma parede e prendeu-me contra ela. Ele não fazia ideia de quantas vezes eu fantasiara sobre exatamente isso.

Nosso beijo ficou ainda mais intenso, e eu queria que ele levantasse a minha saia e me fodesse bem ali. Em vez disso, ele me colocou no chão de repente. Com medo de ele ter mudado de ideia, agarrei sua camisa e o puxei de volta para mim. Ele resistiu.

Noah pôde ver o medo em meus olhos.

— Não se preocupe, linda. Não vou a lugar algum, ok? Mas preciso parar por um segundo.

Meu coração martelou. *Por que ele está parando?*

— Preciso trancar a porta — ele disse antes de segurar meu rosto entre as mãos e me puxar para me assegurar com um beijo. — Não podemos correr o risco de alguém entrar aqui.

Senti o alívio me inundar. Recostei-me contra a parede enquanto ele foi até a porta da frente para trancá-la. Ele também fechou as persianas. Depois, foi até sua mochila e tirou algo de lá — uma fileira de camisinhas. Ele as jogou sobre a mesa de cabeceira e voltou para mim.

— Eu quero olhar para você — ele declarou com a voz rouca, descendo a mão por meu peito e minha barriga.

Ele puxou o botão da minha saia jeans e o abriu, empurrando a peça para baixo até ela cair no chão. Retirei meus sapatos. Usando nada além de uma calcinha fio-dental, fiquei olhando-o me comer com os olhos.

— Você é gostosa pra caralho. Não faz ideia de como sonhei com isso. Estou tão duro só de te olhar.

— O que quer fazer comigo?

Ele soltou uma longa respiração e acariciou minha bochecha.

— Tudo que você possa imaginar.

Eu precisava tocá-lo, sentir o quanto ele me queria. Estendi a mão para acariciar seu pau, que estava explodindo sob a calça. O calor atravessava o tecido jeans. Sua respiração ficou errática conforme ele fechou os olhos e jogou a cabeça para trás para deleitar-se em meu toque.

— Poooorra... pare. — Ele colocou a mão sobre a minha. — Vire-se.

Fazendo o que ele pediu, apoiei as mãos na parede.

— Puta merda. — Ouvi-o sussurrar ao dar uma boa olhada em minha bunda.

Suas mãos eram ásperas deslizando lentamente pela minha pele, acariciando minhas costas. Senti seus dedos engancharem no fio-dental, puxando-me contra ele.

Cobrindo a parte de trás do meu pescoço com beijos lentos e firmes, ele falou na minha pele:

— É quase demais para aguentar.

Senti o ar entre nós por um momento. Quando olhei para trás sobre o ombro, ele estava tirando a camisa. Inclinei-me para trás contra seu peito nu musculoso, sentindo sua ereção na minha bunda. A umidade escorria pelo tecido da calcinha conforme eu apertava os músculos entre as pernas para aplacar o desejo intenso que estava crescendo ali.

Ele colocou os braços à minha volta, envolvendo-me com todo o seu corpo. O contato pele com pele era tão gostoso. Seu coração batia contra minhas costas, e eu quis chorar por todas as noites que perdemos sem fazer exatamente isso.

Ele me virou e percorreu meu corpo com os olhos. Pousando as mãos em minha cintura, ele puxou minha calcinha para baixo. Completamente nua diante dele, senti arrepios cobrirem meu corpo.

Ele se ajoelhou e tomou minha boceta em sua boca, lambendo meu clitóris antes de inserir a língua em mim. Ele continuou fazendo isso durante alguns minutos enquanto eu jogava a cabeça para trás. O prazer parecia ondas chocantes de eletricidade pulsando pelo centro do meu corpo.

— Você é tão deliciosa — ele disse na minha pele. — Não consigo decidir como te foder primeiro.

— Só me fode — falei, ofegante, desesperada para senti-lo dentro de mim.

Noah se levantou e me puxou para seu peito.

— Estou me sentindo o homem mais sortudo do mundo agora. Não mereço você. — Ele me ergueu nos braços e me carregou até a cama, deitando-me nela.

Fiquei olhando-o puxar a cueca boxer para baixo. Quando seu pau saltou para fora, fiquei maravilhada com o quão longo e grosso ele era. De acordo com a minha experiência de ter assistido pornô ocasionalmente, em geral, era um ou outro. Mas o pau de Noah era perfeito. A ponta estava molhada, e senti uma vontade louca de lamber o líquido pré-gozo que escorria dali.

Ele pairou sobre mim e começou a esfregar seu membro escorregadio por minha barriga firme, deslizando para cima e para baixo, passando pelo meu umbigo enquanto olhava em meus olhos. Aquilo era tão erótico. Sentir sua excitação quente em minha pele me deixou com um tesão sem fim.

Porém, eu não aguentava mais. Estendi a mão para a mesa de cabeceira e peguei a fileira de camisinhas, arrancando uma e entregando a ele.

— Está tentando me dizer alguma coisa? — ele provocou.

— Eu te quero tanto — suspirei.

— Calma, linda garota. Você me terá. Estou tentando ir devagar para não gozar em você agora mesmo.

— Desculpe se estou tão apressada.

— Não peça desculpas por isso. Nunca fui desejado por uma pessoa tão linda e tão preciosa em toda a minha vida. Eu *amo* o quanto você me quer. Isso me deixa louco.

— *Você* me deixa louca, Noah.

Ele abriu o pacote de camisinha com os dentes.

Meu coração acelerou em expectativa.

— Abra bem as pernas para mim — ele disse ao rolar o látex por seu pau inchado.

Ele abaixou-se sobre mim. O peso de seu corpo era esmagador. Abri as pernas o máximo que pude para acomodá-lo. Enquanto ele me beijava, pude sentir seu pau provocando minha entrada. Minhas pernas estremeceram.

— Posso sentir o quanto está molhada, e nem estou dentro de você ainda. Puta merda.

Sem aviso, ele me penetrou com uma estocada só. Aquilo ardeu da melhor maneira. Eu não transava há dois anos, então foi um pouco mais doloroso do que eu esperava. Mas, após ele entrar e sair algumas vezes, a dor transformou-se em puro êxtase.

Puta merda. Noah está dentro de mim.

Ele começou com um ritmo delicado, mas logo começou a me foder sem dó.

Minhas unhas enterraram-se em suas costas conforme ele metia em mim ritmicamente. A cada movimento de vai e vem, eu sentia que poderia chegar ao orgasmo a qualquer momento, se quisesse.

— Heather... você... oh... caralho... você é tão gostosa. Tão gostosa, linda.

A cabeceira da cama batia contra a parede, e eu tinha quase certeza de que os porquinhos-da-índia estavam tendo ataques cardíacos. A cada ranger da cama, eu me sentia mais grata pelo fato de a casa de barcos ser tão longe da casa principal.

Isso que é ser muito bem fodida.

Segurei-me em sua bunda musculosa e impulsionei os quadris para cima para encontrar suas estocadas, desesperada para me impedir de gozar rápido, porque eu não queria que isso acabasse.

— Olhe para mim, Heather.

A intensidade em seus olhos foi tudo o que precisei para perder o controle. Quando minhas pernas começaram a estremecer, ele sabia que eu havia chegado ao ápice. Gritei mais alto do que pretendia quando meu orgasmo me acometeu.

Seu corpo tremeu segundos depois, e sua boca ficou aberta conforme ele gozava com força, estocando ainda mais fundo ao esvaziar-se na camisinha.

Ele continuou a se mover dentro de mim mesmo após não restar mais nada.

— Porra, bom demais. — Noah desabou sobre mim. — Eu nunca mais serei o mesmo.

Ele tirara as palavras da minha boca. Ele ainda estava dentro de mim, e eu já não fazia ideia de como qualquer outro homem poderia se equiparar. Mas não queria descobrir.

CAPÍTULO VINTE
Noah

Não me lembrava da última vez que acordara me sentindo completamente em paz e, ainda assim, com um turbilhão dentro de mim ao mesmo tempo. Naquele momento, eu estava mais contente do que provavelmente já estivera na vida. Mas assim que minha mente se concentrou no futuro, um temor surgiu para arruinar isso.

Heather ainda estava dormindo. Sua linda bunda nua estava virada para mim, e seus cabelos loiros estonteantes formavam uma confusão de fios dourados caindo por suas costas.

Eu não fazia ideia de como tivera tanta sorte. Ela havia entregado seu corpo para mim na noite anterior — várias vezes. Eu deveria estar exausto depois da quantidade de sexo que fizemos. Foi, de longe, a noite mais incrível da minha vida. Em um nível físico, nós nos encaixávamos perfeitamente. Mas mesmo com sua avidez, mesmo enquanto eu sentia seu orgasmo pulsando em volta do meu pau — múltiplas vezes conforme fodi cada orifício de seu corpo —, eu ainda não sentia que a merecia.

A culpa se instalaria assim que esse barato passasse. Por enquanto, eu ainda estava cego pela euforia. Estava vivendo o momento que sempre temera: saber como era tê-la e ainda sentir que precisava abrir mão dela.

No entanto, isso não ia acontecer hoje. Disso, eu tinha certeza. Eu precisava dela de novo e de novo — e me perguntei se ela estaria a fim de mais uma rodada.

Beijando sua nuca, esperei que ela acordasse.

Seu corpo se remexeu, e ela se empurrou contra o meu pau.

— Bom dia — ela disse ao me provocar com sua bunda.

A vontade de deslizar para dentro dela sem proteção era intensa. Peguei a última camisinha da minha mesa de cabeceira e me protegi antes que caísse na tentação de fazer algo imprudente.

Enterrei-me nela lentamente até encostar as bolas em sua pele. Estar dentro dela já era como estar em casa para mim. Ela estava tão molhada, mesmo que tivesse acabado de acordar.

Ver sua bunda desse ângulo enquanto a fodia acabou comigo completamente. Após somente um minuto estocando fundo e com força, perdi o controle e gozei. Era de se esperar que eu tivesse adquirido um pouco de resistência durante as últimas doze horas. Mas, ao invés disso, essa foi a primeira vez na vida que ejaculei precocemente.

— Merda. Me desculpe. Esse ângulo... foi demais para mim.

— Não tire ainda — ela disse.

Ela começou a massagear o clitóris, e meu pau começou a se preparar para mais uma rodada. Dentro de segundos, ela começou a agitar os quadris e gozou em sua mão comigo ainda dentro dela.

Foi a coisa mais sensual que eu já testemunhara.

Saí de dentro dela lentamente e levantei para descartar a camisinha.

Heather ficou comendo meu corpo nu com os olhos quando retornei para a cama.

Ergui as sobrancelhas.

— Continue me olhando desse jeito e terei que ir arranjar outra camisinha.

Deitei-me de frente para ela e dei um beijo em seus lindos lábios.

Após alguns minutos, a abundância de pensamentos preocupados voltou. Ela notou minha mudança de expressão.

— Você se arrepende do que fizemos?

— Nem um pouco.

— Posso ver a preocupação no seu rosto.

— Não tem nada a ver com arrependimento. Eu não mudaria a noite passada ou esta manhã por nada nesse mundo.

— Mas você *está* preocupado.

Acariciei seu rosto, sem querer arruinar esse nosso tempo juntos.

— Nós não precisamos falar sobre isso agora.

Heather afastou-se um pouco, e a cama pareceu fria de repente.

— Ontem à noite, você estava prestes a ir embora da minha vida. Eu quero falar sobre isso agora. Quero saber no que você está pensando.

Ela tinha razão. As coisas tinham ido de um extremo para outro. Embora eu quisesse permanecer nesse transe sexual, isso não era justo. Ela merecia honestidade, mesmo que eu não tivesse todas as respostas.

— Tem tantas coisas na minha cabeça nesse momento que nem sei como expressá-las.

— Tente.

Puxei-a para mais perto de mim.

— Estou confuso — eu disse finalmente.

— Sobre os seus sentimentos por mim?

— Meus sentimentos por você são as únicas coisas das quais tenho completa certeza. Você me faz mais feliz do que qualquer pessoa ou qualquer coisa já me fez antes. E ontem foi o melhor sexo da minha vida.

— Por que sinto que há um "mas" aí em algum lugar...?

Apertando um pouco mais meu braço em volta de sua cintura, respondi:

— Tenho um medo do cacete de te atrapalhar, Heather. Você já sabe disso. Você está se apegando a mim. Em vez disso, deveria estar focando na sua ida para a faculdade e em começar a sua vida. Tenho medo de interferir e atrapalhar tudo.

— Por que isso precisa ser uma escolha? Por que não posso ter as duas coisas?

Era uma pergunta justa — que não tinha uma resposta simples.

— Você pode. Mas para saber se irá continuar *querendo* isso daqui a seis meses ou um ano, vai depender muito do que vai encontrar quando chegar lá, de como vai se sentir quando estiver vivendo por conta própria pela primeira vez. Acho que você não vai poder saber agora como vai se sentir.

— Discordo plenamente... mas me deixe te fazer uma pergunta. O que *você* ia querer se a minha ida para a faculdade não fosse uma opção?

Eu não precisava pensar sobre isso.

— Eu ia querer estar com você todos os dias.

— Você consideraria um relacionamento à distância?

— Com você? Eu consideraria qualquer coisa. Mas eu teria que saber que você estaria completamente pronta para isso. E não sei se pode realmente determinar isso agora. Essa está sendo uma época muito emotiva na sua vida. Você se apoiou bastante em mim para passar por tudo, e me sinto muito feliz por ter tido a oportunidade de estar ao seu lado. Mas talvez você passe a se sentir de uma maneira diferente quando se mudar, quando houver distância entre nós. O verão irá se transformar em inverno. Você pode não querer ficar presa a um relacionamento com um divorciado de quase trinta e cinco anos. Você pode querer a sua liberdade.

Ela parecia desesperada para argumentar.

— Eu quero *você*. Você é tudo que eu quero. Não consigo imaginar não querer estar com você. Não importa se eu estiver aqui ou em Tombuctu.

— Sei que você está dizendo isso de coração agora.

— Mas você acha que não vou continuar me sentindo assim quando estiver na faculdade? Acha que posso simplesmente desligar os meus sentimentos assim tão facilmente?

Estávamos cegos de paixão. Eu já era vivido o suficiente para saber o que queria. Eu *a* queria. Mas ela ainda estava crescendo. Como eu poderia fazê-la entender isso, se ela não queria me ouvir?

— Heather, você ainda é tão jovem. Nunca nem ao menos viveu longe de casa por conta própria. Você tem essa oportunidade incrível de ir para a faculdade e ter a sua liberdade, e eu acho que o melhor para você é não estar presa a mais nada antes de ao menos chegar lá.

Ela começou a chorar.

Merda.

Merda.

Merda.

— O que você acabou de dizer pareceu que está terminando comigo, mas isso é bobagem porque nem ao menos estamos juntos. Na verdade, foi só uma foda.

Meu tom se encheu de raiva.

— Não foi *só* uma foda, e você sabe disso.

— Então o que foi, se não podemos ficar juntos? Se é assim, foi só uma foda.

— Eu não disse que *não podemos* ficar juntos. Eu só...

— Acabei de ter a melhor noite da minha vida e agora você está me afastando.

— Por favor, não pense assim. Eu *não* estou te afastando. Você me perguntou no que eu estava pensando. Estou tentando ser honesto com você. — Senti como se meu coração tivesse aberto de repente conforme minha voz ficava cada vez mais alta. — Estou com medo, tá legal? O que nós temos... é intenso. De várias maneiras, é a coisa mais intensa que já vivenciei. Não há meio-termo nisso. Quando você saiu com aquele cara, fiquei doente. — Me dei conta de que ela nunca me disse como foi o encontro. — O que aconteceu com ele, afinal?

— Eu estava tão preocupada depois de sair daqui que mal ouvi uma palavra que ele disse a noite toda. Me desculpei por estar meio fora de órbita e pedi que ele me levasse para casa mais cedo.

Ótimo.

— Bem, eu fiquei na merda o tempo todo em que você esteve fora. Nunca me senti tão possessivo em relação a mais ninguém em toda a minha vida, nem mesmo em relação à mulher com quem fui casado. Mas essa reação diz muita coisa. Significa que preciso me certificar de que os meus sentimentos por você não vão impedir a sua liberdade, que não estou te desviando para certa direção por motivos egoístas. Pensar em perder você dói. Mas o que me machuca ainda mais é pensar que você se arrependeu por ter me escolhido. Não quero que se arrependa de nada. Não quero que se ressinta de mim.

Parecia que eu finalmente a estava fazendo conseguir entender meu ponto. Seus olhos suavizaram.

— Entendo o que está dizendo. Só não sei o que isso significa para nós. Você está me dizendo para te esquecer e sair com outras pessoas quando estiver na faculdade?

Aquilo fez meu estômago revirar.

— Sinceramente? Eu preciso pensar sobre o que isso significa. Nós levamos as coisas a um nível diferente ontem à noite, para o qual eu não estava mentalmente preparado e do qual não podemos voltar tão facilmente. Você pediu que eu me abrisse. É isso que estou fazendo. Só não tenho todas as respostas ainda. Nesse momento, esses sentimentos estão muito crus. Ainda estou tão inebriado por você que não consigo pensar direito.

Ela ficou apenas piscando e assentindo. Ela não sabia o que pensar sobre essa conversa mais do que eu.

De repente, ela se levantou da cama.

— Acho que é melhor eu voltar para casa um pouco.

— Não vá embora agora. Vamos continuar conversando.

Heather começou a vestir as roupas.

— Eu também não consigo pensar direito quando estou com você. Além disso, minha mãe deve estar se perguntando onde estou. Ela sabe que já adormeci aqui antes. Mas tenho quase certeza de que vai dar uma olhada no meu rosto e deduzir o que aconteceu dessa vez. Não sou muito boa em mentir.

Pensar em Alice descobrindo sobre isso me deixou um pouco em pânico.

— Você vai contar a verdade se ela te perguntar?

— Não sei.

— Bem, se não estiver pretendendo isso, é melhor cobrir o pescoço. Deixei marcas por toda parte.

Pensar naquilo me fez querer fodê-la novamente. Qual era o meu problema? Mesmo depois de todas as preocupações que eu havia acabado de compartilhar, não queria nada além de carregá-la de volta para a cama, enterrar o rosto entre suas pernas e fazê-la gritar de novo. Esquecer todo o resto.

— Vou pegar algo para você vestir. — Subi minha calça e fechei o zíper.

Abrindo a mala que eu havia feito, peguei um suéter de tricô de gola alta. Não me pergunte por que eu havia trazido isso comigo no meio do verão, mas ainda bem que o fiz.

Ela o vestiu.

— Valeu.

Praticamente nadando dentro do meu suéter enorme, Heather demorou-se um pouco à porta.

Segurei seu rosto.

— Ontem à noite foi incrível. Eu não vou a lugar algum. Vou ficar até você me dizer que posso ir embora ou até ser expulso daqui pelo novo proprietário... ou por você. E estarei aqui o dia inteiro para quando você estiver pronta para conversar mais.

— Ok. — Ela se aproximou e me deu um beijo casto nos lábios.

Fiquei observando-a voltar para sua casa. *Bem, Noah, você finalmente conseguiu. Fodeu bonito com tudo.*

CAPÍTULO VINTE E UM
Heather

Ela sabe.

Minha mãe não é burra. Ela me viu sair com aquela torta na noite anterior e sabia aonde eu ia. Então, não era preciso um gênio para deduzir por que eu só tinha voltado para casa agora.

Ela estava sentada na cozinha pouco iluminada, esperando por mim quando cheguei. O fato de que saíra de seu quarto para sentar ali e esperar significava que ela definitivamente estava procurando um confronto.

Ela cruzou os braços.

— Onde você estava?

— Você sabe a resposta para isso.

Inclinando a cabeça para o lado, ela disse:

— Presumo que esse suéter seja dele...

— Eu acabei dormindo lá. Ele me emprestou. Está um pouco frio esta manhã.

— Certo.

Tentei ao máximo não olhar para ela enquanto remexia nas coisas procurando uma cápsula para fazer um café.

— Eu entendo, sabe? — ela disse.

Congelei.

Virei-me para ficar de frente para ela, e agora tinha cem por cento de certeza de que ela sabia que eu havia transado com Noah.

Por mais que eu não quisesse admitir o que acontecera na noite anterior, parte de mim precisava da minha mãe naquele momento. Eu precisava conversar com alguém em quem confiava. Estava acostumada a ser quem cuidava dela, mas, às vezes, uma garota precisa ser cuidada por sua mãe. E era muito raro ter sua atenção assim.

Voltei a fazer o café e finalmente tossi as palavras.

— Eu só fui até lá para dar a torta para ele. As coisas meio que... foi um erro.

— Não existem erros na vida. Tudo que você faz é uma escolha. Algumas delas são boas, e outras contribuem para o nosso crescimento pessoal, nos ensinam lições. Escolhas nos levam a coisas que precisamos vivenciar. Posso ser depressiva, mas ainda sou a sua mãe, e ainda consegui reunir sabedoria no decorrer dos anos.

— Você não está decepcionada comigo, então?

— Por que eu estaria? Noah é um bom homem. Meu receio em relação a ele no começo não tinha nada a ver com ele e tudo a ver comigo. Eu tinha medo de perder você. Desde então, me conformei com o fato de que você vai embora, então meus sentimentos em relação ao Noah mudaram também. Eu sempre senti a atração existente entre vocês dois. Você sabe disso. Então, não, isso não é uma surpresa, e não estou decepcionada. Só não quero que você se machuque.

— Nossa. — Tomei um gole de café e suspirei. — Eu estava esperando que você fosse brigar comigo.

— Acho que ele é velho demais para você? Sim. Mas o fato é que você é adulta. Me esforcei muito durante os últimos meses para aprender como deixar você ir. Isso significou parar de questionar as suas decisões. Não tem sido fácil.

— Tenho quase certeza de que estou apaixonada por ele, mas nunca diria a ele. Isso o faria surtar.

Minha mãe também não pareceu muito surpresa em me ouvir dizer aquilo.

— Eu sei que ele também gosta de você.

— Sim, ele gosta de mim, e por causa disso, não quer ultrapassar o limite. Mas dificultei muito para ele conseguir resistir a mim. Passei o verão inteiro praticamente me jogando em cima dele. Então, ele acabou cedendo. Mas... agora eu meio que me arrependo das minhas ações. Fui descuidada, pensando que aguentaria tudo. Talvez eu não aguente.

— O que ele te disse?

— Ele não quer me prender agora. Tem medo de que eu me arrependa. O que significa que ele provavelmente pretende voltar para a Pensilvânia e seguir a vida sem mim.

Minha mãe pareceu pensativa enquanto olhava pela janela para a casa de barcos.

— Acredito que ele tem as melhores intenções. E acredito que ele está certo, em alguns aspectos. Mas também acredito que, se duas pessoas estão mesmo destinadas a ficarem juntas, encontrarão uma maneira de fazer dar certo. Às vezes, elas precisam ficar separadas primeiro para entenderem isso.

Ao longo da tarde, eu ainda conseguia sentir Noah entre minhas pernas. No entanto, a dura realidade da nossa última conversa colidiu com o torpor pós-coito. Por mais confusa que eu estivesse, meu corpo ansiava por ele.

Pensei bastante sobre o que a minha mãe dissera, sobre as pessoas às vezes precisarem ficar separadas para entender como fazer as coisas darem certo. Havia uma razão para aquele antigo ditado sobre deixar a pessoa que você ama livre. Se ela não voltar, nunca realmente pertenceu a você.

Em meu coração, eu sabia que Noah não ia me deixar cancelar meus planos de ir para Vermont. Era importante para ele que eu vivesse a experiência de ser independente. Então, eu tinha que descobrir como ia lidar com os dias que ainda restavam com ele, considerando que ir em frente com meus planos era inevitável.

Ele mandou mensagens algumas vezes para ver como eu estava. Eu já havia evitado ir até lá por tempo suficiente.

Forcei-me a tomar um banho e me vestir.

O tempo estava nublado e com uma garoa quando segui para a casa de barcos.

Noah abriu a porta imediatamente, parecendo preocupado, como se já estivesse antecipando que meu humor estaria estranho.

— Oi — ele disse, com um tom melancólico.

— Oi.

Havia um desconforto no ar, como se não soubéssemos se deveríamos discutir, nos beijar, transar de novo ou o quê.

O cheiro de algo cozinhando invadiu meus sentidos quando entrei.

Aproximando-me do fogão, perguntei:

— O que você está fazendo?

— Está mais frio hoje. Fiz um ensopado. Quer comer um pouco comigo?

— Sim. Parece ótimo. — Espiei o conteúdo da panela. — O que tem nele? — O vapor atingiu meu rosto.

— Cenoura, carne, cebola, temperos... um monte de coisas. Uma bagunça bem louca, meio que como o meu cérebro está hoje.

— Sei o que quer dizer.

Nossos olhares se prenderam. Seus olhos desceram para os meus lábios. Ele parecia querer me beijar. Eu queria que ele me beijasse, mas, ao mesmo tempo, torci para que não o fizesse.

Ele mexeu na panela.

— Meu pai costumava fazer esse ensopado, na verdade. É uma das únicas coisas que ele sabe cozinhar. Um dia, pedi que me ensinasse. Nós o chamamos de ensopado de homem.

— Isso é engraçado. — Dei risada. — Bem, eu adoraria provar seu ensopado de homem.

Isso soou meio sexual.

Noah pegou duas tigelas e serviu uma porção do ensopado em cada uma. Ele as levou até a mesa, onde eu estava sentada.

Soprei uma colherada e coloquei na boca.

— Hummm... é muito gostoso.

Jesus. Tudo que saía da minha boca me lembrava sexo.

Ele lambeu um pouco de ensopado dos lábios.

— Me conte o que aconteceu depois que você voltou para casa.

Fiz uma pausa e pousei a colher.

— Minha mãe sabe. Ela sacou na hora. Nem precisei dizer com todas as letras.

Ele congelou por um momento.

— Ótimo. Ok. Valeu pelo aviso. — Expirando com força, ele disse: — Preciso manter distância da casa.

— Não. Ela está bem com isso. Nós conversamos bastante. Não quero ter que dizer tudo que discutimos, mas o importante é que ela aceita qualquer decisão que eu tomar e não te culpa por nada. Ela não vai te tratar diferente.

Ele pareceu cético.

— Eu transei com a filha dela. Pode acreditar que ela vai me olhar diferente.

— Ela não vai dificultar a sua vida.

— Bom saber — ele murmurou — Meu Deus. Eu ia querer me matar, se fosse ela. Eu a olhei nos olhos e jurei que nunca encostaria em você.

Um longo momento de silêncio recaiu sobre nós. Então, começamos a falar ao mesmo tempo.

— Você primeiro — Noah cedeu.

Tentei organizar meus pensamentos.

— Passei o dia inteiro pensando sobre a nossa conversa de hoje de manhã. Minha mente fica alternando entre isso e fantasiar sobre ontem à noite.

Os olhos dele queimaram nos meus.

— Também não consigo parar de pensar sobre ontem à noite.

Essa era a parte em que eu realmente precisava engolir meu orgulho.

— Me desculpe pela forma que reagi em relação às suas preocupações. Sei que você quer o melhor para mim. Acho que você tem razão... sobre tudo, mesmo que eu não queira aceitar. Mesmo que te diga que meus sentimentos não vão mudar quando eu for embora, você não vai acreditar até que isso seja provado. Por mais que eu tenha vontade de deixar tudo para lá e ir com você para a Pensilvânia, sei que você nunca me deixaria tomar uma decisão tão radical. Então, ainda vou para Vermont, e você ainda vai embora. A noite passada não vai mudar isso, mas mesmo assim me parte o coração.

Ele apoiou a cabeça nas mãos por um momento antes de erguer o olhar para mim.

— Não pense nem por um segundo que a noite passada não teve um efeito profundo em mim. Isso deixou as coisas dez vezes mais difíceis, que era exatamente o que eu estava tentando evitar.

— Eu sei. É por isso que, por mais difícil que isso seja... e nem acredito que estou dizendo isso... eu acho que não deveríamos fazer novamente. Acho que é melhor não transarmos mais enquanto você estiver aqui.

Seu rosto me disse que ele não estava esperando por isso. Talvez ele tenha achado que eu era uma pessoa mais fraca que isso?

— É... ok... eu concordo — ele disse.

— Não me arrependo do que fizemos e não mudaria nada, mas agora me sinto muito mais apegada a você. Diante de tudo que vai acontecer, não tenho condições de piorar isso. Nunca vou conseguir deixar você ir embora.

Noah ficou encarando sua tigela de ensopado por um instante.

— Só para constar, eu também não me arrependo.

Abri um sorriso largo.

— Talvez devamos voltar a somente conversar na varanda.

Aquilo o fez rir.

— Infelizmente, não acho que você esteja brincando.

— Não, não estou.

— Podemos fazer isso. O que for preciso para facilitar as coisas.

Expirei.

— Isso que é ser adulto? Tomar decisões maduras, mesmo que não me deixem feliz?

— Com pontuação bônus se parecer que o seu coração está sendo arrancado do peito.

— Você já decidiu quando vai embora? — Me doeu perguntar aquilo.

— Não. Não tenho uma data marcada, só sei que o dia 31 é o último pelo que paguei para ficar aqui.

— Você consideraria ficar só mais um pouco?

— Vou ficar pelo tempo que você precisar de mim.

— Obrigada. Isso é um grande alívio. Tenho tantas coisas para fazer. É sufocante.

— Respire fundo. Vamos conseguir fazer tudo. — Seus olhos se demoraram nas marcas que ele deixara em meu pescoço. — Porra. Não faz um dia inteiro ainda, e isso já está sendo difícil demais.

O desejo queimou dentro de mim só pelo jeito que ele me olhava. Talvez fosse ficar mais fácil com o passar dos dias, mas, nesse momento, tudo que eu queria era me jogar em seus braços.

Acovardei-me completamente quando aquele sentimento começou a ficar forte demais. Empurrando minha cadeira para trás, eu disse:

— Obrigada pelo ensopado. Vou voltar para casa e começar a separar algumas coisas para a venda de garagem. Estava pensando em fazermos no próximo fim de semana.

— Tem certeza de que não quer ficar para comer torta? Nem encostamos nela ontem à noite.

— Não. Tudo bem. Pode curti-la sem mim. Me diga depois como ficou.

— Ok. — Ele se levantou. — Me avise se precisar de ajuda com alguma coisa.

— Pode deixar. Minha tia Katy chegará no próximo fim de semana. Eu ia te perguntar se você poderia ir conosco ver algumas casas. Eu adoraria a sua opinião.

— O que você precisar — ele falou ao me levar até a porta.

Mas o que eu realmente *precisava* eu não podia ter.

QUANDO AGOSTO **TERMINAR**

CAPÍTULO VINTE E DOIS
Noah

Na tarde do domingo seguinte, a tia de Heather, Katy, já havia chegado de Boston, e marcamos visitas a cinco casas diferentes em cidades próximas dali, mas não exatamente no lago. Alice havia optado por continuar perto de seu antigo lar. Sufocada demais diante da ideia de se mudar, ela decidira deixar Heather e Katy escolherem a casa.

Debbie, a corretora, abriu a porta do último imóvel do dia: uma casa de um andar modesta e recentemente reformada.

Seus saltos altos ecoavam pelo piso de madeira.

— Estão pedindo 275 mil por esta. É o preço de venda. Acho que podemos conseguir fazê-los diminuir um pouco porque os proprietários estão muito ansiosos para acabar logo com isso. Eles já estão morando na Flórida. O que é bom sobre essa casa é que ela foi reformada recentemente, então está basicamente pronta para se mudarem.

Estávamos exaustos. No dia anterior, organizamos um bazar enorme no jardim da casa principal, para o qual Heather passara a semana inteira se preparando. Vendemos mais ou menos metade das coisas. Eu colocara o restante na minha caminhonete e levara para uma instituição que recebia doações. Demoraria provavelmente mais de um mês para esvaziar a casa principal por completo, então era uma coisa boa elas terem até o meio de setembro para sair de lá.

Heather queria ir para Vermont mais cedo, encontrar um apartamento e um emprego e se estabelecer antes do semestre letivo começar na primavera. Assim que Alice estivesse na nova casa, Heather poderia ir embora no momento em que quisesse para dar início às coisas por lá.

Eu sabia que todo esse processo estava sendo difícil para ela, desde ter que se desfazer de pertences com valor sentimental ao estresse de arrumar malas e caixas. Mas tinha que ser feito. Como Alice era praticamente improdutiva durante a maior parte do tempo — ela se ocupava somente em arrumar lentamente algumas coisas pequenas —, a responsabilidade dessa transição, como de costume, caiu nas costas de Heather. Ela era uma guerreira, passando cada momento em que não estava trabalhando fazendo algo para se preparar para a mudança.

A corretora nos levou a um cômodo que havia sido acrescentado à casa.

— Katy, esse espaço seria perfeito para ser o seu ateliê de arte. Entra bastante luz do sol pelas janelas.

Katy passou os dedos pela parede.

— É um pouco pequeno, mas pode servir.

Heather havia dado o poder de decisão sobre a casa para sua tia. Acho que era porque ela estava muito grata por Katy ter concordado em cuidar de sua mãe. Ela queria que sua tia ficasse o mais feliz e confortável possível aqui. Era um acordo muito bom para Katy, já que ela não pagaria aluguel, mas supus que ter que ficar de olho em Alice compensaria isso.

Enquanto Katy e Debbie davam uma volta pelo quintal, Heather e eu seguimos para o outro lado da casa. Acabamos indo parar no quarto principal, que era bem pequeno.

— Como você está? — perguntei.

— Estou cansada.

Eu queria tanto abraçá-la.

— Eu sei. Mas, pelo menos, tem sido um fim de semana produtivo.

— É. Só quero que ela escolha logo entre as opções para acabarmos com isso. O quanto antes pudermos começar a mudar as nossas coisas de casa, melhor.

Eu esperava que meus sentimentos por Heather diminuíssem desde o nosso voto de celibato. Estávamos tomando cuidado para não nos colocarmos em situações em que poderíamos acabar perdendo o controle. Mas todo o tempo que passamos trabalhando juntos durante a última semana foi apenas um lembrete do quanto éramos bons juntos, o quanto eu era feliz ao lado dela.

Nada estava ficando mais fácil. Sem contar que ter que me segurar para não tocá-la estava me matando aos poucos.

Ela foi até a janela. A luz do sol brilhou em seus cabelos, ressaltando as mechas platinadas. Desejei ter a minha câmera naquele momento para capturar a imagem.

Eu sabia que ela ainda estava confusa sobre várias coisas, incluindo em que pé estávamos. Cedi e coloquei as mãos em seus ombros, pousando o queixo no topo de sua cabeça. Imediatamente, senti sua respiração mudar.

— Não me deixe — ela sussurrou.

Apertando seus ombros, dei um beijo em sua cabeça e falei contra seus cabelos:

— Isso não é fácil.

Ela virou-se e ficou de frente para mim, e eu quase me inclinei para beijá-la.

Nosso momento foi interrompido quando ouvimos os passos de Katy e Debbie. Nos afastamos um do outro, e meu coração estava batendo a quilômetros por hora.

— Vejo que encontraram o quarto principal — Debbie disse ao entrar no cômodo.

— Sim. É muito fofo — Heather respondeu, embora eu pudesse perceber que sua mente estava em outro lugar.

Katy alternou olhares entre nós dois, com uma postura suspeita.

— Acho que essa casa tem bastante potencial. É a minha favorita, até agora — Katy opinou.

O rosto de Debbie se iluminou.

— Favorita o suficiente para fazer uma oferta?

— Bem, essa parte é com a minha linda sobrinha, mas sim, acho que essa é a escolhida.

Heather olhou em volta do quarto.

— Acho que devemos fazer uma oferta pela casa.

Debbie bateu palmas.

— Fantástico! Vamos buscar a sua mãe e irmos ao meu escritório para redigir a oferta.

Naquela noite, voltamos para a casa de Heather para esperar a decisão do dono sobre a oferta, que era três mil abaixo do preço pedido. Porém, Heather estava preparada para aumentar o valor se ele recusasse.

Katy e Alice nos deixaram sozinhos no andar de baixo.

Heather arregalou os olhos quando finalmente avistou a prateleira vazia em sua sala de estar.

— Onde estão as minhas *Hummels*?

Pela manhã, enquanto ela estava resolvendo pendências fora de casa com sua tia, eu viera até sua casa para guardar algumas coisas. Ela não tinha voltado desde então.

— Você mencionou que a ideia de levar as *Hummels* na mudança estava te estressando. Então, vim para cá mais cedo e as embalei. Cada uma está protegida por várias camadas de plástico-bolha. Estão guardadas com segurança naquela caixa ali do canto.

Ela foi até lá e se ajoelhou para inspecioná-las.

— Isso foi incrivelmente atencioso da sua parte.

— Pensei que seria uma coisa a menos para você se preocupar.

— E é. Isso era enervante. — Heather levantou-se e veio até mim, com os olhos cheios de emoção. — Não teria conseguido fazer nada disso sem você.

Estendi a mão para tocar sua bochecha.

— Fico feliz em ajudar.

Ela fechou os olhos brevemente.

— Você pode ficar para o jantar? Talvez assistir a um filme depois? Eu só quero espairecer esta noite, comer porcaria e beber alguma coisa.

Nós dois sabíamos que era perigoso ficarmos completamente sozinhos, então eu vinha passando mais tempo aqui; a presença de Alice evitava que cometêssemos algum deslize.

— Sim, é uma boa ideia. Estou ficando com muita fome. Você quer fazer alguma coisa juntos ou pedir comida? — respondei.

— Comprei ingredientes para fazer *enchiladas* dia desses. Tenho um frango assado de padaria que podemos usar para o recheio.

Meu estômago roncou. Eu vivia faminto ultimamente, comendo cada vez mais para compensar a minha outra fome, que não estava sendo satisfeita.

— Parece bom — eu disse. — Vamos fazer.

Coloquei meu celular e as chaves na bancada da cozinha.

— Volto já. Preciso urinar.

Quando voltei do banheiro, a mudança de humor no ar estava notável.

Olhei para Heather, e toda a cor parecia ter fugido de seu rosto.

— Você está bem?

Ela não me respondeu. Em vez disso, parecendo prestes a hiperventilar, se encostou na bancada.

E me entregou meu celular.

— Você recebeu uma mensagem.

Olhei para a tela. Não era *qualquer* mensagem, mas uma foto dos seios nus de uma mulher, junto com uma mensagem.

Era de Lindsey, a mulher com quem eu estivera antes de sair da Pensilvânia. Era a primeira vez que ela me contatava desde então.

Oh, porra.

> *Estou com saudades. Pensei em te mandar esse lembrete. Não quero que se esqueça de mim. Espero que esteja curtindo as suas férias. Eu adoraria te ver quando você voltar.*
> **Lindsey**

Meu coração parou e comecei a vomitar palavras.

— Sinto muito por você ter visto isso. Ela não é ninguém importante. Isso é...

— Ela parece achar que é importante o suficiente para você se interessar por uma foto dos peitos dela.

Como eu poderia explicar? Não importava o que eu dissesse, não ia sair direito.

Respirei fundo.

— Ok, lembra quando eu te disse que estive com alguém em maio, com quem achei que me entendia?

Ela cruzou os braços.

— Sim.

— Era com ela. Não nos falamos desde que saí de lá. Não sei o que deu nela para me mandar essa foto hoje, mas eu com certeza não tenho o menor interesse.

— Você não colocou um fim nisso, exatamente, então?

— Não havia nada para pôr um fim.

O rosto de Heather passou de pálido para vermelho.

— Ah, é mesmo. Ela é só um brinquedinho seu. Está claramente esperando que vocês continuem de onde pararam quando você voltar.

Deus, isso era uma droga. O futuro do nosso relacionamento podia não estar claro, mas, enquanto eu estivesse aqui, precisava respeitar Heather. Isso era completamente desrespeitoso, e no pior momento possível. Ela já estava sob uma tremenda dose de estresse. Nós estávamos exaustos. Mas não existia uma boa hora para ela ver algo assim.

De repente, ela cobriu o rosto. A princípio, pensei que estivesse chorando, mas então ela balançou a cabeça e mudou completamente o semblante.

— Meu Deus, qual é o meu problema? Me desculpe. Eu não posso te culpar por isso. Porra, nem ao menos sei se tenho o direito de ficar brava.

Olhei para ela por um momento, tentando acompanhar.

— Você tem todo o direito de ficar brava. Eu teria perdido a cabeça se os papéis fossem invertidos. — Passei o dedo sobre a mensagem e a deletei. — Pronto, não está mais aqui.

— Me desculpe por ter reagido assim.

Inspirei fundo.

— O cara para quem ela acha que mandou essa mensagem não existe mais. Aquele homem era vazio. Nunca mais serei o mesmo depois desse verão. Estou grato por isso.

Antes que ela tivesse a chance de responder, seu celular tocou.

Fiquei olhando-a atender e falar com alguém que deduzi ser Debbie, a corretora.

— Eles aceitaram?

Ela olhou para mim e sorriu.

Ela conseguiu a casa. Dei um joinha para ela.

— Isso é ótimo. Ok... obrigada por me avisar.

Ela desligou e abriu um sorriso enorme.

— Eles aceitaram a oferta.

— Isso, porra!

Quando ela me abraçou, eu a ergui e a girei.

— Ouvi o celular tocar.

A voz de Katy nos assustou, e coloquei Heather no chão.

— Era a corretora? — ela perguntou.

Heather correu até sua tia e a abraçou.

— Sim! Nós conseguimos a casa.

— Que notícia maravilhosa! — Katy sorriu.

— Quer se juntar a nós para um jantar de comemoração? — Heather ofereceu.

Katy olhou para mim.

— Não quero me intrometer. É melhor deixar vocês sozinhos.

— Não é intromissão alguma — Heather insistiu.

— Não estou com muita fome — Katy disse. — Vocês dois podem jantar, e se houver sobras mais tarde, comerei se meu apetite voltar.

— Ok.

— Vou contar a boa notícia para Alice — ela avisou antes de subir as escadas.

Aquela notícia fez o clima melhorar. Heather e eu passamos a hora seguinte fazendo as *enchiladas*. As coisas ficaram ainda mais leves quando abrimos uma garrafa de vinho. Curtimos a companhia um do outro, e o drama por causa da mensagem se desvaneceu consideravelmente.

Após o jantar, fomos para a sala de estar para assistir a um filme da Melissa McCarthy. Teddy aconchegou-se de um lado meu, e Heather estava do outro. Isso era tão melhor do que voltar para a casa de barcos sozinho.

Ela deitou-se e colocou os pés no meu colo. Peguei-os e comecei a massageá-los.

— Olhe como meus pés ficam pequenos nas suas mãos grandes. Isso é tão bom depois de ter passado o dia todo em pé.

— Você tem pés minúsculos.

Eu quis beijá-los, mas me contive.

— Eu já te falei que você tem pés enormes? — Ela piscou.

— Acho que você já mencionou isso uma ou duas vezes.

Ela riu.

Sua atenção voltou para o filme, mas continuei preocupado, pensando sobre o que acontecera mais cedo. Perguntei-me se ela estava realmente de boa sobre a mensagem de Lindsey, como dizia estar. Heather era forte e tinha a habilidade de se conter, quando se chateava, antes que as coisas saíssem do controle. Era como se ela tivesse treinado a si mesma a deixar as coisas para lá. Nunca guardava rancores ou deixava uma discussão durar muito tempo. Eu considerava isso uma característica positiva na maior parte do tempo, mas perguntei-me se seria bom para *ela* a longo prazo. Talvez ela precisasse descarregar tudo alguma vez, ficar com raiva antes que tivesse um colapso.

Encarei seus pés e pressionei cada um de seus dedos.

— Sabe, tudo bem você ficar zangada comigo.

Ela ergueu-se um pouco.

— Você *quer* que eu fique zangada?

— Não, claro que não. Mas se alguma vez sentir que precisa colocar tudo para fora, está tudo bem. Por exemplo, aquela mensagem mais cedo claramente te deixou chateada. Você ficou brava, mas quando estava prestes a soltar os cachorros em mim, parou. Foi como se você dissesse a si mesma que *não deveria* ficar brava, então suprimiu o sentimento. Estou pensado se você às vezes nega os seus sentimentos como um mecanismo de proteção.

Ela ponderou sobre minha teoria.

— Talvez eu faça isso sem perceber, porque não quero conflitos.

— Você pode descontar a sua frustração. Eu aguento. Se ficar brava com alguma coisa, quero que saiba que pode dar para mim.

Somente depois que falei foi que percebi como aquilo soou.

Ela ergueu uma sobrancelha.

— Você quer que eu as dê para você... de que maneira, exatamente?

Eu deveria saber que ela não ia deixar essa passar. E isso era definitivamente o que eu queria. Apertei seus pés com mais força.

Quando Katy juntou-se a nós na sala de estar um tempo depois, voltei para a casa de barcos para dar a Heather e ela um tempo sozinhas. Eu sabia que elas tinham muito a discutir sobre a nova moradia e a logística da mudança de Katy de Boston para Nova Hampshire.

Pouco antes da meia-noite, eu estava prestes a ir dormir quando houve uma batida na porta.

Quando a abri, Heather estava ali, usando uma camisola branca fina. Dava para ver quase tudo por causa da transparência.

— Eu não estava esperando uma visita sua a essa hora.

Ela começou a andar de um lado para outro.

— Não consegui parar de pensar sobre o que você disse. Queria que soubesse que eu *estou* com muita raiva.

As comportas estavam prestes a se abrir, e tudo bem; isso precisava acontecer.

— Fale comigo, Heather.

Ela desabafou tudo.

— Estou com raiva do meu pai por fazer eu me preocupar com aquele maldito dinheiro. Ainda não sei se ele está falando sério ou não. Mas, mais do que isso, estou com tanta raiva por ter passado metade da minha vida tentando me convencer de que ele me amava tanto quanto suas outras filhas. Lá no fundo, nunca acreditei que isso era verdade. E isso dói.

Quando ela começou a chorar, puxei-a para os meus braços.

— Me conte mais. Coloque tudo para fora, linda.

Ela ficou assim por um tempo. Depois que a soltei, ela continuou a andar de um lado para outro.

— Estou brava porque, não importa o que eu faça, não consigo deixar a minha mãe feliz. Isso tem que vir de dentro dela mesma e da dose certa de medicação. — Ela limpou as lágrimas. — Estou com raiva porque minha irmã está morta, e eu nunca tive a oportunidade de ter um relacionamento normal com ela. Mas não tenho raiva por ela ter trazido você para a minha vida. E por mais que eu não esteja brava com você devido ao motivo pelo qual você veio para cá, tenho escondido alguns dos meus reais sentimentos em relação a isso. Dói pensar no que Opal fez e no fato de que você a conheceu. A verdade é que tenho o hábito de bloquear pensamentos sobre a minha irmã. Eles são dolorosos demais.

Assenti.

— Continue.

Heather falou entre dentes, aumentando o tom de voz.

— Estou com raiva daquela mensagem que você recebeu da Lindsey. Mas não de você. Estou com raiva porque isso me fez ter medo, pois não estarei por perto quando você precisar de um corpo quente. Estou morrendo de ciúmes. E já que estamos nesse assunto, também tenho ciúmes da sua ex-mulher, por você ainda confidenciar coisas a ela quando quero que confidencie a mim. — Seu tom suavizou. — Estou com raiva de muitas coisas, mas, mais do que isso, estou *triste*, triste pra caralho, Noah, porque não quero perder você.

Sua última frase foi como um soco no estômago. Eu me identificava com esse medo.

Pousando as mãos em seus ombros, olhei em seus olhos.

— Não importa o que aconteça nas nossas vidas, não importa onde eu esteja, se precisar de mim *a qualquer momento*, sempre estarei lá por você. Posso prometer isso.

Os olhos dela marejaram. Ela me ouviu. Eu queria abraçá-la novamente, mas estava com medo de perder o controle. Eu queria arrancar aquela camisola de seu corpo.

Heather limpou os olhos.

— Obrigada por me ouvir, e por me incentivar a colocar tudo para fora.

— Disponha. Eu...

Antes que eu pudesse ao menos terminar minha sentença, ela saiu correndo pela porta e desapareceu noite afora.

Não a impedi, porque depois o que aconteceria? Entretanto, fiquei na varanda para me certificar de que ela chegaria em casa.

Cinco minutos depois, enquanto eu estava deitado na cama, uma mensagem chegou.

Meu coração acelerou quando percebi o que era. Uma foto do mais lindo par de peitos surgiu na tela — peitos que eu queria, mais do que qualquer coisa, poder saborear só mais uma vez.

> *Decidi que te devia uma depois de tudo aquilo.*
> *Heather*

Afundei a cabeça no travesseiro ao digitar.

> *Você acabou de deixar as coisas dez vezes mais duras.*
> *Noah*
>
> *Espero que sim.* 😉 *Você tem se comportado bem demais. Além disso, não estou aí, então posso ser ousada sem me meter em encrenca, não é?*
> *Heather*
>
> *Você viu o quanto comi esta noite? Tenho comido feito um louco para compensar o fato de não poder te tocar. Não pense que não estou sonhando com o seu corpo 24 horas por dia, 7 dias por semana. E sonhando com aquilo que você faz.*
> *Noah*

> **É uma boa música.**
> Heather
>
> **O quê?**
> Noah
>
> **That Thing You Do[1], um hit dos anos 90.**
> Heather
>
> **Ah. É claro que você sabe disso.**
> **Aposto que tem no seu iPhone.**
> Noah
>
> **Sem comentários.**
> Heather

Gargalhei. Tinha quase certeza de que isso acordou os porquinhos-da-índia.

> **Hahahaha**
> Noah
>
> **Mas o que é aquilo que eu faço?**
> Heather
>
> **Nem quero pensar nisso agora.**
> **Vai me fazer perder o controle.**
> Noah
>
> **Ah, vai. Eu preciso saber.**
> Heather

Essa conversa estava se desviando para um território do qual eu vinha tentando manter distância. Mas ela não estava fisicamente ali comigo, então eu não ia me meter em problema, certo?

> **Eu pensei que tinha sido coisa de uma vez só, mas, na terceira vez que você fez, eu soube que era um lance.**
> Noah
>
> **O que é?**
> Heather

Só de pensar nisso fiquei ainda mais duro.

> **Quando sabe que estou prestes a gozar,**
> **você aperta a boceta em volta do meu pau.**
> **É incrível pra caralho. Me deixa louco.**
> Noah

---

1   Em tradução livre, aquilo que você faz, como ele disse acima. (N.E.)

> **Bom, posso te assegurar que a música não é sobre isso.**
> *Heather*

Provavelmente não.
Noah

> **E eu sei que faço isso. É de propósito.**
> *Heather*

Então, você ESTAVA tentando me matar.
Noah

> **Aham. Morte por espasmo de boceta.**
> *Heather*

Não é um jeito ruim de morrer.
Noah

> **Hahaha. Vou te deixar dormir.**
> *Heather*

**Você acha que vou poder dormir depois
dessa conversa e da foto que você mandou?**
Noah

> **Bom, se você conseguir... sonhe comigo.**
> *Heather*

Pode contar com isso.
Noah

CAPÍTULO VINTE E TRÊS
Heather

Um Mês Depois

Agosto terminou — e Noah ainda estava aqui. Ele concordara em ficar por mais duas semanas para ajudar a nos estabelecer na casa nova. Fiquei imensamente grata por isso.

Estávamos agora no meio de setembro. Conseguimos esvaziar a casa por completo bem a tempo dos novos proprietários se mudarem para lá. Noah alugara uma caminhonete enorme e levara o restante das nossas coisas para um depósito.

O ar fresco do outono havia substituído o calor do verão em Nova Hampshire. Estávamos morando em nossa casa nova rodeadas por pilhas de caixas. Levaria várias semanas para organizarmos tudo.

Como a nova casa tinha apenas dois quartos, Noah passara as últimas noites dormindo no sofá enquanto eu dormia na cama com a minha mãe.

Juntando Teddy, nossas caixas e os porquinhos-da-índia, estava um caos completo. Entretanto, hoje eu estava preocupada demais para me importar com essas coisas, porque amanhã seria o dia que eu vinha temendo desde junho.

Noah ia voltar para a Pensilvânia.

Era completamente surreal, e meu coração estava despedaçado. Todas as coisas que tínhamos que tirar das caixas teriam que esperar, porque eu não pretendia fazer mais nada hoje além de passar tempo com ele.

Acordei muito cedo para fazer café para nós antes que minha mãe e minha tia acordassem. Quando entrei na cozinha, percebi que Noah tivera a mesma ideia.

— Bom dia — eu disse, inspirando o aroma agradável do café.

— Bom dia, linda. — Noah puxou-me para um abraço e me envolveu com tanta firmeza que eu mal podia respirar.

Com a boca contra seu peito, eu falei:

— Não consigo acreditar que esse dia finalmente chegou. Não me sinto pronta.

— Eu nunca me sentirei pronto.

As coisas ainda estavam incertas entre nós. Noah se recusava a colocar um rótulo no que tínhamos ou a fazer qualquer promessa além de seu voto de "sempre estar lá por mim se eu precisasse dele". Isso não definia se estávamos ou não em um relacionamento. Ele estaria ao meu lado se eu precisasse dele algum dia, mas eu ainda não sabia se ele estaria ao meu lado durante todos os dias no meio disso.

— Então, eu estava pensando que poderíamos sair de carro hoje — ele disse.

— Para onde?

— Para onde o vento nos levar, contanto que eu esteja com a minha garota favorita.

Me senti à beira das lágrimas. Não seria preciso muito para que elas caíssem. Eu provavelmente perderia o controle várias vezes no decorrer do dia.

Algo que eu tinha esquecido me veio à cabeça.

— Katy quer te levar para jantar para te agradecer por toda a sua ajuda. Eu não dei uma resposta a ela porque não tinha certeza de como você queria passar a sua última noite aqui.

— É muito gentil da parte dela.

— Sim. Mas não temos que fazer isso, se você não quiser.

— Contanto que você esteja lá, tudo bem, por mim. Vou basicamente passar o dia inteiro grudado em você.

Aquilo me aqueceu por dentro, mas também me deixou triste.

— Ok, vou dizer a ela que iremos. Não precisamos ficar muito tempo.

— Vamos passar o dia todo fora, então podemos encontrá-la em algum lugar na volta. A sua mãe também vai?

— Acho que ela vai tentar. Ela fica me dizendo o quanto vai sentir a sua falta.

Meus olhos se encheram de lágrimas, de repente. O choro aleatório havia começado.

Noah me surpreendeu ao colocar a mão em meu queixo e trazer minha boca para a sua. *Bem, é uma ótima maneira de me fazer parar de chorar.* Era a primeira vez que ele me beijava desde a única noite que passamos juntos. Aparentemente, ele não estava mais ligando para nada em seu último dia. Fiquei grata por isso, porque seu beijo era meu oxigênio agora. Eu tinha me esquecido de como era bom.

Seus lábios quentes cobriram os meus, e eu imediatamente busquei sua língua. Com seu sabor e cheiro inundando meus sentidos, senti meu corpo ficar mole. A cada vez que sua língua acariciava a minha, minha calcinha ficava mais molhada. Se durante as últimas semanas estávamos pegando fogo, ele havia acabado de jogar gasolina em cima de tudo.

Após forçar-se a se afastar, ele segurou meu rosto.

— Porra, como eu senti saudade de te beijar — ele disse com a voz rouca antes de plantar mais um beijo em meus lábios.

Dando um tapinha em seu peito, de brincadeira, falei:

— Isso não facilitou nada, sabia? Mas vá em frente, pode continuar dificultando o meu dia.

Acabamos indo a um lugar que não imaginei.

Noah nos levou a um parque de diversões que ficava a cerca de uma hora de distância. Passamos o caminho relembrando momentos do verão enquanto ele segurava minha mão. Ele me apresentou algumas de suas músicas favoritas, que incluíam repertórios da banda Cake e Audioslave.

Eu nunca estive tão incerta sobre o futuro, mas me importava com esse homem mais do que já me importei com qualquer coisa ou pessoa. Isso era assustador. Não importava o que acontecesse depois de amanhã, eu esperava, no mínimo, poder vê-lo novamente. Eu era louca por ele, e se me pedisse para largar tudo, fugir para Vegas e me casar com ele, eu provavelmente aceitaria.

Esse pensamento insano era exatamente o motivo pelo qual ele dissera que eu precisava ir embora por um tempo, que eu não sabia o que realmente queria. Acho que só o tempo iria dizer, mas eu apostava que meus sentimentos se fortaleceriam com a distância entre nós.

A tarde no parque foi divertidíssima. Rodamos em todos os brinquedos gigantescos e comemos comida gordurosa. Nosso passeio na montanha-russa me lembrou de nosso relacionamento, cheio de altos e baixos, voltas e giros.

Foi a primeira vez desde a chegada de Noah em Nova Hampshire que realmente nos soltamos e relaxamos longe de casa. Era uma pena não termos mais tempo para visitarmos outros lugares juntos.

Contudo, as minhas partes favoritas do dia foram os momentos em que caminhamos pelo parque de mãos dadas. Ele devia saber que eu precisava de seu toque.

Chegando ao fim da tarde, passamos em frente a uma pequena casa onde eram oferecidas leituras psíquicas. Nunca me interessei em visitar uma vidente, mas se existia um momento em minha vida em que eu gostaria de ter algumas respostas sobre o futuro, era aquele.

Cutuquei o braço de Noah.

— Vamos fazer uma visita ali?

— Você se interessa por essas coisas?

— Normalmente, não, mas estou um pouco curiosa.

Ele olhou para a janela por um momento e, então, deu de ombros.

— Ok.

Não havia ninguém ali quando entramos. Então, uma mulher apareceu de detrás de uma cortina de lantejoulas.

— Olá. Leitura para dois?

Ela tinha um piercing no nariz e usava um lenço na cabeça.

Olhei para Noah e de volta para ela.

— Você pode fazer isso? Ler o futuro de duas pessoas ao mesmo tempo?

— Sim, mas as informações que recebo são completamente fora do meu controle, então pode não ficar balanceado. Os espíritos decidem para quem gostariam de enviar uma mensagem.

— Então... se você diz espíritos, você é médium ou clarividente?

— Um pouco dos dois, depende do dia e com quais dons fui abençoada.

Depois que pagamos, ela nos sentou a uma pequena mesa circular com uma toalha vermelha. Ela acendeu algumas velas e nos encarou por um momento.

— A propósito, me chamo Iliana.

— Prazer em conhecê-la. Eu sou a Heather, e ele é o Noah.

Noah permaneceu quieto, com uma expressão cética.

De repente, Iliana estreitou os olhos, demonstrando confusão.

— Ok. Isso vai soar muito estranho. Nem sei por que essa pergunta está vindo para mim. Mas vou perguntar mesmo assim. Quem quer coçar uma bunda?

Coçar uma bunda?

— Você disse coçar uma bunda? — perguntei. — Como assim?

— Não faço ideia — ela disse. — Mas é o que estou recebendo.

Olhei para Noah. Pensei que ele estaria rindo, mas, em vez disso, parecia estar chocado. Seus olhos congelaram arregalados.

— Você sabe do que ela está falando? — indaguei.

Ele coçou a cabeça.

— Hã...

— Noah?

A cor fugiu de seu rosto.

— Ok, eu estou muito assustado agora — ele finalmente disse.

— Isso tem algum significado para você? — Dei uma risada. — Coçar a bunda?

Noah soltou uma lufada de ar.

— Na noite do seu aniversário de vinte e um anos, você caiu no sono na minha cama. Lembra-se disso?

— Sim.

— Eu nunca te contei, mas você estava falando enquanto dormia.

Cobri minha boca.

— Ai, não.

— E você disse uma coisa muito estranha... que queria coçar a minha bunda, entre outras coisas.

— O quê? — gritei. — Eu disse isso? E que *outras* coisas?

— Podemos falar sobre isso depois. Não foi nada ruim, mas o negócio de coçar a bunda foi engraçado. Eu só não entendo como ela poderia saber disso.

— Eu disse que queria coçar a sua bunda?

— Sim.

— O que diabos eu estava pensando?

— Não sei, mas estou assustado.

Iliana ergueu as sobrancelhas.

— Assustado? Você estava duvidando das minhas habilidades?

— Pensei que fosse só bobagem. Mas você tem a minha atenção agora.

— A introdução desse termo é uma indicação para direcionar minha atenção para Heather nesse momento. — Iliana fechou os olhos por um instante. — Ok. Uau.

— O quê? — perguntei impacientemente.

— Você tem algumas transformações no horizonte. Há alguma mudança prestes a acontecer?

— Sim. Eu vou me mudar para Vermont para fazer faculdade.

— Ok. Sim. Estou sentindo essa transição iminente. O próximo ano será transformador para você de várias maneiras.

— Em um bom sentido?

— Em *muitos* sentidos.

Meu estômago gelou.

— Isso significa que vai acontecer alguma coisa ruim?

Por que eu decidi fazer isso?

— Não posso te dizer isso. Tudo que estou recebendo é a mensagem de que esse ano irá mudar a sua vida inteira, e é melhor você se preparar para o que está por vir.

Engoli em seco.

— Ok.

Iliana fechou os olhos novamente antes de mudar sua atenção para Noah.

— Você está apaixonado por ela... estou certa?

Ai, meu Deus.

O tempo pareceu congelar enquanto nós duas olhávamos para Noah.

— Não responda — pedi. — Não é justo você ser colocado contra a parede assim. Por favor, não responda.

Eu não aguentaria ouvi-lo dizer que não. Quanto mais tempo ele passava sem dizer nada, mais excruciante tudo isso era. Noah ficou apenas piscando.

Iliana colocou as duas mãos na cabeça.

— Está tudo bem com a sua cabeça?

— Depende de quem pergunta — ele disse. — Está sim, até onde sei. Por quê?

— Não tenho certeza. Estou sentindo uma pressão na minha cabeça, e não sei o que significa. Pode ser algo literal ou figurativo.

— O que quer dizer com isso?

— Pode representar o fato de que você tem muitas coisas enchendo a sua cabeça ou dor de cabeça física. Apenas tenha cuidado.

Noah pareceu ficar completamente perturbado.

— Ok.

Iliana concluiu sua leitura, e saímos de lá ainda mais confusos do que quando entramos.

Noah segurou minha mão.

— Fiquei com dor de cabeça, de repente.

— E eu estou mortificada porque, aparentemente, curto coçar bundas.

— Ainda estou assustado por ela saber disso.

— O que mais eu te disse naquela noite?

— Você quer mesmo saber?

— Sim.

Ele parou e falou bem ao pé do meu ouvido:

— Você implorou que eu te fodesse.

O quê?

— Você está mentindo!

— Eu não mentiria sobre isso. *Implorou.* — Ele riu. — Aquela noite foi o começo do fim do meu controle.

— Não acredito que você nunca disse nada. — Apontando o dedo em seu peito, eu disse: — Eu preciso estar ciente dessas coisas. E se eu fizer uma merda dessas quando estiver na faculdade? Vou ter que arrumar uma pessoa para ser minha colega de casa. E se eu falar dormindo na presença dela?

— Acho que é melhor você avisar antes, esclarecer que não pode ser responsável pelo que diz. Peça que a pessoa não acredite em nada do que você disser, mesmo que algumas coisas *sejam* verdade, às vezes.

No caminho para casa, nós paramos no restaurante que Katy escolhera, que ficava perto de casa.

Como previsto, minha mãe havia se forçado a sair por Noah. Era incrível como ela havia aprendido a gostar e confiar nele, comparado ao começo do verão.

Katy pegou um pedaço de pão da cesta que estava no meio da mesa.

— Então, qual vai ser a primeira coisa que irá fazer quando chegar em casa, Noah?

— Tenho alguns trabalhos marcados para outubro, então terei um tempinho para colocar o meu estúdio em ordem novamente antes de voltar ao trabalho. Meu pai também tem uma lista de coisas que precisa que eu faça, coisas a serem consertadas. Ele já passou dos setenta anos, mora sozinho e depende muito de mim para certas coisas.

Ela sorriu.

— Ele vai ficar feliz em tê-lo de volta.

— É. — Noah olhou para mim e abriu um sorriso compassivo.

Ele sabia exatamente o que eu estava pensando: o ganho de seu pai seria minha perda.

— Bom, espero que essas longas férias tenham sido o que você precisava — minha mãe disse. — Se bem que você não relaxou muito enquanto esteve aqui. Estou muito, muito grata por tudo que fez por nós.

— Você sabe que o prazer foi meu, Alice.

Minha mãe estendeu a mão para pegar a minha sobre a mesa.

— Eu sei que você está triste com a partida de Noah. Mas tenho uma notícia que espero que anime um pouco a sua noite.

— O quê?

— O seu pai me ligou hoje enquanto você estava fora. Ele mudou de ideia e nos informou oficialmente que não pretende ficar com nenhuma parte do dinheiro da venda da casa. É claro que só será definitivo quando toda a papelada estiver assinada, mas ele disse que pretende renunciar a esses direitos.

Meu fôlego fugiu dos pulmões.

— Nossa... que bom.

Noah apertou minha perna sob a mesa.

— Isso é ótimo.

Era um sensação estranha. Eu sabia que deveria ficar feliz, mas todo o estresse com meu pai nos ameaçando foi desnecessário, para começo de conversa.

Katy sorriu.

— Que bom que vocês não terão que lidar com essa complicação.

O jantar foi agradável, mas eu estava ansiosa para ter Noah só para mim novamente. Seria apenas questão de horas até ele ter que ir embora. Senti seus olhos em mim durante o jantar inteiro e podia sentir uma intensidade não dita no ar.

Quando minha mãe foi ao banheiro, Katy ocupou-se em pagar a conta. Ela se recusou a deixar Noah lhe dar dinheiro.

Sem plateia por um momento, Noah virou-se para mim e sussurrou:

— Você é tão linda.

Foi como se ele estivesse morrendo de vontade de dizer isso há muito tempo.

— Eu quero você — sussurrei de volta. Queria tanto que doía.

Não podia deixá-lo voltar para a Pensilvânia sem tê-lo mais uma vez. Mesmo que eu tivesse que implorar.

CAPÍTULO VINTE E QUATRO
Noah

Sentia-me revirar por dentro conforme seguíamos de carro do restaurante para casa.

Eu não estava pronto. Não estava pronto para me despedir desse lugar, para me despedir de Heather.

Mais cedo, quando aquela vidente expôs meus sentimentos, eu quis dizer-lhe a verdade: que ela tinha acertado. Que eu *estava* apaixonado por Heather. Em meu coração, eu sabia que ela estava certa. Não era algo que eu queria admitir agora, não com o futuro de Heather na jogada. Mas aquela mulher era *boa* pra caralho mesmo.

Passei direto pela saída que normalmente pegávamos para chegar à nova casa. Heather não questionou aonde estávamos indo. Alguns minutos depois, estacionamos em uma área desabitada que tinha vista para o Lago Winnipesaukee.

Desliguei o carro e recostei a cabeça no apoio do assento antes de virar-me para ela.

— Eu queria olhar as estrelas com você uma última vez.

Sua voz saiu ofegante.

— Isso é tudo que você quer fazer?

Não, porra, não é. Passei a mão por sua coxa, sentindo minha ereção crescer a cada segundo.

— Preciso de você mais uma vez antes que vá, Noah. Por favor.

Eu não ia conseguir impedir isso; estava me sentindo fraco demais. Me comportara perfeitamente bem durante as últimas semanas, mas o que quer que tivesse me ajudado a manter o controle havia se esgotado. Sabia muito bem por que a trouxera aqui. Não foi *somente* para olhar as estrelas. Eu também precisava tê-la.

Ela estendeu a mão e a pousou em minha virilha, e ali eu soube que já era. Seus olhos transbordavam desejo. Inspirei fundo, trêmulo, ao me inclinar e devorar seus lábios, liberando semanas de frustração acumulada. Ela gemeu em minha boca conforme nosso beijo ficou mais frenético.

Ela veio para o assento do motorista e montou em mim.

Desesperado para estar dentro dela, desfiz meu cinto e abri o zíper da calça jeans.

Só que havia um grande problema. Eu não tinha camisinha.

Interrompi o beijo o suficiente para dizer:

— Não tenho nada aqui... não tenho camisinha.

— Tudo bem. Eu tomo pílula. Já tomava esse tempo todo.

— Tem certeza?

— Sim, contanto que você...

— Estou limpo. Fiz um check-up antes de sair da Pensilvânia, e sempre usei proteção.

Ela me beijou insaciavelmente ao erguer sua saia e puxar a calcinha pelas pernas.

Eu estava duro ao colocar o pau para fora e guiar seu corpo para encaixar no meu. Afundar-me em sua boceta quente foi ainda mais incrível do que eu me lembrava.

Eu só havia feito sexo sem proteção quando estava casado; nunca confiei em nenhuma outra mulher o suficiente para transar sem camisinha. Eu tinha até esquecido qual era a sensação. Mas nunca foi *tão* maravilhoso *assim*. Nada nunca foi.

— Caralho, Heather. É bom demais te sentir assim. — Penetrei-a com mais força.

Nossos olhares se prenderam. Ela enfiou as unhas em meus cabelos.

A caminhonete sacudia enquanto nos perdíamos completamente um no outro. Foi apavorante estar dentro dela com pensamentos sobre o dia seguinte pairando em minha cabeça. Eu sentia que ela era minha de todas as formas agora, e não queria que isso mudasse.

Mas eu precisava deixá-la ir para saber se ela realmente era minha.

Não demorou muito para que nossos corpos famintos perdessem o controle. Arfamos, buscando fôlego, enquanto eu estremecia sob ela, esvaziando meu gozo enquanto ela apertava a boceta em volta do meu pau. *Aquele lance.* Me senti tão grato por ter sentido novamente, tão grato por cada segundo que ainda tínhamos.

O som de pássaros cantando me despertou. Heather ainda estava dormindo em meus braços no banco de trás da caminhonete.

Eu cochilara apenas por um tempinho. Tínhamos passado a maior parte da noite acordados.

Heather adormecera antes de mim. No meio da noite, eu pegara um bloco de papel que guardava no porta-luvas e lhe escrevera uma carta. Eu provavelmente estaria sufocado demais para articular meus sentimentos quando chegasse o momento de ir embora, então quis colocá-los para fora enquanto estavam frescos. Ter intimidade com ela novamente trouxera à tona tudo que eu vinha suprimindo.

Perdi as contas de quantas vezes transamos na noite anterior. Mas pareceu ter sido suficiente para compensar todos aqueles dias de celibato. E fez o que ia acontecer hoje ser bem mais difícil.

Heather se mexeu antes de erguer o olhar para mim.

— Que horas são? — ela perguntou.

— Não sei. Mas não importa. Não estou com pressa.

— Eu não achei que conseguiria dormir. — Ela bocejou. — Pensei que ficaríamos acordados a noite toda.

— Bem, nós definitivamente gastamos bastante energia. Não me admira você ter apagado.

Ela aconchegou-se em mim. Beijei o topo de sua cabeça enquanto fitávamos o sol da manhã surgir sobre o lago, com um relógio virtual fazendo *tic tac* em minha cabeça.

Não havia palavras.

O resto daquele dia foi um grande borrão.

De repente, eu estava em frente à caminhonete com todas as minhas coisas, sem me restar mais nada além de me despedir de Heather. Desejei que algo me atrasasse — um imprevisto ou um pneu furado, talvez. Mas tudo estava certo e no lugar, até mesmo Bonnie e Clyde, acomodados em suas bolsas de transporte com bastante feno no banco de trás.

Senti-me enjoado.

Quando a puxei para os meus braços, o choro de Heather foi tão intenso que estava silencioso. Ela enterrou o rosto em meu peito.

— Isso não parece certo.

Senti minhas próprias lágrimas vindo para a superfície. Lutei contra elas com todas as forças. Eu não podia deixá-la ver a minha tristeza nesse momento. Precisava ser forte por nós dois.

— Heather, olhe para mim. — Passei o dedo sob seu olho. — Olhe para mim, linda.

Havia tanta coisa que eu queria dizer a ela, mas precisava tomar cuidado. Se admitisse que estava apaixonado, ela podia interpretar isso como um sinal de que não deveria ir embora. Eu ainda sentia que ela precisava da experiência que estava à sua frente mais que qualquer coisa.

Segurando seu rosto e olhando em seus olhos, eu disse:

— Isso não é um adeus.

Sua voz tremeu.

— Então por que parece tanto que é?

— Vamos levar um dia de cada vez, ok?

Ela fungou e mexeu nos botões da minha camisa.

— Eu sei que você disse que veio aqui para me ajudar, para me colocar em um bom caminho. Você fez muito mais que isso. Você é o primeiro homem na minha vida que me fez sentir segura, que acreditou em mim de verdade o suficiente para fazer a diferença. Eu sempre serei grata a você e a esse verão, mesmo que eu não esteja nem um pouco pronta para te deixar ir.

Diga que a ama.

Eu não sabia se era a coisa certa a fazer. Então, guardei para mim, mesmo que sentisse aquelas palavras com tanta força em meu coração que elas estavam praticamente explodindo do meu peito.

Ela limpou o nariz com a manga da blusa e deu uma pequena risada.

— É estranho eu estar com inveja de Bonnie e Clyde porque eles poderão ficar com você?

Forcei-me a abrir um meio-sorriso.

— Roedores mimados...

Enfiei a mão em meu bolso e peguei a carta de lá.

— Escrevi uma coisa enquanto você dormia ontem à noite. Eu estava muito ligado por causa de todos os pensamentos na minha cabeça. Leia depois que eu for embora, em algum momento hoje à noite, quando estiver se sentindo sozinha e triste.

O papel amassou um pouco quando ela o segurou contra o peito.

— Obrigada. Eu vou sim.

Olhei em volta pela última vez.

— É melhor eu ir. Se não me forçar, não irei nunca.

Seus olhos se encheram de lágrimas novamente, mas ela assentiu.

Vê-la tão arrasada assim acabou comigo, mas ela estava por fora do mesmo jeito que eu me sentia por dentro. Não existia um jeito fácil de fazer isso.

Ela agarrou minha camisa, como se tentasse me impedir de ir. Quando finalmente me soltou, forcei-me a entrar na caminhonete. Se eu fosse esperar pelo momento em que parecesse certo ir embora, isso nunca aconteceria.

Heather abraçou a si mesma e deu alguns passos para trás para me ver sair dirigindo.

Consegui ligar a caminhonete, mas não consegui colocá-la em movimento no mesmo instante.

Depois de reunir coragem para mudar a marcha, pisei no acelerador e comecei a me afastar. Pelo retrovisor, pude vê-la enterrar o rosto nas mãos. Aquilo me partiu o coração. Eu não podia fazer isso. Não podia ir embora e deixá-la chorando daquele jeito ali.

Em vez de dar ré, estacionei no acostamento e saí correndo em direção a ela. Ela ergueu o olhar surpresa quando a puxei para os meus braços e a abracei com força.

Era isso que eu estava segurando na tentativa de evitar perder o controle. Mas fugir na minha caminhonete como eu havia feito não seria certo. Eu vinha evitando essa dor, mas ela precisava disso. *Eu precisava disso.* Nós precisávamos nos abraçar — pelo tempo que fosse necessário — uma última vez antes que eu desaparecesse.

CAPÍTULO VINTE E CINCO
Heather

Sete Meses Depois

Heather,

Enquanto escrevo isto, estou te olhando dormir. Você parece tão em paz, e isso é muito irônico porque eu sei que há muita confusão girando nessa sua cabecinha linda — principalmente confusão em relação a nós, em que pé estamos, o que o futuro nos reserva.

Você deve estar se perguntando como eu poderia te deixar ir depois da noite passada, como eu poderia me afastar de algo que parece tão incrivelmente certo.

Por favor, não interprete minha partida como estar incerto sobre você.

Quando vim para cá, foi para te ajudar da maneira que pudesse. Por causa da minha culpa, eu senti que precisava pagar uma pena pelos meus erros do passado. Mas você me ajudou mais do que eu poderia te ajudar. Você me ajudou a ver coisas boas em mim, a me ver como VOCÊ me vê. Você me trouxe uma alegria que eu não estava esperando. A minha vida é mais feliz com você nela.

Ao mesmo tempo, reconheço que tenho defeitos. Cometi muitos erros no meu casamento, e mesmo que eu sinta que aprendi com eles, ainda não consigo ter cem por cento de certeza de que seria o melhor parceiro a longo prazo para você, de que não estragaria tudo de novo. Apesar desses medos, eu quero tentar ser o tipo de homem que você merece.

Eu quero nos dar um ano.

Você sabe como me sinto em relação a você estar se virando sozinha, sem nada para te impedir. É um rito de passagem, e é uma experiência que você precisa vivenciar.

Um ano, Heather.

Vá para Vermont. Conquiste a porra toda. Curta a sua liberdade. Foque nos estudos. Se após o período de um ano você ainda quiser estar comigo e ainda se sentir como se sente hoje, estarei aqui. Vamos descobrir uma maneira de fazer dar certo — custe o que custar —, seja a longa distância ou algum outro jeito.

Não quero que sinta que tem que escolher entre a liberdade que você merece e mim. Esta carta sou eu dizendo que se você quiser que eu espere por você, esperarei.

— O que você está lendo?

Sobressaltei-me.

Minha colega de casa, Ming, me assustou. Eu nem tinha notado que ela estava no vão da porta.

Dobrei o papel com cuidado e o guardei de volta na gaveta.

— Nada.

Eu havia pegado a carta que Noah me escrevera na noite antes de sua partida de Nova Hampshire porque estava sentindo muita falta dele esta noite. Ocasionalmente, eu gostava de relê-la e pensar sobre aquele verão, sobre a vez em que fizemos amor a noite toda em sua caminhonete. Eu daria qualquer coisa por mais uma noite no lago, sentada na varanda e conversando com ele à luz da lua, como costumávamos fazer.

Eu havia tentado ligar esta noite, mas ele não atendeu. Era mais cedo do que a hora em que normalmente conversávamos por telefone, então não fiquei surpresa por ele não atender. Meu dia havia sido longo, e eu só queria ouvir a voz dele. Sua voz era tudo para mim agora, já que fazia tanto tempo que eu não o via.

— O que tem nesse papel? — Ming perguntou. — Você pode me dizer.

— É pessoal... só uma coisa que Noah escreveu para mim há muito tempo. Bem, pelo menos parece ter sido há muito tempo.

Sete meses pareceram uma eternidade.

A amizade de Ming facilitara um pouco a passagem daquele tempo. Eu era grata por ela.

No meu primeiro dia procurando apartamento em Vermont, cansada e sentindo muita saudade de casa, parei em um restaurante chinês no fim da tarde. Era um dia frio. O lugar estava totalmente vazio, mas tão quentinho, e uma música de meditação chinesa encantadora tocava nos alto-falantes. Senti como se estivesse entrando em um sonho.

Ming apareceu e me levou a uma mesa, onde me atendeu. Faminta, pedi um prato *pu pu* gigantesco, com vários pequenos aperitivos de carne e frutos do mar. Ela se divertiu bastante com o fato de que eu pedira toda aquela comida só para mim. Expliquei que tivera um dia muito longo e estressante e pretendia comer tudo.

Como o lugar estava vazio, Ming sentou-se de frente para mim e ficou assistindo com bastante interesse enquanto eu devorava o prato inteiro. Nós começamos a conversar, e fiquei sabendo que seu pai era o dono do restaurante, assim como de alguns apartamentos naquele prédio. O local ficava dobrando a esquina do campus onde eu ia estudar. Ming morava em um dos apartamentos e também era aluna na universidade. Quando contei que passara o dia inteiro procurando um apartamento, ela mencionou que tinha um quarto extra. O resto é história. Consegui um lugar para morar no primeiro dia, assim como uma amiga instantânea, que tinha um ótimo senso de humor.

Não me surpreendi quando, naquela tarde, vi que meu biscoito da sorte tinha o recado: *Você acabou de comer gato.* Ming era encarregada de pedir os biscoitos da sorte e fazia de sua missão colocar os recados mais engraçados dentro deles.

Ela sentou-se na beira da minha cama.

— Como vai o Homem da Montanha?

Eu havia mostrado a ela uma foto de Noah — com a barba por fazer e usando uma de suas camisas de flanela enquanto trabalhava do lado de fora da casa do lago —, e ela instantaneamente lhe deu um apelido.

— Não falei com ele hoje. Acho que ele teve algum ensaio fotográfico que durou até tarde. — Suspirei. — Sempre fico ansiosa quando não consigo contatá-lo. Eu precisava muito ouvir a voz dele. O dia hoje foi péssimo.

— Nada que chá e bolinhos não possam resolver. — Ela piscou. — Meu pai acabou de fazer uns fresquinhos.

— Parece ótimo.

Ming e eu fomos para a cozinha e devoramos os bolinhos que ela trouxera. Eu devia ter ganhado uns três quilos desde que vim morar com ela.

Ming soprou seu chá verde quente.

— Então, o que aconteceu de ruim hoje?

— Acho que me dei mal na prova de microbiologia, tipo muito mal mesmo. Depois, no trabalho, derrubei uma bandeja inteira de comida em um cliente.

— Ai.

Eu havia conseguido um trabalho em um restaurante bem próximo do campus, que sempre estava cheio de estudantes da faculdade. Era bem mais agitado do que o meu antigo emprego no Jack Foley's.

Suspirei.

— Como foi o *seu* dia?

— Acho que desci ao meu nível mais baixo hoje. Cheirei uma fralda de bebê quando estava de babá.

Joguei a cabeça para trás, gargalhando.

— Ai, cara. Você fez mesmo isso?

Pouco tempo depois que me mudei, eu pegara Ming no banheiro cheirando um pó branco. Quase tive um ataque cardíaco pensando que tinha ido morar com uma viciada em drogas. *A doce e pequena Ming era uma drogada?* Bem, acabou que aquilo era talco. Ela me contou que tinha esse vício desde criança. Ela gostava de cheirar talco e, às vezes, comê-lo. Havia até mesmo participado de um documentário sobre vícios estranhos. Ela abriu o vídeo no Youtube enquanto fiquei assistindo boquiaberta.

Juntando minha mania de falar dormindo e sua obsessão por talco, éramos um time e tanto. Não nos julgávamos, e apreciávamos nossos hábitos estranhos como coisas que nos faziam únicas. Tirando Chrissy e Marlene, com quem eu agora só falava ocasionalmente, não tinha muitas amigas próximas, então valorizava muito a amizade de Ming.

— Você sabe que te amo, não é? — ela disse. — Tipo, mais do que Johnson & Johnson.

Aquilo me fez rir.

— Sim, estranhamente, eu sei disso, mesmo que não nos conheçamos há tanto tempo.

— Bem, como sua amiga que te ama, vou te fazer uma pergunta séria.

— Ok.

— Você está feliz aqui em Burlington?

Tirei um tempinho para pensar antes de responder.

— É muito libertador estar longe de casa, sem responsabilidades além de cuidar de mim mesma, mas também é solitário. Sinto saudade até do meu cachorro, e não quero que isso seja um insulto, porque você é a melhor coisa para mim nesse lugar. Mas não consigo amenizar toda a saudade que sinto de Noah.

— Você tenta não mostrar a ele que sente saudades. Percebo isso quando xereto as suas ligações.

Revirei os olhos.

— Sim, tento soar animada. Ele acredita que esse tempo longe de casa é importante, algo que *preciso* vivenciar. Acho que é porque a experiência dele na faculdade foi muito diferente da minha. Tenho quase certeza de que Noah vivia em festas naquele tempo, e provavelmente tinha um monte de garotas se jogando nele. Ele acha que tem muitas coisas que preciso experimentar, quando, na verdade, não faço muita coisa além de estudar, trabalhar e vir para casa.

Ming apontou para sua pantufa fofinha.

— Não sei não, viu... é uma loucura total por aqui.

— Com certeza. — Dei risada. — Eu sou mais velha do que a maioria daqueles calouros, sabe? A fase de ir de festa em festa já passou. Sinto que estou focando nos estudos para evitar sentir tanta falta dele. — Sacudindo a cabeça, olhei para minha xícara de chá. — O engraçado é que... os caras aqui dão em cima de mim, principalmente no restaurante. Então, posso ver quais seriam as minhas opções se não estivesse tão apaixonada por Noah. E quer saber? Não estou perdendo muita coisa.

— Você pode passar esses caras para mim, então? — Ela piscou.

— Com prazer. Você deveria ir lá mais vezes.

— Mas é sério, não é que eu queira perder você, porque realmente não quero, mas por que não se transfere depois desse semestre?

— Eu quero continuar aguentando, para que Noah não pense que estou agindo precipitadamente. Ele me disse para esperar um ano desde que nos separamos, e isso serve para dois semestres, já que não posso sair no meio. Então, vai ter que ser bem mais que um ano.

— Você não irá vê-lo nesse verão?

— Acho que vou explodir se não o vir. — Suspirei. — Sabe como algumas pessoas ligam para os pais quando se sentem solitárias na faculdade? Eu não penso em ligar para a minha mãe ou meu pai. Quer dizer, ligo para a minha mãe para saber como *ela* está. E o meu relacionamento com o meu pai não é muito bom. Então, quando preciso ouvir uma voz familiar, quando preciso de suporte para *mim*, ligo para Noah. Ele é o meu único conforto de verdade e meu lar. É muito assustador me dar conta disso, às vezes.

Noah finalmente retornou a minha ligação uma hora depois do nosso horário usual.

— Sinto muito por você ter tido um dia ruim — ele disse.

— Eu não sabia se falaria com você hoje.

— A sessão de fotos de hoje foi até muito tarde.

— Imaginei que tivesse sido algo assim. — Deitando-me na cama, finalmente capaz de relaxar um pouco, perguntei: — Era uma sessão para quê?

— Era um portifólio de modelo.

— Alguém sexy?

— Você gostaria dele.

Irracionalmente, fiquei aliviada por saber que ele não estava trabalhando até tarde com alguma mulher bonita.

— Fale comigo, Heather. Está tudo bem? Você ainda parece estar para baixo.

— Estou bem... só foi um dia de merda, no geral. Mas desabafei um bocado com Ming no jantar. Estou me sentindo bem melhor agora.

— Fico feliz por você tê-la. Ela parece ser muito legal. Lembre-me de mandar um talco para agradecê-la por cuidar de você.

Rindo, baixei meu tom de voz.

— Ela não sabe que te contei sobre isso.

Ele mudou de assunto.

— Então, me conte o que aconteceu hoje.

— Eu não quero te sobrecarregar se você também teve um dia longo.

— Você nunca me sobrecarrega. Sabe disso. Me conte o que aconteceu.

Pensando sobre a minha conversa com Ming, perguntei-me se estava fazendo a coisa errada sempre tentando fazer as coisas parecerem melhores do que realmente eram.

— Posso confessar uma coisa? — perguntei.

— Sim, claro.

— Às vezes, não quero que você saiba que estou sofrendo, então minimizo as coisas. Eu quero que você fique orgulhoso e quero poder fazer justiça a esse semestre, dar tudo de mim. Mas é difícil. Se não fosse por Ming, não sei se iria querer ficar aqui.

— O que eu te disse sobre guardar as coisas para si? Você não deveria sentir que não pode me contar que está infeliz. — Ele soltou uma respiração. — Estou muito orgulhoso de você, mesmo que esteja sendo difícil. Isso significa que você está perseverando, mesmo que seja dureza. É um sinal de força.

— Obrigada por sempre me colocar para cima.

Após um pequeno momento de silêncio, ele falou:

— Então, tem algo que eu preciso te dizer.

Meu coração começou a bater forte.

— O quê?

— Eu vou ser avô.

— Do que você está falando? — Eu quase gritei.

— Lembra que você contou que a sua amiga da loja de animais te disse que Clyde era castrado?

— Sim...

— Bem, ela mentiu. Bonnie está grávida.

— Ai, meu Deus. O quê? Como você descobriu isso?

— Ela estava ficando bem gorda, comendo toda a comida do Clyde. Eu a levei ao veterinário e ele confirmou.

— Você os viu acasalando alguma vez?

— Não. Esses danados sorrateiros deviam fazer isso quando eu não estava em casa.

Gargalhei tanto que quase derrubei o celular.

— Você acha engraçado, né? O que diabos vou fazer com mais porquinhos-da-índia?

— Você está pensando em ficar com os filhotes?

— Eu não posso separar Bonnie e Clyde de seus filhos! Não quero ficar com isso na porra da minha consciência. Isso aqui vai virar um zoológico.

Eu estava me divertindo pra valer com aquilo. Tive que enxugar os olhos.

— Você é um bom homem, Noah. E pensar que era todo durão quando te conheci...

— Agora sou um fracote. Olhe o que aconteceu comigo.

— Você é um fofo.

— Sério, ainda bem que sou comprometido, porque imagine conhecer um cara de trinta e cinco anos e descobrir que ele cria porquinhos-da-índia? Quero dizer... você confiaria em um cara desses? Eu com certeza não.

Ele era *comprometido*. Enquanto suas ações me davam toda impressão de que ele era comprometido comigo, ele nunca disse algo assim antes. Era exatamente a segurança que eu estava precisando nesse momento.

— Você é comprometido, hein?

Noah fez uma pausa.

— Sim. Sou mesmo.

Fechei os olhos.

— Bem, quem quer que ela seja, é uma garota muito sortuda.

— Que nada, eu que sou sortudo.

— Como ela é?

— Ela é muito linda. Loira, olhos azuis, corpo de matar. Mas o que me atraiu nela foi sua personalidade, o quanto é modesta, engraçada, honesta. E ela não tem medo de pedir o que quer. Isso é o maior tesão.

— Tipo... ela se jogou em cima de você?

— Às vezes. Mas eu meio que precisava disso. — Ele suspirou. — Sim, ela é maravilhosa. Mas tem um péssimo gosto musical. Deixo isso passar, porque ela gosta de homens mais velhos.

Minhas bochechas doíam de tanto sorrir.

— Tenho que dizer, o que quer que tenha me deixado triste hoje acabou de sair voando pela janela. Na verdade, eu nem me lembro de muita coisa antes dessa conversa.

— Fico feliz por ter te ajudado a esquecer das suas preocupações. Eu queria poder fazer isso de outras maneiras agora.

— Eu também. — Soltei uma lufada de ar e fechei os olhos novamente, imaginando o peso de seu corpo sobre o meu. — Sabe, quando eu estava conversando com Ming hoje, me dei conta de que enquanto outras pessoas ligam para os pais quando sentem saudade de casa, eu ligo para você. Sinto como se o meu lar fosse onde você estiver.

— Bem, eu tenho uma confissão a fazer — ele disse.

— Ok...

— Isso também não é tão fácil para mim quanto faço parecer. Não quero que você se preocupe comigo enquanto está tentando focar nos estudos. Então, também minimizo o quanto sinto a sua falta.

Segurei o celular contra o peito por um momento.

— Somos perfeitos um para o outro, não é?

Naquela noite, dormi profundamente como não fazia há muito tempo.

CAPÍTULO VINTE E SEIS
Noah

Eu tinha a intenção de fazer uma visita a Olivia para parabenizar a ela e a seu marido pelo nascimento da filha. Mas não sabia se Kirk apreciaria minha presença. Nenhum homem se sentiria completamente confortável na presença do ex-marido de sua esposa. Então, pensei em dar um tempo, dar a eles um pouco de espaço antes de ir lá.

Contudo, certa manhã, Olivia me ligou para me dizer que estava na vizinhança para uma consulta ao pediatra. Ela queria saber se eu estava em casa para conhecer a bebê. Eu disse a ela que viesse.

Fiquei sem fôlego por um momento ao vê-la à porta segurando um ser humano pequenino contra o peito.

— Esta é a Sam. — Ela sorriu.

Sam tinha cabelos escuros e cheios e era a cara da mãe. Olivia e eu havíamos passado por tantas coisas juntos que ver seu grande sonho se realizar me deixou um pouco emocionado.

— Oi, fofinha. — Sam olhou para mim e imediatamente começou a chorar. — Oh, não. Eu juro que não sou nenhuma das coisas que a sua mãe disse sobre mim no caminho até aqui.

Olivia riu.

— Ela só está mal-humorada por que tomou algumas vacinas.

— Ah. — Olhando-a mais um pouco, passei as costas do dedo por sua cabeça. — Ela é muito preciosa, Liv.

— Obrigada.

Depois que a bebê se acalmou, ela perguntou:

— Você gostaria de segurá-la?

— Sim, claro — eu disse, arregaçando as mangas. Os únicos bebês que eu já segurara na vida foram meus sobrinhos. Fazia um tempo.

Senti meu coração ficar cheio quando ela colocou a bebê em meus braços. Era surreal estar segurando a filha de Liv. Eu estava realmente muito feliz por ela. Ela sempre quisera ser mãe. Senti um alívio por não tê-la feito perder mais tempo comigo, por ela agora poder construir uma nova vida depois do nosso casamento e ter uma filha antes que fosse tarde demais. Porém, o que eu não estava esperando sentir era um pouco de inveja — não porque eu queria ser o pai desse bebê, mas porque também senti vontade de ter um. Eu nunca quisera ter filhos quando era casado com Olivia. Na verdade, minha falta de desejo por isso foi um dos fatores que, no fim das contas, nos levou ao divórcio.

Mas, nesse momento, segurando um anjinho precioso de rosto corado, percebi que talvez eu quisesse ser pai. E eu sabia que o motivo para ter mudado de ideia tinha tudo a ver com conhecer a pessoa com quem eu queria compartilhar isso.

Não seria em um futuro próximo. Heather não estava pronta. Mas, talvez, um dia.

Puta merda.

Ouça o que você está dizendo, Noah.

— Você leva jeito — Olivia disse. — Nunca pensei que acharia isso, mas é verdade.

— Ela está facilitando para mim. E ela é linda como a mãe.

— Obrigada. — Olivia esfregou as mãos uma na outra e olhou em volta da minha sala de estar. — Então, como você está? Não tive a chance de conversar muito com você com tudo que vem acontecendo desde que Sam nasceu.

Depois que voltei de Nova Hampshire, fiquei relutante em contar para Olivia sobre Heather e mim; não achava que ela entenderia. Eu não estava a fim de ouvir seus comentários cheios de julgamento. Ela me aconselhara a não ir para Nova Hampshire, para começo de conversa, então, se admitisse que me envolvera romanticamente com a irmã de Opal, Olivia surtaria. No entanto, não queria mentir para ela, então acabei admitindo o que aconteceu pouco tempo depois do meu retorno. Ela continuava muito cética.

— As coisas estão indo muito bem, na verdade — contei a ela.

A pequena Sam adormeceu em meus braços.

Olivia caminhou até um canto da sala e pegou um porta-retratos da minha mesa.

— Esta é ela?

Eu havia emoldurado uma das fotos que tirara de Heather na noite em que ela usara aquele vestido vermelho — a noite em que perdi a cabeça e a beijei.

— Sim. Esta é a Heather — eu disse, continuando a embalar a bebê ao me aproximar de Olivia.

Ela ficou segurando o porta-retratos.

— Ela é linda.

Me encolhi, porque eu sabia exatamente o que Olivia estava pensando — que eu havia me encantado pela aparência de Heather e não havia nada substancial em nosso relacionamento. Eu nunca conseguiria fazê-la entender a conexão que tínhamos, e qualquer esforço para convencê-la de que ela estava errada provavelmente seria inútil. Mas ela simplesmente não conhecia Heather.

Olivia colocou a foto de volta a mesa.

— Espero que saiba o que está fazendo. Só não quero te ver sofrer.

— Você não precisa se preocupar com isso — respondi.

— Fico pensando sobre como eu era aos vinte anos. Não sabia de nada sobre nada.

— Ela tem vinte e um, e vai fazer vinte e dois em alguns meses. — Ri baixinho porque sabia que isso não fazia diferença alguma.

— Oh, me desculpe — ela zombou. — Você sabe o que quero dizer.

— Olha, eu poderia ter concordado com você antes de conhecê-la. Na verdade, passei um bom tempo acreditando que não existia chance alguma entre nós por causa da idade dela. Mas as pessoas são diferentes.

Olivia assentiu.

— Me desculpe. Eu não quis te ofender. Só me pergunto se talvez fosse melhor para você estar com uma pessoa que tivesse a idade mais próxima da nossa nesse estágio da sua...

— Eu não estou apaixonado por uma pessoa com idade próxima da nossa. Estou apaixonado por *ela*. Então...

— Apaixonado? — Olivia repetiu.

Merda. Fiquei chocado por aquilo ter saído com tanta facilidade, mas saiu.

— Sim. Não planejei isso. Simplesmente aconteceu.

Eu poderia continuar, mas não queria insultar Olivia admitido que *nunca* sentira antes o que sinto por Heather.

Eu precisava cortar essa conversa pela raiz.

— Fui um péssimo marido para você — eu disse a ela. — Ainda vivo com muita culpa por isso. Eu realmente achava que não havia mais esperança para mim. Mas Heather fez algo despertar. O futuro passou a parecer mais empolgante. Ela poderia me dar um pé na bunda amanhã, e eu ainda seria um homem mudado, mas não que eu queira que isso aconteça. Quero estar com ela, e quero ser o tipo de homem que ela merece. Sinto que posso admitir isso para você agora, porque você encontrou a pessoa com quem deveria estar. Espero que nós dois possamos ser felizes, Liv.

Ela buscou meu olhar.

— Só porque estou feliz com Kirk não significa que é fácil, para mim, te ver apaixonado por outra pessoa, sabe? Eu *nunca* te vi desse jeito, pelo menos não comigo, e isso dói um pouco. Mas vou ter que superar isso, porque, no fim das contas, Noah, eu também quero que você seja feliz. De coração. Espero que isso não seja só uma paixão passageira da parte dela, porque você merece amor de verdade.

— Obrigado.

Ela olhou para a bebê que ainda dormia em meus braços.

— Bem, é melhor irmos. Vou precisar dar de mamar em breve.

Com cuidado, devolvi Sam para sua mãe.

— Obrigado por vir.

— Estou feliz por você ter conhecido Sam. Eu te ligo depois.

Ela começou a ir embora quando a chamei novamente.

— Você está se saindo muito bem, Liv. Sam tem muita sorte por você ser a mãe dela. Estou orgulhoso de você.

Olivia virou-se e me lançou um sorriso hesitante.

— Obrigada.

— Por nada.

Depois que ela foi embora, pensei sobre o que ela dissera. Parte de mim havia esperado que as coisas mudassem quando Heather fosse embora para fazer faculdade. Na verdade, eu vinha me preparando para isso. Mas depois de quase oito meses separados, ficamos ainda mais unidos. A melhor parte de todos os meus dias eram as nossas ligações noturnas. Eu tentara dar espaço a ela, mas quanto mais eu tentava me afastar, mas ela me puxava de volta. A ausência física havia, de alguma forma, deixado o nosso relacionamento ainda mais sólido. Nossas conversas eram mais profundas, mais íntimas. Eu a queria cada vez mais e estava inquieto só de pensar em vê-la novamente. Sabia que teria que ser logo, ou eu enlouqueceria. Durante o Natal, eu visitara minha mãe e meu irmão em Minnesota. Depois, durante as férias de primavera, ela fora visitar Alice, e eu ficara aqui. Ela vinha implorando que eu fosse a Vermont. Eu poderia ter ido visitá-la, mas me impedi em um esforço de lhe dar o espaço que achava que ela precisava. Mas estava começando a achar que meus esforços eram em vão. Sentia saudades demais dela. Estava na hora.

Jesus. Eu tinha acabado de admitir meu amor por Heather para a minha ex-mulher, mas nunca para a própria Heather. Eu já tinha guardado aquilo para mim por tempo demais. Já tinha passado da hora de dizer a ela que a amava.

Estava no meio do dia, e eu tinha quase certeza de que ela estava na aula. Ainda assim, me perguntei se atenderia se eu ligasse. A necessidade de tirar aquilo do peito era urgente.

Para minha decepção, a ligação ficou apenas chamando e chamando. Quando caiu na caixa postal, deixei um recado.

— Oi, linda. Sou eu. — Coçando a cabeça, eu disse: — Eu, hã, acho que você está na aula. Imaginei que esse seria o caso, mas pensei em tentar mesmo assim. Enfim, preciso te dizer uma coisa importante. Então, quando chegar em casa, me ligue. Isso não pode esperar até o nosso horário de sempre. Espero que esteja tendo um bom dia. Até mais tarde.

Peguei a foto emoldurada de Heather.

Eu sou um homem de muita sorte.

Me sentindo ansioso, decidi ir comprar comida, já que não tinha nenhum trabalho programado. Bonnie teria seus filhotes a qualquer momento, e enquanto isso, estava comendo em dobro. Eu precisava reabastecer os armários.

O supermercado estava bem cheio para aquela hora do dia. Dei risada quando *Young Girl*, de Gary Puckett and The Union Gap, começou a tocar enquanto eu caminhava pelo corredor de frios. O cara na música estava alertando a garota para que fique longe dele, que é bem mais velho. Aquilo era irônico pra cacete — especialmente porque meu pai costumava provocar a minha mãe com essa mesma música. Ao invés de deixar aquela letra me assustar, decidi interpretar como uma bênção do universo.

A fila do caixa estava longa, e senti uma dor de cabeça começar a latejar. Passou o dia todo à espreita, mas enfim migrou para a parte da frente.

O idoso à minha frente começou a conversar sobre como legumes lhe davam gases. Deve ter pensado que eu me identificava com isso, devido a todas as verduras e legumes que eu estava comprando para os porquinhos-da-índia. Massageando as têmporas, contei que aquilo tudo era para os meus animais de estimação. Implacável, ele me fez algumas perguntas sobre isso.

Tentei responder, mas começou a ficar difícil compreender o que ele estava falando, até que, por fim, tudo me fugiu da mente.

Uma onda de tontura tomou conta de mim, e tudo ficou escuro.

CAPÍTULO VINTE E SETE
Heather

Não houve resposta quando liguei de volta para Noah. Seu recado havia me deixado curiosa. Será que ele tinha pensado melhor sobre as coisas entre nós? Ele estava tendo dúvidas? Sobre o que raios ele precisava falar comigo que não podia esperar até a nossa ligação de todas as noites?

Quando meu celular tocou pouco tempo depois e vi que era ele, meu coração acelerou um pouco.

Com um sorriso, atendi.

— Oi!

Meu estômago gelou diante do barítono de uma voz que não reconheci.

— É a Heather?

— Sim. Quem está falando?

— Aqui é Neil Cavallari, o pai de Noah.

O... pai de Noah?

— Oh. Oi. Onde está o Noah? Está tudo bem?

A voz dele estava trêmula.

— Temo que não. Noah desmaiou quando estava fazendo compras hoje. Os médicos acham que ele teve um rompimento de aneurisma.

Levei alguns segundos para assimilar suas palavras.

— Me desculpe... o quê?

— Acabaram de levá-lo para a cirurgia. Nós não sabemos...

— Ele está vivo?

— Sim.

Meu coração voltou a bater.

As palavras dele saíram atrapalhadas.

— Não sabem quais foram os danos ao cérebro dele. Não saberemos nada até que ele saia da cirurgia. Queria poder te dizer mais, mas não temos notícias ainda. Eu sei o quanto você é importante para ele. Me entregaram o celular dele, e encontrei o seu número.

Fiquei paralisada. Não conseguia falar.

— Você está aí? — ele perguntou.

— Sim...

— A previsão é que a cirurgia dure cerca de cinco horas. Ele acabou de entrar. Os médicos não podem me dizer nada até acabar.

Cinco horas. Tenho cinco horas para chegar lá.

— O senhor pode me mandar o endereço por mensagem? Preciso pegar o próximo voo.

— Sim, claro.

De algum jeito, encerrei a ligação, mas nem tinha certeza se havia me despedido. Ming entrou no quarto e viu a expressão congelada em meu rosto.

— Você está bem?

Neguei com a cabeça.

— O que aconteceu?

Mal conseguindo emitir uma palavra, murmurei:

— Noah...

— Ai, meu Deus. O que houve?

Tudo saiu em fragmentos.

— Ele... eu... preciso pegar um voo. Preciso de uma passagem. Ele está em cirurgia. Aneurisma. Eu não posso...

— Ok. Acalme-se. Tudo bem. Só me diga qual aeroporto.

Esfreguei as têmporas.

— Hã... Filadélfia.

— Estou ligando agora. Pegue as suas coisas.

Corri até minhas gavetas e joguei roupas em uma bolsa.

Ming desceu correndo comigo. Seu pai estava esperando no carro que geralmente era usado para fazer entregas. O interior cheirava a bolinhos de caranguejo e rolinhos de ovo.

Ela ficava pedindo que ele fosse mais rápido.

— Depressa!

Essa foi a única coisa que consegui entender porque todo o resto estava sendo dito em chinês.

— A que horas o voo sai? — finalmente consegui perguntar.

— Daqui a uma hora.

Senti sua mão em minhas costas, afagando-me. O que eu encontraria quando chegasse na Pensilvânia? Não aceitaria nada menos do que Noah estar completamente bem. Ele era a minha força, meu porto seguro — meu mundo inteiro.

Eu não podia sucumbir ao pessimismo. Precisava estar lá. Precisava ser forte por ele.

Depois que o pai de Ming estacionou em frente à entrada do aeroporto, esperei que ela se despedisse de mim. Em vez disso, ela agarrou a minha mão e me fez correr com ela.

— Vamos.

— Você não precisa entrar comigo. Posso embarcar sozinha.

— Está brincando? Eu não vou deixar você ir para a Pensilvânia sozinha.

Ela vai comigo?

— Você nem tem mala.

— Não preciso de uma. Vamos.

— Obrigada — falei, abismada com seu gesto.

— Não há de quê.

Conseguimos embarcar no avião no último instante. Quando os motores rugiram, foi o primeiro momento em que pude respirar. Estava a caminho para estar com ele. Ming segurou minha mão ao decolarmos, e mais uma vez agradeci aos céus por não ter que passar por isso sozinha.

Enquanto eu encarava o céu noturno a milhares de pés de altura, tentei não pensar no pior. Tentei não focar no fato de que eu sabia muito bem que aneurismas eram algo péssimo. No ensino médio, eu perdera meu amado professor de música por causa de um. Mas isso não ia acontecer com Noah. Não. Não. Não podia. Eu não aguentava nem pensar nisso.

Foque nas gotas de chuva na janela. Foque no som no carrinho de bebidas sendo empurrado pelo corredor. Foque na sensação da mão de Ming na sua.

O hospital ficava a cerca de trinta minutos de carro do aeroporto. Consegui me sair bem em não focar em coisas negativas enquanto estava no avião, mas agora que eu estava em terra firme novamente era diferente. Eu queria estar mais preparada para o que quer que pudesse encontrar, então cometi o erro de pesquisar *aneurismas* no Google no celular quando estava no carro.

Quinze por cento dos pacientes morrem antes mesmo de chegarem ao hospital.

Quatro em cada sete pessoas ficam com sequelas.

Mesmo se as pessoas sobrevivem a um rompimento, há a chance de acontecer um novo sangramento. Aproximadamente setenta por cento dessas pessoas morrem.

O celular caiu das minhas mãos, e comecei a hiperventilar.

Ming me segurou.

— Tudo bem. Estou aqui com você.

— Não pode acontecer nada com ele — chorei.

Fiquei esperando Ming me dizer que tudo ia ficar bem, mas ela não fez isso. Eu sabia que ela não queria me prometer algo que não podia me garantir.

Quando chegamos ao hospital, Ming se encarregou de pedir informações para sabermos para onde precisávamos ir. Ao entrarmos na ala cirúrgica, me dei conta de que nem ao menos sabia como era o pai de Noah. Quando eu estava prestes a mandar uma mensagem para o celular de Noah, alguém chamou meu nome.

— Heather?

Me virei e me deparei com um homem mais velho com os olhos castanhos e grandes de Noah me fitando — olhos que estavam vermelhos de choro.

— Sim! — chorei. — Oi.

— Não temos notícias. Ele ainda está em cirurgia — ele disse ao me puxar para um abraço.

Seu calor era reconfortante. Tão aliviada por estar finalmente ali, soltei uma lufada de ar. Pelo menos nada havia mudado para pior. Ainda havia esperança.

— O senhor está sozinho? — perguntei a ele.

— Sim. A mãe e o irmão de Noah estão em um voo para cá de Minneapolis, mas só chegarão daqui a algumas horas.

Fiquei de coração partido por ele ter ficado todo esse tempo esperando sozinho.

— Oh, hã... esta é minha amiga, Ming. Ela me acompanhou até aqui.

— Olá — ele cumprimentou.

Ming sorriu.

— Prazer em conhecê-lo. — Ela virou para mim. — Vou procurar um banheiro. Volto já.

Depois que ela saiu, virei-me novamente para o Sr. Cavallari. O medo em seus olhos foi suficiente para estilhaçar qualquer mecanismo de proteção que eu vinha usando até então. Pude sentir minhas lágrimas surgindo.

O reality show *Judge Judy* estava passando na televisão presa à parede. Seu tom abrasivo estava particularmente inquietante, devido ao meu estado.

— Temos que pensar positivo. — O pai de Noah segurou minhas mãos. — Você acredita em oração?

— Para ser honesta, cresci sem uma religião e sem o costume de rezar. Mas tenho rezado sem parar desde que saí de Vermont. É quase instintivo, apenas desejos desesperados para quem quer que esteja ouvindo lá em cima.

— Ótimo. — Ele assentiu. — Continue.

— Pode deixar. — Fiz uma pausa, sentindo minhas emoções borbulharem. — Sr. Cavallari, o Noah é tudo para mim.

Ainda segurando minhas mãos, ele disse:

— Você é tão importante para ele. Quando fala sobre você, ele se anima todo, de uma maneira que nunca vi antes.

— Ele tem que ficar bem. Ele simplesmente *tem* que ficar bem.

Pelo canto do olho, vi uma mulher com cabelos escuros e compridos. Percebi que era Olivia, a ex-mulher de Noah.

Ela olhou diretamente para mim. Com lágrimas nos olhos, ela falou:

— Você deve ser a Heather.

— Sim.

— Eu sou...

— Olivia. Eu sei. Prazer em conhecê-la.

— Prazer em conhecê-la também.

Era incrível como sentimentos como o ciúme podiam ficar em segundo plano em momentos de crise. De um jeito estranho, eu queria que ela estivesse ali. Noah precisava do apoio e das boas vibrações de todos que se importavam com ele.

Olivia abraçou o Sr. Cavallari.

— O que está acontecendo, Neil? — ela perguntou.

— Eles me disseram que a cirurgia duraria cerca de cinco horas. Ainda falta uma hora. Ninguém saiu desde que ele entrou. — Ele a soltou. — Vou ver se consigo descobrir alguma coisa. Volto já.

Neil se afastou, deixando Olivia e eu sozinhas na sala de espera.

— Você chegou aqui rápido — ela disse.

— O mais rápido que pude.

Ming apareceu de repente.

— Oi.

— Ming, esta é Olivia, a ex-mulher do Noah.

Depois que elas se cumprimentaram com um aperto de mãos, Ming me lançou um olhar que dizia "puta merda".

Ela deve ter se sentido desconfortável, porque pediu licença novamente.

— Eu vou me sentar bem ali. Me chame se precisar.

— Ok.

— Sabe, eu o vi hoje — Olivia me contou.

— Viu?

— Sim. Ele parecia bem. Perfeitamente saudável.

— Por volta de que horas você o viu?

— Meio-dia, mais ou menos. Passei na casa dele por uns quinze minutos para que ele pudesse conhecer a minha filha. Ela teve uma consulta com o pediatra ali por perto.

Pensei novamente no recado que Noah deixara para mim na caixa postal. Foi em algum momento antes de uma da tarde. Deve ter sido logo depois que ela foi embora.

— Então, não parecia ter nada de errado com ele? — perguntei.

— Não. Não parecia.

Olivia aparentava tão preocupada quanto eu me sentia.

— Sabe qual foi a última coisa que ele me disse? — ela indagou.

— O quê?

— Que sou uma boa mãe e que estava orgulhoso de mim. — Ela caiu no choro. — Nós passamos por muitas coisas, então significou muito para mim ouvir isso.

Puxei-a para um abraço. Nos envolvemos como duas pessoas que precisavam do apoio uma da outra. Não era hora para amargura ou ego. Tudo que importava era Noah sair dessa. Ele precisava de nós — de todos nós.

Ao soltá-la, eu disse:

— Ele sempre falou tão bem de você.

Olivia fungou.

— Foi difícil, para mim, ouvi-lo admitir que está apaixonado por você.

O quê?

Meu coração acelerou.

— Ele te disse isso?

— Sim. Isso é uma surpresa para você?

— Bem, ele não disse usando essas exatas palavras, mas...

Será que ele tinha me ligado para dizer isso?

— Bom, ele usou essas palavras hoje, Heather. Ele me disse que te ama. Eu estava questionando as intenções dele em relação a esse relacionamento, e ele me cortou. Ele é muito protetor com os sentimentos que tem por você. Nunca vi esse lado de Noah. Achei que talvez você precisasse ouvir isso agora.

— Você tem razão. Eu precisava mesmo. Obrigada. — Nós nos abraçamos novamente, e eu ri um pouco. — Isso é estranho, não é?

— Totalmente estranho. — Ela sorriu.

Senti um misto de emoções muito estranho me percorrer inteira: alegria por saber que Noah me amava e um medo excruciante de nunca poder ouvir isso diretamente dele.

Neil Cavallari reapareceu, parecendo derrotado.

— A enfermeira não tem nenhuma informação nova. Ela prometeu me avisar se souber de algo pelos médicos.

Ele sentou-se de frente para nós e apoiou a cabeça nas mãos. Fui me sentar e Ming saiu de seu assento no canto para ficar ao meu lado.

Ficamos todos sentados em silêncio, a tristeza e o medo no ar tão sufocantes que quase dava para ver. Tornei a fazer orações uma atrás da outra. Senti como se toda a minha vida estivesse à prova. O destino do meu futuro estava naquele corredor misterioso que levava até a sala de operações.

Olivia levantou-se de repente.

— Meu marido acabou de me mandar uma mensagem. Ele está dirigindo por aí com a bebê, e ela está com fome. Eu vou dar de mamar e volto depois. Por favor, me mandem mensagem se o médico vier.

— Ok, querida — Neil disse.

Alguns minutos depois, um médico usando uniforme azul veio em nossa direção com pressa. Neil e eu levantamos ao mesmo tempo.

Ele dirigiu-se para o pai de Noah.

— A cirurgia foi um sucesso. Só saberemos a extensão dos danos neurológicos quando ele acordar. Ele teve muita sorte de as pessoas no supermercado terem agido rápido e o hospital ser perto. Pudemos operá-lo o mais rápido possível para parar o sangramento. Mas o fato é que, se ocorreu algum dano, tratar o aneurisma não irá revertê-lo. Posso assegurá-lo de que fizemos tudo que pudemos, e os sinais vitais dele estão bons no momento.

— Podemos vê-lo? — Neil perguntou.

— Vou pedir que nos dê um tempinho. Logo alguém virá e o levará até a sala de recuperação. Ele ficará na UTI de duas a três semanas para monitorarmos qualquer complicação.

— Quantas pessoas se recuperam totalmente depois de sofrerem algo assim? — indaguei.

— De quinze a trinta por cento das pessoas não têm sequelas mais graves, então esse resultado é a exceção, não a regra.

Oh, meu Deus.

O medo me paralisou.

— E os outros setenta e cinco por cento? — Neil perguntou.

— Podem ter um dano cerebral de leve a severo. Assim que o sangue entra no cérebro, causa danos ao tecido. As funções cerebrais sofrem um impacto, causando, em muitos casos, perda de memória e deficiência cognitiva. É por isso que precisamos agir o mais rápido possível. — Ele deve ter notado o quão perturbados nós estávamos, porque acrescentou: — Algumas pessoas conseguem viver uma vida normal sem nenhum dano duradouro, apesar do rompimento. Não percam a esperança. Saberemos mais em breve quando ele acordar.

Ele pousou a mão no ombro de Neil.

— Alguém virá aqui daqui a pouco para levá-lo.

— Obrigado, doutor — ele disse.

Nós nos abraçamos, e eu sussurrei:

— Ele está vivo. Temos muita sorte.

Tantos pensamentos inundaram minha mente. Não importava o que acontecesse, eu estava nessa pra valer. Eu nunca sairia do lado de Noah. Não me importava se ele não se lembrasse de nada ou não pudesse falar. Eu estava ali para ficar.

Uma enfermeira apareceu.

— Vocês dois podem vir, se ela for da família.

— Esta é minha filha, irmã dele — Neil mentiu sem hesitar.

— Sigam-me — ela comandou ao nos conduzir pelo corredor.

— Obrigada — sussurrei para ele.

Senti como se meu coração tivesse voltado a bater quando o vi. Noah ainda estava dormindo, com um soro intravenoso ligado a ele. Foi um alívio ver que ele parecia bem normal, embora inconsciente. Seu peito subia e descia, e nunca estive tão feliz por ver alguém respirando em toda a minha vida.

Lágrimas arderam em meus olhos quando perguntei à enfermeira:

— Quanto tempo até ele acordar?

— Isso pode variar. Ele está demorando um pouco, mas não é incomum.

Ela escreveu alguma coisa em um prontuário, como se isso fosse algo usual. Perguntei-me se ela sabia que aquele era o momento mais difícil que eu já vivera, e que, para mim, o mundo havia parado de girar a cada segundo que ele continuava inconsciente. Eu não sabia se o amor da minha vida ficaria bem, se ele ao menos se lembraria de mim. Não sabia o que faria se Noah não pudesse falar. Mas, independente de qualquer coisa, eu estaria ao seu lado. Eu precisava ser forte por ele.

Neil estendeu a mão para segurar a minha enquanto esperávamos sentados Noah acordar.

Muito tempo se passou, embora eu não soubesse quanto, antes de Noah finalmente abrir os olhos. Seu pai e eu saltamos de nossos assentos quando suas pálpebras se mexeram.

Seu pai falou primeiro.

— Filho... é o papai. Estou aqui. Heather também está aqui.

— Oi, querido — falei. — Estou aqui, e nunca mais irei embora.

Noah piscou.

Eu sabia que levaria um tempo até ele despertar por completo, mas quanto mais tempo ele ficava sem dizer nada, mais medo eu tinha.

Afaguei seu ombro.

— Tudo bem. Leve o tempo que precisar. Não há pressa.

— Você vai ficar bem, filho. Eu sei disso.

Apoiei a cabeça ao lado da dele e comecei a rezar em silêncio. O som de sua respiração ficou mais alto.

Quando ergui o olhar de novo, seus olhos estavam quase completamente abertos, e ele me encarava de volta inexpressivamente.

Ai, meu Deus.

Diga alguma coisa. Por favor. Qualquer coisa.

— Oi... oi — sussurrei. — Você não faz ideia do quanto estou feliz por ver esses seus olhos lindos. Eu te amo, Noah. Eu te amo tanto.

Ele não respondeu, mas uma lágrima solitária caiu de seu olho. Será que ele podia me entender? Ele queria falar, mas não conseguia?

Eu não queria que ele me visse triste, mas não pude evitar que minhas lágrimas também caíssem.

— Tudo bem, filho. Vai ficar tudo bem.

Segurei a mão de Noah.

— Estaremos com você em cada passo. A sua mãe também está vindo... e o seu irmão. E Olivia está lá fora. Meu Deus, nós duas até nos abraçamos. Isso é o quanto nós te amamos.

Por favor, diga alguma coisa.

Por favor.

Continuei falando com ele.

— Vou fazer um acordo com você. Quando melhorar, vou te deixar ouvir todas as músicas constrangedoras que tenho no meu celular. Você sabe que jurei nunca deixar isso acontecer. Mas quer saber? Vai valer a pena. E mal posso esperar para ouvir você me zoar por isso.

Durante a meia hora seguinte, Neil e eu ficamos ao lado da cama de Noah, oferecendo palavras encorajadoras em uma tentativa desesperada de fazê-lo dizer alguma coisa — qualquer coisa.

Então, tudo ficou em silêncio por um tempo. Virei-me por um momento, indo para a janela para clarear a mente.

— Hea...

Virei novamente de uma vez para ele.

Noah forçou as palavras a saírem.

— Hea... Heather...

— Sim! — falei, eufórica. — Sim. Sou eu. Estou aqui com você.

Neil deixou suas lágrimas caírem pela primeira vez desde que cheguei.

— O papai também está aqui — ele disse.

A voz de Noah estava grogue.

— Onde estou?

— No hospital. Você passou por uma cirurgia no cérebro — Neil respondeu.

Noah virou-se para mim e perguntou:

— O que... o que você está fazendo aqui?

— Onde mais eu estaria?

Durante vários segundos, esperei por sua resposta com a respiração suspensa.

Ele engoliu.

— Vermont?

Neil e eu nos olhamos. *Vermont* era uma resposta tão simples, mas significava tanto. Significava que sua cognição ainda estava ali. *Significava tudo.* Significava que Noah ia ficar bem.

— Você se lembra de alguma coisa que aconteceu? — perguntei.

Ele demorou um pouco, mas finamente declarou:

— Eu me lembro de que te amo.

CAPÍTULO VINTE E OITO
Noah

De certa forma, embora estranha, Bonnie e Clyde salvaram a minha vida.

Se eu não tivesse ido ao supermercado naquele dia para comprar a comida deles, podia não estar vivo agora. O mercado perto da minha casa nunca tinha a couve de que eles gostavam. Então, fiz o esforço de ir ao mercado do outro lado da cidade. Por acaso, ele ficava na mesma rua de um hospital. Meu cirurgião estava convencido de que, se tivesse passado mais tempo antes da operação, eu podia não ter sobrevivido, ou no mínimo teria sofrido danos cerebrais.

Graças a Deus eu não estava dirigindo quando aconteceu. E se estivesse sozinho em casa? Eu provavelmente teria morrido. Não era fácil pensar nisso. Mas me recusei a ficar remoendo o que poderia ter acontecido. Teria sido fácil demais deixar todos os "e se" inundarem a minha mente, mas eu tinha muitas coisas pelas quais viver.

Fazia três semanas desde que me internaram, e eu finalmente teria alta hoje. Estava mais do que pronto para ir para casa. Manter-me aqui era um protocolo padrão, devido ao alto risco de complicações após a cirurgia.

Eu me lembrava muito pouco dos momentos antes do aneurisma romper — somente da necessidade urgente de ligar para Heather para dizer que a amava e uma dor de cabeça. Tirando isso, não me lembrava de mais nada até o momento em que acordei e encontrei Heather e o meu pai pairando sobre mim. Levei um tempo para me dar conta de que não estava sonhando.

Foi melhor eu não ter ficado ciente do que aquele dia me reservava. Se eu soubesse que iam abrir a minha cabeça, e que cinquenta por cento das pessoas não sobrevivem ao rompimento de um aneurisma, eu provavelmente teria um ataque cardíaco — principalmente porque eu ainda não havia tido a chance de dizer a Heather como me sentia.

Minha primeira semana de recuperação foi a mais difícil. As pessoas me visitavam, mas eu ainda me sentia fora de órbita. Heather foi meu porto seguro o tempo todo. Ela deixara tudo para trás em Vermont para ficar ao meu lado. Eu nem ao menos pude discutir com ela sobre sua decisão, porque eu não sabia como poderia passar todo esse tempo preso no hospital sem ela.

Não havia palavras para descrever o quanto eu estava grato por estar vivo. Minha memória não fora afetada. Minha fala e habilidades motoras estavam intactas. Basicamente, eu era um milagre. Além de não ter perdido nenhuma função, eu, na verdade, ganhei algo a mais: uma nova perspectiva.

Não podia mais desperdiçar a minha vida de maneira alguma, não podia mais ficar empacado por indecisão ou medo. Cada dia, cada momento precisava importar.

Heather estava dormindo na minha casa e passando o dia no hospital. Minha mãe e meu irmão também se hospedaram na minha casa. Eles haviam acabado de voltar para Minnesota, então Heather pôde conhecê-los muito bem. Eu não precisava mais me perguntar como a minha família reagiria a ela. Todos se apaixonaram por ela, assim como eu.

Minha linda namorada abriu um sorriso iluminado ao entrar no meu quarto de hospital.

— Acabei de saber do último professor de quem estava aguardando uma resposta que posso completar meus últimos trabalhos daqui. Não precisarei voltar para a faculdade para ganhar crédito completo pelo semestre. Não vou perder nada.

Sentando-me na cama, inclinei-me para beijá-la.

— É uma ótima notícia. Podemos dirigir até lá e pegar o restante das suas coisas daqui a algumas semanas.

— Assim que você puder. Não há pressa. Ming disse que não vai procurar outra colega de apartamento até o outono. Então, minhas coisas ficarão guardadas lá até quando pudermos ir buscar.

— Estou devendo àquela garota uma *caixa* inteira de talco.

Entrar na minha casa depois de passar quase um mês no hospital foi incrível pra cacete. E parecia ser o meu lar mais do que nunca, porque Heather havia dado seus toques pelo ambiente. Havia flores frescas sobre a mesa e algumas velas espalhadas.

Eu sentia que perdera tanta coisa, como se tivesse ressuscitado.

Fiquei emotivo quando olhei para a gaiola — que era nova e bem maior — e a vi cheia com quatro porquinhos-da-índia: Clyde e três filhotes. Bonnie morrera após o parto. Isso era típico em fêmeas mais velhas. Eu mal havia chorado pela minha experiência de quase-morte, mas, quando descobri que Bonnie não havia sobrevivido ao parto, perdi o controle e caí no choro. Foi Heather quem me dera a notícia. Ela havia ido à minha casa pela primeira vez pouco tempo depois da cirurgia para alimentá-los e viu que os bebês haviam nascido. Logo em seguida, ela descobrira que Bonnie não estava respirando.

— Oi, pequeninos.

— Ainda temos que dar nomes aos filhotes. — Heather começou a chorar de repente.

Ela vinha conseguindo se controlar bem ultimamente. Acho que apenas estava feliz por me ter em casa.

Ela afagou minhas costas.

— É bom estar em casa, não é?

— É sim, mas principalmente porque você está comigo. Eu nem poderia imaginar entrar aqui sozinho depois de tudo isso.

Nos deitamos juntos no sofá por um tempo. Eu tinha muita coisa na cabeça que precisava colocar para fora. Esperava que ela não achasse que eu estava louco depois do que estava prestes a propor.

Respirei fundo.

— Tudo que achei que sabia sobre como a vida deveria ser saiu voando pela janela — eu disse a ela. — Nunca me dei conta do quão rápido as coisas podem mudar. Eu te afastei porque pensei que fosse o melhor para você. Mas se eu tivesse morrido naquela mesa de cirurgia, teria jogado fora os únicos momentos que teríamos juntos... os meses que você estava em Vermont.

Ela montou em meu colo.

— Não pense no que poderia ter sido.

— Eu tenho que fazer isso, mas só porque se relaciona com o que estou prestes a dizer.

Ela beijou meu nariz.

— Ok.

— Não segui meus instintos quando te deixei em Nova Hampshire. Se algo não parece certo, provavelmente não é. Deixar você *nunca* me pareceu certo. Pensei que o único jeito de você viver os melhores momentos da sua vida era estando separada de mim, mas talvez devesse ter sido *comigo*. Talvez as coisas não tenham que sempre seguir as regras. Talvez tenhamos que fazer o que *sentimos* que é certo.

— Nunca tive nenhuma dúvida de que o meu lugar é onde você estiver.

— Eu sei que não. — Acariciei sua bochecha. — Tive bastante tempo para pensar enquanto estava preso no hospital. Perguntei a mim mesmo: o que eu iria querer se soubesse que o meu tempo é limitado? Porque poderia muito bem ser. Com ou sem aneurisma, nenhum de nós pode ter certeza de que temos muito tempo garantido na Terra. Decidi que o que quero mais do que qualquer coisa é viajar pelo mundo com você. Quero te mostrar alguns dos lugares onde já estive, vivenciá-los novamente com você e descobrir novos lugares juntos. Talvez não seja da faculdade em Vermont que você precisa. Talvez o que você precise para aproveitar a vida e ganhar experiência seja viajar comigo.

— O que... — Heather começou.

Mas continuei:

— Quando eu estava lá deitado, me recuperando, percebi que não fiz nem metade de todas as coisas que quero. E olha que tive uma ótima vida. No fim das contas, tudo o que temos são as memórias. Não tenho memórias suficientes *com você*, nem perto disso. Quero fazer isso. O que acha? Quer viver uma aventura comigo?

— É sério? Você tem certeza? Quero dizer... como poderemos pagar por isso?

— Eu fiz alguns investimentos inteligentes durante meus vinte anos.

Tenho bastante dinheiro guardado, provavelmente pelo menos cinquenta mil para usar antes mesmo de sentir um mínimo desfalque na quantia total. Podemos determinar um limite financeiro e parar quando o alcançarmos. Depois, voltaremos e você poderá se matricular na faculdade daqui, se for o que quiser. — Tentei interpretar sua expressão. — Se achar que isso é muito imprudente, não temos que...

— Isso parece um sonho. Não consigo acreditar que é uma opção.

— É uma opção sim, pode acreditar. E espero que você aceite.

Após vários segundos de silêncio, ela disse:

— Eu adoraria viajar com você. A resposta é sim!

Senti como se meu coração estivesse dando cambalhotas.

— É?

— É. — Ela me abraçou pelo pescoço. — Vamos fazer memórias.

Apesar da nossa empolgação com os planos de viajar pelo mundo, tínhamos que ser pacientes. Somente após três meses de consultas de acompanhamento foi que o médico me liberou para viajar. Graças ao meu pai, que concordou em nos deixar levar os porquinhos-da-índia para sua casa durante os meses em que estaríamos fora, não precisávamos nos preocupar com eles.

Pensei em como a espera valeu a pena enquanto olhava para o Grand Canyon da nossa van alugada, estacionada no local que reservamos na borda sul.

Passaríamos uma semana ali antes de pegarmos um voo para a Australia. Pensamos que, já que voaríamos para a costa oeste, por que não passar um tempinho por ali? Heather também considerou isso como mais um exercício de exposição para seu medo de altura. Ficarmos hospedados na van equipada nos permitiu economizar para algumas das partes mais caras da nossa jornada.

Nessa semana, nossos dias começavam bem cedo. Heather e eu acordávamos antes do sol nascer, porque isso proporcionava a melhor luz para as fotos que eu vinha tirando. Estávamos documentando toda essa viagem e a intitulamos *Heather e Noah Pelo Mundo*. Heather também havia começado um blog para isso, e estava se divertindo muito criando as postagens. Ela trouxera consigo a estatueta *Hummel* do Andarilho Feliz que eu comprara em seu aniversário de vinte e um anos, e tirava fotos dele em todos os locais diferentes por onde passávamos. Eu nunca imaginei o quão profética aquela estatueta seria.

Depois das fotos matinais, fazíamos café da manhã em uma pequena grelha antes de decidir o que queríamos explorar naquele dia.

Naquele momento, estávamos assistindo ao pôr do sol laranja-avermelhado deitados na van depois de um cochilo da tarde pós-trilha. Essa definitivamente era o melhor da vida.

Aconcheguei-me contra seu corpo.

— É errado o fato de que tudo que eu queria fazer essa semana era admirar essa vista, comer e te foder? E depois, te chupar?

Ela passou a mão pelo meu peito.

— Você está me vendo reclamar?

Eu sempre tive muito tesão por Heather, mas, desde o meu problema de saúde, me tornei completamente insaciável. Ter aquele quase encontro com a morte me fez querer sentir tudo o tempo todo. E não havia nada que eu gostasse mais de *sentir* do que a minha linda namorada. Eu não me cansava dela. Não me lembrava de quando diziam que os homens alcançavam seu pico sexual, mas o meu claramente havia chegado aos trinta e cinco.

Como se o dia pudesse melhorar ainda mais, Heather deslizou para baixo e puxou minha bermuda cargo junto. Meu pau duro saltou para fora, e ela o tomou em sua boca, fazendo uma das minhas coisas favoritas: começou a esfregar seu clitóris enquanto me chupava.

— Merda — sibilei. — Você me chupa tão gostoso.

Muito gostoso mesmo, e ela parecia curtir tanto quanto eu, o que me dava ainda mais prazer.

Sentindo-me bem fundo em sua garganta, emaranhei os dedos em seus cabelos e aproveitei cada segundo. Meu pau estava coberto de líquido pré-gozo enquanto ela continuava a me sugar com força e a se tocar. Não demorou muito para que eu me entregasse.

Segurei a parte de trás de sua cabeça e fodi sua boca com mais força ao gozar em sua garganta enquanto ela chegava ao orgasmo.

Vários minutos se passaram e continuamos deitados ali, saciados, com uma brisa leve soprando na van aberta.

— Como pude ter tanta sorte com uma namorada que adora me chupar? — perguntei, puxando-a para um beijo.

Ela sorriu.

— Eu tentei — falei para ela. — Eu realmente tentei. Simplesmente não consegui viver sem você, mesmo com seu gosto musical estranho pra caralho e tudo. Eu te amo tanto.

— Também te amo. E, merda, você acabou de me fazer lembrar de uma coisa.

— O quê?

Ela suspirou.

— Quando você não estava completamente consciente após a cirurgia, prometi que, se você melhorasse, eu te deixaria ouvir todas as músicas que tenho no celular.

Aquilo me fez cair na risada.

— Está falando sério? Você jurou que nunca faria isso.

— Eu sei. Mas agora sinto que tenho que fazer isso. Se não honrar a minha promessa, será como um insulto ao universo que me concedeu meu desejo. Mas você não precisa ir na minha onda.

— Está brincando? — Sentei-me de uma vez e estendi a palma. — Me dê aqui o seu celular. Tenho quase certeza de que essa é a verdadeira razão para a minha incrível vontade de viver. — Dei risada.

— Você vai ficar me zoando.

— Esse é o objetivo!

Ela alcançou sua mochila e pegou o aparelho. Então se preparou quando peguei o celular de sua mão.

Ela já estava envergonhada, e eu nem tinha apertado *play* ainda.

— Prometo que vou me comportar.

— Me dê um dos fones — ela disse. — Preciso ouvir o que você ouvir.

Entregando-lhe o fone esquerdo, coloquei o direito em meu ouvido e apertei no modo aleatório em sua playlist.

A primeira música era *Barbie Girl*, da banda Aqua.

— *Barbie Girl?* Sério?

— Sim. E não se esqueça de que prometeu que ia se comportar.

Após deixar a música tocar por uns trinta segundos, passei para a próxima. Como eu esperava, muitas das faixas da playlist de Heather eram hits do tempo em que ela nem ao menos era nascida, do fim dos anos oitenta e anos noventa.

Após algumas músicas, acabei encontrando uma das minhas antigas favoritas: *Sign Your Name*, do Terence Trent D'Arby.

— Ei, eu gosto dessa. Boa escolha. Ótima música!

As duas seguintes pareciam combinar. *Livin' La Vida Loca*, do Ricky Martin, e *Rico Suave*, do Gerardo.

— Você curte homens latinos? — provoquei.

Ela revirou os olhos, provavelmente querendo que aquilo acabasse logo, e permaneceu quieta enquanto eu continuava a explorar suas playlists.

A próxima era a música de abertura da série *Friends*, *I'll Be There For You*, da banda The Rembrandts. Aquela era tolerável.

Fiquei todo animado quando ouvi o começo de *Smells Like Teen Spirit*. Isso aí, porra! Mas minhas esperanças foram esmagadas quando percebi que não era Nirvana. Era Weird Al Yankovic: *Smells Like Nirvana*.

— Ah, que porcaria. — Dei risada.

Heather começou a gargalhar.

— Desisto. — Devolvi seu celular e comecei a lhe fazer cócegas. — Sorte a sua que te amo.

CAPÍTULO VINTE E NOVE
Heather

Cinco Meses Depois

Nosso projeto *Heather e Noah Pelo Mundo* me proporcionou os melhores momentos da minha vida. Eu duvidava de que qualquer coisa pudesse superar os últimos meses. Eu levaria comigo para sempre as experiências com que Noah me presenteara.

Na Austrália, visitamos a Grande Barreira de Corais e a Sydney Opera House. De lá, viajamos para Hong Kong, onde caminhamos pela beira-mar Tsim Sha Tsui e visitamos a Disneylândia.

Depois da Ásia, viajamos para a África, vimos as dunas do deserto do Marrocos e as pirâmides do Egito.

A Europa foi a nossa penúltima parada, mas onde passamos a maior parte do tempo. Moramos durante várias semanas em um apartamento alugado em Paris. Visitamos a Torre Eiffel e o Louvre e comemos em inúmeros lugares pela cidade.

Após irmos embora da França, pegamos um trem para a Itália e turistamos por Roma e Veneza antes de seguirmos para Londres.

Nenhuma educação universitária se comparava ao que aprendi sobre as diferentes culturas que experimentei em primeira mão.

E agora, estávamos na última parada da viagem, um lugar muito querido para Noah: Havana, Cuba.

Eu havia me apaixonado pelas fotos que ele tirara aqui quando fucei seu site. Então, quando ele me perguntou onde eu queria que nossa jornada terminasse, escolhi esse lugar.

Noah tornara-se um membro honorário de uma família na última vez que visitara esse país. Ele chamava Ana de "Abuelita", que carinhosamente significa *vovó* em espanhol. Ela insistira que ficássemos em sua casa em vez de irmos para um hotel. Todas as noites, ela fazia comidas típicas para nós, como carne de porco, arroz, feijão e banana-da-terra frita. Depois, ela nos oferecia um delicioso milkshake de manga de sobremesa.

Noah concordou em nos hospedarmos em sua casa contanto que ela o deixasse fazer alguns trabalhos manuais pela residência. Esse trabalho físico acabou sendo mais extensivo do que imaginávamos, então a nossa viagem a Cuba se estendeu por mais tempo do que tínhamos planejado ao trabalharmos juntos no sol, muito parecido com o que fazíamos durante nosso verão no lago. Sabíamos que essa era a última parte da viagem, então não estávamos com muita pressa de voltar.

Estávamos nos divertindo pra valer, e ainda assim, sempre que Noah ficava ao menos um pouco cansado ou — que Deus nos livre — reclamava de uma dor de cabeça, eu ficava tensa. Mas eu sabia que não podia viver com medo de ele ter mais um rompimento, então tentava tirar esses pensamentos apavorantes da cabeça.

Quando Noah e eu não estávamos trabalhando juntos na casa de Abuelita, explorávamos os pontos históricos de Havana. Visitamos o Gran Teatro, com sua arquitetura incrível, e turistamos pela Antiga Havana, que era um misto de monumentos clássicos e de estilo barroco e ruas estreitas delineadas por lares. Havana era o lugar perfeito para observar as pessoas e tirar fotos da vida urbana. Meu blog de viagens havia acumulado muitos seguidores, e eles pareciam adorar as imagens que capturamos por aqui.

Na tarde do nosso penúltimo dia em Cuba, Noah me levou para a área onde ele fizera as fotos daquele orfanato há seis anos. Estávamos voltando para o carro de Abuelita quando ele congelou, com os olhos fixos em um garoto em uma cadeira de rodas do outro lado da rua.

— Venha. — Ele segurou a minha mão e nos conduziu até o garoto, que estava com uma mulher.

Ele parou a alguns metros de distância e falou:

— É ele.

Entendi instantaneamente o que ele quis dizer.

— O garoto do orfanato...

— Daniel. Eu reconheceria o rosto dele em qualquer lugar. Meu Deus, Heather, é ele. Ele está tão grande agora.

Nós nos aproximamos deles, e Noah começou a falar em espanhol. Eu não sabia, até chegarmos em Cuba, que ele era bem fluente no idioma. Ele se ajoelhou para ficar da altura de Daniel.

O garoto estendeu a mão e tocou o rosto de Noah. Pelo menos, em algum nível, Daniel parecia se lembrar dele. Embora não falasse, ele digitou alguma coisa em um dispositivo que parecia um iPad. Virou a tela e nos mostrou o que havia escrito.

Naranja.

Um sorriso enorme tomou conta do rosto de Noah.

— Isso mesmo! *Naranja*. Laranja. Você se lembra! Eu costumava levar pequenas laranjas para você. *Clementinas*. Tangerinas.

Meu coração derreteu quando Noah o abraçou.

Noah continuou conversando com a mulher e então, anotou suas informações de contato no celular.

— *Bueno. Adiós. Hasta mañana* — ele disse.

— Me conte o que você estava dizendo — pedi quando eles foram embora.

— Ela disse que tinha que levá-lo para uma consulta médica. O nome dela é Rosita Jimenez. Ela adotou Daniel há cerca de três anos, então foi poucos anos depois da minha visita. Todo esse tempo, eles estavam morando na mesma rua de onde o orfanato costumava ser. Ele foi colocado no sistema de adoção e acabou indo morar com ela. Ele está muito bem e fazendo muito progresso. Como só consegue falar um pouco, usa aquele dispositivo para se comunicar. Embora ele estivesse em uma cadeira de rodas hoje, já consegue dar alguns passos. Peguei as informações dela para podermos visitá-lo antes de irmos embora amanhã. Quero levar um monte de tangerinas para ele.

— Ah, meu Deus, sim! É uma ótima ideia. É tão maravilhoso ele ter se lembrado disso.

Noah entrelaçou meus dedos nos dele ao continuarmos a andar.

— Naquele tempo em que te contei a história sobre a minha viagem a Cuba, não mencionei que ela aconteceu pouquíssimo tempo depois de eu receber a carta de Opal, durante o ápice da minha depressão. Conhecer Daniel me ajudou muito a parar de sentir pena de mim mesmo... ver o quanto ele era forte e o quando perseverava, apesar das possibilidades que conspiravam contra ele. Tudo parece mais conectado do que nunca agora. A forma como você e eu nos conhecemos, estar aqui com você e encontrá-lo no último dia completo da nossa viagem. Parece que tudo se encaixou.

Ele parou de andar e ficou de frente para mim.

— Quando estávamos em Paris, você estava tirando uma soneca no apartamento e fui dar uma volta. Passei em frente a uma joalheria. Não tinha a intenção de comprar nada, mas acabei batendo os olhos em um anel na vitrine. Não dava para acreditar no quanto ele era perfeito para você. Eu sabia que precisava ao menos perguntar sobre ele. Sendo sincero, nem me importei com o preço; apenas sabia que não ia sair dali sem ele.

Meu coração acelerou conforme ele continuou.

— Eu disse a mim mesmo que ainda demoraria bastante para dá-lo a você, que eu ia esperar até você se formar na faculdade. Mas durante cada dia desde que o comprei, tive que me impedir de me ajoelhar na sua frente. Hoje de manhã, pedi ao universo um sinal de que a minha intuição estava certa; que eu deveria carregar o anel no bolso e fazer isso antes do fim da viagem. Tenho quase certeza de que encontrar Daniel foi o sinal que eu estava esperando.

— Ai, meu Deus.

— Viajar pelo mundo com você me mostrou ainda mais claramente o que eu já sabia: que você e eu formamos o melhor time, que você é minha parceira. Você é a única pessoa com quem quero continuar a jornada da vida. Não importa onde, contanto que eu te tenha ao meu lado. Acredito que tudo que aconteceu comigo até agora, as coisas boas e as ruins, me fizeram chegar a esse momento. *Heather e Noah Pelo Mundo* pode até acabar quando voltarmos para a Pensilvânia, mas eu queria saber se você gostaria de começar um outro tipo de aventura comigo, uma que vai durar para sempre. Sei que não é a primeira vez que faço isso. Posso não ser perfeito, e posso fazer merda às vezes, mas tenho que deixar esses medos de lado e arriscar. Eu te amo demais para não fazer isso, e não posso esperar mais para perguntar.

Meu namorado ajoelhou-se diante de mim e me fitou com seus lindos olhos castanhos, da cor de café cubano. Ele enfiou a mão no bolso e retirou de lá uma caixinha de veludo. Quando a abriu, eu soube imediatamente por que ele tinha que comprar esse anel.

— Heather Louise Chadwick, você me daria a honra de ser a minha esposa? Casa comigo?

O diamante arredondado e brilhante era adornado em cada um dos lados por lindas opalas — *Opal*, minha irmã, meu anjo caído que nos uniu. Normalmente, eu evitava pensar nela, mas, nesse momento, me permiti sentir sua presença.

Senti-me aquecer por dentro conforme a luz do sol iluminava as pedras. Minha irmã estava aqui comigo agora, cintilando através do brilho da joia. Eu sabia que ela estava nos olhando e abençoando esse momento.

Com a mão sobre o peito, fiz o melhor que pude para formular palavras.

— Desde o instante em que você entrou na minha vida, nada mais pareceu importar. Esse sentimento só cresceu com o tempo. Faz muito tempo que quero me casar com você, mais tempo do que eu deveria admitir. Eu teria dito sim se você tivesse me perguntado em Nova Hampshire. Sou louca por você. Então, sim. A resposta é sim! Quero embarcar nessa aventura com você hoje, amanhã e para sempre.

EPÍLOGO
Noah

Três anos e meio depois

Hoje comemoraríamos o aniversário de vinte e cinco anos de Heather. Nem vou mencionar o fato de que eu estava com trinta e nove e já dando oi aos quarenta. Parecia ter sido ontem que celebramos seu aniversário de vinte e um. Ainda tínhamos o topo do bolo de *Poltergeist* em nosso freezer, bem ao lado das formas de gelo. Aquilo havia viajado de Nova Hampshire para a Pensilvânia em um cooler. Tinha quase certeza de que aquela coisa duraria mais do que todos nós.

Heather já havia completado um pouco mais da metade de seu curso de enfermagem. Ela se matriculara na Universidade de West Chester, perto da nossa casa, pouco tempo depois de voltarmos das nossas viagens. Quando ela não estava estudando, trabalhava de bartender em um restaurante descendo a rua ou me ajudava com as coisas administrativas do estúdio.

A maior mudança recentemente foi a mãe de Heather ter vindo morar conosco na Pensilvânia. Após alguns anos cuidando de Alice, Katy se cansara de morar com a irmã. Ela dissera que sentia muita falta de Boston e queria mudar-se de volta para lá. Pouco antes de Katy ir embora, Heather e sua mãe venderam a casa em Nova Hampshire. Mesmo que Alice tivesse melhorado sua saúde mental nos anos que se passaram, Heather ainda se preocupava em deixá-la sozinha. Eu sabia que ela não queria me perguntar se Alice podia vir morar conosco. Então, poupei-a do trabalho e sugeri primeiro, fazendo parecer que foi ideia minha.

Isso significava que Cabeção também morava conosco agora. Juntando o cachorro, a quase sogra e os porquinhos-da-índia, a casa estava cheia. Mas eu sabia que Heather se sentia mais completa com sua mãe aqui. Ela não precisava mais se preocupar com ela de longe. Então, isso fazia as intromissões ocasionais de Alice valerem a pena. O plano a longo prazo era comprar uma casa maior com um apartamento conjugado só para ela.

Era melhor eu começar a colocar logo o plano em prática.

Heather e eu não tínhamos nos casado ainda. Queríamos planejar o casamento depois que ela se formasse. No momento, ela estava se esforçando bastante para equilibrar os estudos e o trabalho.

Eu queria que seu aniversário de vinte e cinco anos fosse especial, então a surpreendi com uma viagem para Burlington, Vermont, para visitar sua melhor amiga, Ming. Heather não tivera muitas chances de passar um tempo com ela nos últimos anos. Ming morava com um namorado agora, e nós quatro nos divertimos bastante relaxando na casa deles e fazendo churrascos. Fiquei feliz vendo Heather e Ming relembrarem o tempo curto em que moraram juntas. Ming era uma amiga que se levava para sempre. E não pense que não cheguei na casa dela sem uma caixa de talco. Por sorte, ela tinha um ótimo senso de humor.

Após irmos embora da casa de Ming, pegamos a estrada bem cedo na manhã de domingo. Heather presumiu que estávamos voltando para a Pensilvânia, mas tínhamos que fazer uma parada a caminho de casa.

— Nós vamos para o lago? — ela perguntou quando desviamos em direção a Nova Hampshire.

Pisquei para ela.

— Talvez.

Quando paramos na antiga propriedade de Heather, ela ficou um pouco emotiva. Estava exatamente igual ao que eu me lembrava.

Estacionei em frente à casa de barcos e saímos do carro.

Ela olhou em volta.

— Eu não tinha me dado conta do quanto sentia saudade desse lugar, mas estar aqui traz todas as lembranças e sentimentos de volta. Parece que foi ontem.

— Vamos dar uma volta à beira do lago.

Caminhamos de mãos dadas, curtindo a tranquilidade da água.

Quando voltamos para a caminhonete, perguntei:

— Quer dar uma espiada dentro da casa de barcos, em nome dos velhos tempos?

— Nós podemos fazer isso? Não seria uma invasão?

— Que nada. Está tudo certo.

Enfiei a mão no bolso para pegar a chave e abri a porta.

— O que está acontecendo? Por que você tem uma chave? — Heather congelou ao entrar na casa. Quase tudo estava do mesmo jeito que era quando eu me hospedara ali.

— Bem-vinda ao lar — eu disse, abrindo os braços.

Os olhos dela quase saltaram das órbitas.

— Lar?

— Bom, não é o nosso lar permanente, mas nossa casa de verão. Ou nosso lugar para escapar sempre que quisermos.

— O quê?

— Eu comprei a casa de barcos dos proprietários.

Ver sua expressão ir de choque para pura alegria fez tudo valer a pena.

— Ai, meu Deus. Isso… isso é nosso? A casa de barcos é nossa?

— Toda nossa, meu amor.

Ela caminhou devagar pelo espaço.

— Como? Quando?

Segurei sua mão.

— Esse lago significa tudo para mim. Foi onde te conheci. É o lugar que guarda algumas das memórias mais especiais da minha vida. Representa a sua infância e a sua irmã, e sempre me senti um pouco triste por você ter precisado vender as casas. Depois, você se mudou para a Pensilvânia comigo, e isso foi um sacrifício. Eu queria te devolver um pedacinho da sua história.

Ela virou-se em direção ao canto da sala.

— Você trouxe até a antiga namoradeira. Quando fez tudo isso?

— Bom, você se lembra de algumas semanas atrás, quando tive aquele ensaio fotográfico fora do estado? Eu estava aqui resolvendo e arrumando tudo. Estou trabalhando nesse acordo com os proprietários há quase um ano. Eles tiveram que dividir as terras como parte da venda, então não foi tão simples assim. Quando os contatei pela primeira vez, achei que não ia dar em nada, mas descobri que eles não gostavam de ter que lidar com o aluguel da casa de barcos. Eles só queriam se livrar dela.

— Não acredito. Essa é a coisa mais especial que alguém já fez por mim. Pensei que a minha vida já estava completa antes, mas agora está ainda melhor. Obrigada.

Puxei-a para os meus braços e beijei sua cabeça.

— Eu sei que estávamos planejando esperar um pouco mais, mas estava pensando que talvez pudéssemos nos casar aqui no próximo verão. O que você acha?

Eu não estava esperando que ela começasse a chorar.

— O que houve?

— Um casamento aqui seria perfeito, mas...

— Mas o quê?

— Não sei se poderemos nos casar no próximo verão. Talvez as coisas fiquem um pouco... ocupadas.

— Por quê?

— Eu estava esperando até chegarmos em casa para te contar. Mas acho que não há melhor momento do que esse.

— O que está havendo?

— Eu fiz uma besteira, recentemente.

Meu coração acelerou.

— Ok...

— Lembra daquela virose que eu tive? Quando pensei que fosse morrer?

— Sim, claro. Como eu poderia esquecer?

— Bem, eu não sabia que quando você... *elimina* coisas daquele jeito, também pode acabar eliminando certas coisas do seu organismo... como anticoncepcionais.

Levei alguns segundos para entender o que ela queria dizer. E quando entendi, não consegui falar.

— Fiz um teste hoje de manhã no banheiro de Ming. Deu positivo. Nem sei como isso aconteceu, eu...

Tudo que saiu de mim foi:

— O quê?

— Estou grávida. Só algumas semanas, mas eu estava com a menstruação atrasada, então tive um pressentimento. Pesquisei todas as coisas que podem fazer anticoncepcionais falharem e, é claro, lá estava: vômito em excesso. Eu deveria saber disso. Eu deveria ter usado um método alternativo...

— Você está grávida? — Minhas pálpebras tremeram conforme eu tentava processar aquilo.

Ela mordeu o lábio e assentiu.

— Sim.

— Nossa. Eu não estava... isso é... a última coisa que eu estava...

— Eu sei. Eu também — ela disse. — Não é o momento ideal. E...

Eu a interrompi com um beijo enorme em seus lábios. Abracei-a com tanta força. Abraçara Heather assim inúmeras vezes, mas dessa vez foi diferente por saber que ela estava carregando um filho meu. Parecia surreal.

Puta merda.

Eu vou ser pai?

Eu vou ser pai.

Eu vou ser pai!

— Então, aquele sofá vai ter que abrir espaço para um berço — ela falou.

— Vou me livrar dele com muito prazer, posso até queimar essa merda se for preciso. — Eu a ergui e a beijei novamente.

Eu ainda acordava na maioria dos dias me perguntando se aquele podia ser o meu último na Terra. A chance de sofrer outro aneurisma estaria sempre pairando sobre mim. Tentei não pressionar Heather, mas não havia nada que eu quisesse mais do que viver a experiência de ter um filho com essa mulher. A cada ano que passava, o desejo ficava ainda mais urgente. Mas achei que estava muito cedo para ela.

Nem ao menos daria tempo de ela terminar a faculdade antes que nosso bebê chegasse. Mas eu mal podia esperar pelo dia em que iria olhar nos olhos do nosso filho pela primeira vez.

— Você está feliz? — perguntei a ela.

— Tenho uma parte sua crescendo dentro de mim. Como eu poderia não estar? Estou chocada, mas, sim, estou muito feliz. De verdade.

— Ótimo, porque esse é o dia mais feliz da minha vida, e seria péssimo se você não se sentisse feliz também.

— O dia mais feliz da *minha* vida foi também o mais assustador: o dia em que você acordou depois da cirurgia, disse o meu nome e, então, declarou que me amava. Não sei se alguma outra coisa poderá superar isso.

— Hoje eu te amo ainda mais. — Afaguei sua barriga. — Que tal nós três darmos um mergulho no lago, em nome dos velhos tempos? Eu estava pensando que poderíamos passar a noite aqui antes de voltar para casa. Talvez eu até vá ao mercado e compre um pão de alho bem grande. Sei que você tem aula na terça-feira. Voltaremos a tempo.

Depois que nos trocamos para nossas roupas de banho, fomos para o lago.

Ao entrarmos na água, que batia na altura dos nossos joelhos, eu disse:

— Originalmente, o meu plano era fumar um charuto na varanda esta noite. Você sabe que não fumo um há anos. Mas de jeito nenhum vou fumar perto do meu bebê.

Ajoelhei-me, ignorando as pedras arranhando meus joelhos, até ficar com o rosto na altura da barriga de Heather.

— Olá, pequenino. Aqui é o seu papai. Mal posso esperar para te conhecer. — Olhei para Heather, que parecia estar se divertindo. — Isso é tão louco — sussurrei, e então continuei a falar com sua barriga. — Quero que saiba que já te amo muito. E mesmo que ainda seja do tamanho de uma sementinha, você é a melhor coisa que já aconteceu a sua mãe e a mim. Mal posso esperar para te trazer aqui e te mostrar onde a sua mamãe cresceu e onde o seu papai bancou o papa-anjo e começou o processo que fez você existir. Melhor coisa que eu já fiz, se quer saber.

A barriga de Heather se moveu contra minha boca quando ela gargalhou. Ela também falou com o bebê.

— Você tem o melhor papai do mundo inteiro, pequeno.

— E você tem a melhor mamãe, mesmo que acabe puxando o mau gosto musical dela. Vamos consertar isso logo.

— Ei! Talvez ele goste das minhas músicas.

— Ou talvez ela saia daí tapando os ouvidos. — Falei contra sua barriga novamente: — Um dia, eu vou te contar a história de como eu quase salvei a vida da sua mãe nesse lago. Você vai rir muito.

— As tentativas do seu pai de salvar a minha vida nunca deram certo.

— Não era para ser desse jeito. Não era eu que tinha que salvar a *sua* vida. — Levantei e segurei seu rosto entre as mãos. — No fim de tudo, foi você que salvou a minha.

QUANDO AGOSTO **TERMINAR**

AGRADECIMENTOS

Eu sempre digo que os agradecimentos são a parte mais difícil de escrever em um livro, e isso ainda está valendo! É difícil colocar em palavras o quanto sou grata por cada leitor que continua a apoiar e promover meus livros. O entusiasmo e a voracidade de vocês pelas minhas histórias é o que me motiva todos os dias. E para todos os blogueiros literários que me apoiam, eu simplesmente não estaria aqui se não fosse por vocês.

Para Vi. Eu digo isso toda vez, e vou dizer novamente porque fica cada vez mais verdadeiro conforme o tempo passa. Você é a melhor amiga e parceira de crime que eu poderia ter. Eu não conseguiria fazer nada disso sem você. Nossos livros escritos em parceria são um presente, mas a maior bênção sempre foi a nossa amizade, que começou antes das histórias e continuará depois delas. Vamos para o próximo!

Para Julie. Obrigada pela sua amizade e por sempre me inspirar com a sua escrita incrível, sua postura e sua força. Esse ano vai ser o máximo!

Para Luna. Obrigada pelo seu amor e apoio dia após dia e por sempre estar a apenas uma mensagem de distância. Que venham mais visitas à Flórida com vinho e *mofongo*!

Para Erika. Sempre será um lance de E. Sou tão grata pelo seu amor, amizade e apoio, e pelo nosso tempo especial em julho. Obrigada por sempre iluminar os meus dias com as suas perspectivas positivas.

Para o meu grupo de leitores no Facebook, Penelope's Peeps. Amo todos vocês. Sua animação me motiva todos os dias. E para a Rainha Peep Amy: obrigada por dar início ao grupo naquele tempo.

Para Mia. Obrigada, minha amiga, por sempre me fazer rir. Sei que você nos trará palavras fenomenais este ano.

Para minha assistente, Mindy Guerreiros. Obrigada por ser tão incrível e cuidar de tantas coisas do dia a dia para Vi e para mim. Nós te apreciamos muito!

Para minha editora, Jessica Royer Ocken. É sempre um prazer trabalhar com você. Estou ansiosa por mais experiências.

Para Elaine, da Allusion Book Formatting and Publishing. Obrigada por ser a melhor revisora, diagramadora e amiga que uma garota poderia ter.

Para Letitia, da RBA Designs. A melhor capista do mundo! Obrigada por sempre trabalhar comigo até as capas ficarem exatamente como eu quero.

Para a minha extraordinária agente, Kimberly Brower. Obrigada por todo o seu trabalho árduo para levar meus livros para o mercado internacional e por acreditar em mim desde muito antes de você se tornar minha agente, quando era uma blogueira, e eu era autora de primeira viagem.

Para o meu marido. Obrigada por sempre cuidar de mais coisas do que deveria para que eu possa escrever. Eu te amo muito.

Para os melhores pais do mundo. Tenho tanta sorte por ter vocês! Obrigada por tudo que fizeram por mim e por sempre estarem ao meu lado.

Para minhas melhores amigas: Allison, Angela, Tarah e Sonia. Obrigada por aguentarem a amiga que, de repente, se tornou uma escritora maluca.

Por último, mas não menos importante, para minha filha e meu filho. A mamãe ama vocês. Vocês são a minha motivação e inspiração!

Editora Charme

Entre em nosso site e viaje no nosso mundo literário.
Lá você vai encontrar todos os nossos
títulos, autores, lançamentos e novidades.
Acesse www.editoracharme.com.br

Você pode adquirir os nossos livros na loja virtual:
loja.editoracharme.com.br

Além do site, você pode nos encontrar em nossas redes sociais.

https://www.facebook.com/editoracharme

https://twitter.com/editoracharme

http://instagram.com/editoracharme

@editoracharme